वर्षावास

[उपन्यास]

वर्षावास

अविनाश मिश्र

हिन्द युग्म

प्रस्तुत कृति में प्रस्तुत सभी पात्र और स्थितियाँ काल्पनिक हैं। किसी जीवित या मृत व्यक्ति से इनका कोई संबंध नहीं है। समानताएँ सिर्फ़ संयोग हैं।

ISBN : 978-81-953061-9-0

प्रकाशक
हिन्द युग्म
सी-31, सेक्टर-20, नोएडा (उ.प्र.)-201301
फ़ोन : +91-120-4374046

मुद्रक : न्यूटेक प्रिंट सर्विसेस इंडिया, फ़रीदाबाद
आवरण : सियाही स्टूडियो
कला-निर्देशन : विजेन्द्र एस विज

पहला संस्करण : अक्टूबर 2022
मूल्य : ₹249

Varshavaas
A novel by *Avinash Mishra*

Published By
Hind Yugm
C-31, Sector-20, Noida (UP)-201301
Phone: +91-120-4374046
Email: sampadak@hindyugm.com
Website: www.hindyugm.com

First Edition: Oct 2022
Price: ₹249

विजया को
कुछ समय से जिसे कुछ भी न दे सका—
प्यार भी नहीं!

भवतु सब्ब् मङ्गलं!

کشتگان خنجر تسلیم را
ہر زمان از غیب جان دیگر است

कुश्तगान-ए-ख़ंजर-ए-तस्लीम रा
हर ज़माँ अज़ ग़ैब जान-ए-दीगरस्त

वे जो इश्क़ के ख़ंजर से हलाक होते हैं,
उन्हें ग़ैब से हमेशा एक नई ज़िंदगी मिलती है।

अहमद बिन-अबुल-हसन अहमद जाम

[1049–1141]

लेखिका

माँ-बाप के मर जाने के बाद भी कुछ संततियाँ अनाथ नहीं होतीं, क्योंकि वे अवसरवाद की संतान होती हैं—एक अमर अवसरवाद की।

मैं वर्षा में उत्पन्न हुई और माँ-बाप के मर जाने पर भी अनाथ नहीं हुई। मुझे ठहराव के लिए प्रवास की चाह करनी थी; पर मैंने चलना शुरू किया और बस चलती ही गई, चलती ही गई, चलती ही गई—नींद में भी। चलना मेरी बुनियादी ताक़त, मेरी बुनियादी दिक़्क़त, मेरी बुनियादी भूल थी। मैं चल ही रही थी, जब एक रात उन्होंने मुझे सब तरफ़ से घेरा... बाद इसके मैं किसी को नज़र नहीं आई।

लेखक

बूँदें... बूँदें... बूँदें...

केवल बूँदें ही गूँज रही थीं और कोई स्वर नहीं था—जब वह आई।

क्या मैं उसे व्यक्त कर सकता हूँ?

इस प्रश्न पर 'नहीं' कहना, उससे बचना है और 'हाँ' कहना उससे फिर से फँसना...

मैं उससे फँसना चाहता था।

मैं उसमें फँसना चाहता था।

मैं कर्णफूल या अँगूठी या उसकी नाक की कील... कुछ भी होने को तैयार था।

मैं तैयार था—काजल या इत्र होने को भी।

इस दृश्य में उसे पाकर मुझे लगा था कि मैं उससे उत्पन्न हो सकता हूँ—वह बस मुझे स्पर्श कर ले।

वह वर्षा थी। मेरे यज्ञ-कर्म से परिचित और प्रसन्न होकर उसने अपने संघर्ष मुझे बताए थे। उसके परिचय में जन्मतिथि नहीं थी। वह वर्षा में जन्मी और बग़ैर जन्मतिथि के बड़ी हुई।

"मुझे अब नहीं होना है..."

यह फ़ैसला जब उसने किया, तब उसकी उम्र क्या रही होगी; यह जानने का कोई प्रामाणिक तरीक़ा उपलब्ध नहीं है। वह कभी विद्यालय नहीं गई। वह विद्या-व्यवस्था से बाहर रही आई। उसके पास इस प्रकार का कोई प्रमाण-पत्र नहीं था, जिसमें उसकी जन्मतिथि दर्ज हो। वह एक उत्तर भारतीय गाँव के सीमांत पर स्थित एक गढ़ी में पैदा हुई। वर्षा के चार महीनों में से वह कोई एक महीना रहा होगा, सप्ताह के सात दिनों में से कोई एक

दिन और अब तक जो तारीख़ें और घड़ियाँ गुज़र चुकी हैं; उनमें से ही कोई एक तारीख़ और घड़ी रही होगी। वह मनचाहा गर्भ थी या अनचाहा, यह उसे जन्मने वाली ही बता सकती थी; पर वह उपस्थित और उपलब्ध नहीं थी। वह उसे जन्मते ही उसे छोड़कर न जाने कहाँ चली गई थी!

जन्मने वाली के इस क़दर चले जाने के बाद वह गढ़ी में ही एक उम्र तक पली-चली-बढ़ी, जहाँ दो साधु भाई रहते थे; जिनमें से एक को ज्योतिष आता था और दूसरे को भिक्षाटन...

प्रकाशक

उसके उपन्यास का मुसव्वदा हमें एक समादृत समालोचक के सौजन्य से प्राप्त हुआ। कोई किताब छापनी है या नहीं छापनी है, यह फ़ैसला सच पूछिए तो हमने आज तक नहीं किया है। हम कब से ऐसे हैं, क्या बताएँ; क्योंकि हमारी जन्मतिथि भी हमें मिले उपन्यास के मुसव्वदे की लेखिका की जन्मतिथि की तरह ही अज्ञात है। दरअस्ल, जिस दिन कोई किताब पूरी होती है, हम उस दिन ही उत्पन्न होते हैं। जब तक वह अनलिखी या अधूरी है, हम भी अनलिखे और अधूरे हैं।

हाँ, तो मैं कह रहा था कि कोई किताब छापनी है तो क्यों छापनी है और नहीं छापनी है तो क्यों नहीं छापनी है; यह फ़ैसला सच पूछिए तो हमने आज तक नहीं किया है।

आलोचक

मैं यह नहीं कहता कि यह सब कुछ मेरी वजह से हुआ। पर...!? मैं कहता हूँ, पर इस तरह नहीं कहता कि वह दर्ज हो जाए। देखिए, उसे उसके पहले उपन्यास पर ही एक विशाल साहित्यिक पुरस्कार मिल गया...

और देखिए, उसकी उम्र ही क्या थी! चालीस से कम ही होगी। चालीस से काफ़ी कम होगी या चालीस ही होगी। उसकी जन्मतिथि कहीं दर्ज नहीं है, लेकिन मैंने उसे कई बार जन्म लेते हुए देखा था। फिर अचानक वह चाहने लगी कि उसे कोई न देखे—न जन्म लेते हुए, न जीते हुए, न मरते हुए।

मुझे लगता है कि एक व्यक्ति को सदा यह देखते रहना चाहिए कि समाज में उसका स्वागत कहाँ तक पहुँच चुका है। यहाँ टी.एस. एलियट की उन कविताओं की कल्पना कीजिए जो उन्होंने नोबेल पुरस्कार मिलने के बाद लिखी होतीं! 1948 से 1964—सोलह बरस—एलियट के जीवन के कविताविहीन वर्ष! इसलिए मैं कहता हूँ कि व्यक्ति को अपना सर्वश्रेष्ठ ही समाज के सम्मुख रखना चाहिए। सर्वश्रेष्ठ आपने दिया नहीं और समाज में आपका स्वागत होने लगा, तब आप सर्वश्रेष्ठ कभी दे नहीं पाते।

संपादक

आलोचक ने मुसव्वदा प्रकाशक को दिया, तब इसका अर्थ है कि किताब छापनी है; प्रकाशक ने मुसव्वदा संपादक को दिया तब इसका अर्थ है कि किताब फ़िलहाल छापने लायक़ नहीं है, लेकिन इसे छापने लायक़ बनाना है।

वे फ़ुल स्केप काग़ज़ पर ग्यारह के फ़ॉन्ट साइज़ में टाइप किए हुए 151 पन्ने थे। रचनाकार का नाम मेरे लिए अपरिचित था और रचना का कोई नाम नहीं था। मैंने उसे पढ़ा या पढ़ने की कोशिश की, यह आज मैं ठीक-ठीक नहीं बता सकता; लेकिन कुछ रोज़ बाद मैंने प्रकाशक से इस रचनाकार के ई-मेल की माँग की और इस मुसव्वदे की वर्ड फ़ाइल की भी...

अब वे 66,579 शब्द थे।

किताब

मैं एक परिवार का वर्णन चाहती थी। इस चाहना में मैंने पाया कि मेरी कल्पना में परिवार है, यथार्थ में नहीं। मैंने माँ का चुनाव किया—यह सोचकर कि शायद माँ जिसके बारे में भी मेरे पास सिर्फ़ कल्पनाएँ हैं, उसके यथार्थ में परिवार रहा होगा। मैं परिवार की परिभाषा से परिचित नहीं हूँ। मैं नहीं जानती कि वह अपने होने के लिए कम-से-कम कितने सदस्यों और उनके बीच कितने संबंधों की माँग करता है। मैंने सोचा कि मैं माँ के आस-पास परिवार-सा कुछ बुनती जाऊँगी।

मैंने यथार्थ में मकड़ी और कल्पना में माँ होना शुरू किया।

लेखक

मैं उसकी बुनावट में था। उसने मुझे कई-कई बार कई-कई ढंग से कई-कई रूपों में जन्म दिया। वे उसके ही होंठ थे जो पहली बार मेरे होंठों से मिले थे। उसने मुझे पुरुष किया था। मैंने इससे पहले इतना सुख और कभी नहीं जाना था। सुख जिसे उठते ही जाना था—एक रोज़ पूरी तरह से उठ जाने के लिए।

उन दिनों दिन निकलते ही हमारा पीछा करने लगता। वह एक महानगर में हमें दूर-दूर भटकाता। वह जब धूल जैसा होने लगता, हम अपनी थकान लिए उससे भागकर रात्रि में छुप जाते। हम अपने कपड़े उतार फेंकते और होंठों में होंठ लिए एक दूसरे को सहलाते हुए भीगते रहते।

वह मुझे जल-जल कर देती।

इस संबंध के समय रातें गर्म थीं। हम पूरी रात चाटे, चाहे, चूमे, चूसे, भीगे और भोगे हुए रहते। हम बिस्तर पर पड़े हुए किसी सद्यः अवतरित न्यूड पेंटिंग सरीखे लगते। इस क़दर बुने जाने से पहले इस कला में अस्त-

व्यस्तता और बिखराव की सुंदरता थी। वह खुली, फैली और सोई रहती। मैं जागकर उसे देखने लगता। उसकी शर्मगाह पर एक मकड़ी रेंगती हुई नज़र आती।

किताब

माँ कल्पना थी। कल्पना में माँ का परिवार था, माँ के दादा-दादी थे जिन्हें माँ ने देखा नहीं था और यह कल्पना में भी कल्पना थी कि माँ का परिवार माँ के दादा के इंतिक़ाल तक एक ख़ुश परिवार था। माँ के पिता डॉक्टर बनना चाहते थे, लेकिन माँ के पिता के पिता की मृत्यु ने उनका इंतिख़ाब सिर्फ़ एक बीमार की तीमारदारी के लिए कर लिया और वह बीमार थीं उनकी माँ यानी माँ की दादी।

मेधावी विद्यार्थियों की मेधा यों विद्या और विद्यालय से अलग होकर अकाल ही विडंबना और व्यवहार में संलग्न हो जाती है। माँ के पिता के छोटे भाई यानी माँ के चाचा के साथ भी यही हुआ। वह चित्रकार बनना चाहते थे, लेकिन पहले दिहाड़ी और फिर दरमाहा खोजने लगे। स्थितियाँ ही कुछ यूँ थीं कि कलाओं के लिए अवकाश नहीं था। महामारी एक ऋतु की तरह और क्षय रोग नाव जलाकर उसके पास आए अतिथि की तरह देश-काल में उपस्थित थे। इस देश-काल में माँ के पिता के पिता की मृत्यु ने उन्हें एकदम से बेसहारा कर दिया। माँ के पिता सत्रह वर्ष के थे। सत्रह से पहले **महज़, सिर्फ़, केवल, मात्र** इत्यादि जोड़कर यहाँ माँ के पिता की स्थिति पर बहुत ज़ोर देने की ज़रूरत नहीं है; क्योंकि सत्रह वर्ष बहुत वर्ष होते हैं और इस अवधि में आज-कल अगर सब कुछ सटीक रहे तब लोकतांत्रिक ढंग की तीन सरकारें गुज़र जाती हैं और चौथी अपना आधा सफ़र तय करने की तरफ़ होती है। सत्रह वर्ष कम नहीं होते हैं। सत्रह वर्ष में संततियाँ सात सौ सत्तर बार से ज़्यादा हाथ से कर चुकी होती हैं। यह

क्रिया और न बढ़े इस वजह से विवाह कर दिया जाता है और सत्रहवाँ वर्ष बीतते-बीतते सत्रह वर्ष की ही संगिनी गर्भवती हो जाती है। सत्रह वर्ष की उम्र में सब कुछ इतनी तीव्रता से घटता है कि पास कुछ उल्लेखनीय बचता नहीं, सिवाय अनुभवों के और ग्लानि के। वह डेट 'कट ऑफ़ डेट' है, जब सत्रहवाँ वर्ष पूरा होता है और आपकी और आपके परिवार की त्रासदियाँ शुरू होती हैं—उनकी भी जो अभी सत्रह वर्ष के भी नहीं हैं।

प्रूफ़रीडर

आह!

मैं जब इस किताब के प्रूफ़ पढ़ रहा था और इस किताब की नायिका के पिता की सत्रह की उम्र से गुज़र रहा था, तब अचानक मैं भी कुछ कल्पनाशील हो उठा। प्रूफ़ पढ़ते हुए अगर कल्पनाशील ढंग से कुछ सोचने लगिए तो अशुद्धियाँ रह जाती हैं। यह किताब वैसे भी जब मेरे पास आई, तब अशुद्धियों से बहुत भरी हुई थी। मैं मज़ाक़ में वैसे अक्सर कहता हूँ कि साहित्यकारों को शुद्ध भाषा नहीं लिखनी चाहिए। वे उधर शुद्धता में जाएँगे और हम इधर बेरोज़गारी में...

ख़ैर, मैंने कल्पनाशीलता को बरतरफ़ किया और सिर्फ़ सोचने लगा। मैंने प्रूफ़ पढ़ना बंद कर दिया और अपने सत्रहवें वर्ष में चला गया। इस किताब की नायिका के पिता के दर्द और संघर्ष से मेरा एक आत्मीय संबंध बनने लगा। मुझे एक दौर के पिताओं पर प्यार आने लगा—द्वितीय विश्वयुद्ध के दौर के पिताओं पर। जब आबादियाँ मुहावरे में नहीं दर-हक़ीक़त भूख से मर रही थीं। दिहाड़ी-दरमाहा बहुत कम था और बाज़ार में काम भी। इसके बावजूद पिता जल्द ही पिता बन जाया करते थे। बच्चे बहुत मरते और बहुत पैदा होते थे। माँओं को टीबी हो जाया करती थी और बुआओं को और बहनों को भी। यह बीमारी तब लाइलाज थी, लिहाज़ा

घर के घर स्त्रीविहीन हो जाते थे। बहुत बच्चों में से कुछ बच्चे अगर मरने से बच गए, तब वे ही घरों में पुनः स्त्रियों को संभव करते थे। वे पत्नियाँ बनतीं, फिर माँएँ, फिर बहनें, फिर बीमार...

लेखक

वक्तव्य के लिए पंक्तियों का चाहकार बनना पड़ता है। पंक्तियों के लिए एक-एक अक्षर चलना पड़ता है। एक-एक अक्षर से ही बनते हैं शब्द और एक-एक शब्द से ही बनती है पंक्ति। वह पंक्ति व्यर्थ प्रतीत हो सकती है जिसमें कोई वक्तव्य नहीं, लेकिन बहुत सारी पंक्तियों का काम केवल वक्तव्य तक ले जाना होता है; वे वक्तव्य नहीं हो सकतीं। वक्तव्य के लिए यानी पंक्ति के लिए यानी शब्द के लिए यानी एक-एक अक्षर के लिए कच्ची उम्र से ही कच्चे रास्तों पर बहुत-बहुत चलना पड़ता है।

भिक्षु

वह राष्ट्र के प्रमुख रेल-मार्गों की एक छोटी पंक्ति थी। इस छोटी पंक्ति पर एक छोटा-सा स्टेशन था। पत्थर की दो बैंचें और एक प्याऊ इस रेलवे-स्टेशन की संपत्ति थी। इस संपत्ति को पार करते ही स्टेशन-मास्टर के कमरे से लगा हुआ एक टिकटघर था जिसे पार करते ही कुछेक ताँगे और खड़खड़ेवाले यात्रीगणों पर ध्यान देकर उन्हें पुकारने लगते थे। यात्रीगणों के पास यदि कोई भारी संपत्ति न होती, तब वे इस स्थिति में सारी पुकारों को अनसुना करते हुए पैर-पैर हो लेते। कोस दो कोस पर उनके गाँव होते और राह के बीच-बीच में वृक्षों का छाया-संसार, जिनके आस-पास जल बहता रहता। गाँव नज़र आने शुरू हों, इससे पहले ही कई गाँवों की एक गढ़ी नज़र आती—एक उजाड़ गढ़ी।

सारी विलासिताओं के वीरानियों में बदल जाने पर भी जन-सामान्यताएँ उनसे भयभीत ही रहती हैं। इन वीरानियों में भी उन्हें लगता है कि अभी कोई विलासिता कहीं से उभरेगी और उन पर झपट पड़ेगी और उनकी पुकार-ओ-फ़रियाद इस क़िलेबंदी में घुटकर रह जाएगी।

यहाँ वर्णित गढ़ी ने उजाड़ होने से पहले इस प्रकार के कई दृश्य देखे थे। दृश्य-दर-दृश्य लालसा और बढ़ती गई। वातावरण की वासना में भय की उपेक्षा संभव नहीं रह गई। असुरक्षा चरम दुःख पा चुकी थी। इस सबकी प्रतिक्रिया में जब प्रतिकार फट पड़ने को था, तब जागीरदारों को लगा कि अब यहाँ से निकल लेना चाहिए। उनके पास एक दूरगामिनी दृष्टि थी। प्रतिकार की धूल अपने तेज़ प्रवाह से उन्हें मनमाने ढंग से खदेड़े, इससे पहले ही वे विपरीत हो जाना चाहते थे। यों यह गढ़ी अपने स्थपतियों से मुक्त होकर खँडहर हुई। वे जिन्होंने इसकी स्थापना-प्रतिष्ठा के समय बड़े-बड़े पत्थर ढोए थे, उनकी संततियाँ इसकी ऊँचाइयों पर चढ़ बैठीं। उन्होंने नज़र में अब भी बाक़ी और क़ीमती नज़र आ रही एक भी चीज़ सलामत नहीं छोड़ी। उन्होंने पूरी गढ़ी के एक-एक कोने को नयन भर-भरकर निहारा, कुरेदा, कोंचा, खुरचा, रौंदा और हर्षावेश से विह्वल हो गए।

गढ़ी—कुछ ही रोज़ में अशुभ हो गई। वह मनोहरता खो बैठी। उसकी पूरी देह में दरारें पड़ गईं। वह डरावनी लगने लगी। एक अँधेरे ने उसे ले लिया।

इस दृश्य-स्थिति से क़रीब सौ कोस दूर मातृपितृविहीन दो भाई अपने ममाने में अपने मामा-मामी और ममेरे भाई-बहनों की चाकरी किया करते थे।

ज्योतिषी

मेरे छोटे भाई को बचपन से ही वर्णन करना अच्छा लगता था। मुझे बचपन से ही पुस्तकें पढ़ना अच्छा लगता था। लेकिन हम दोनों को बचपन से ही वह करना पड़ा जो हमें अच्छा नहीं लगता था।

भिक्षु

माँ-बाप बच्चे पैदा करते हुए यह क्यों नहीं सोचते कि उनका क्या होगा—जब अब तक इस दुःखमय संसार में उनका ही कुछ नहीं हुआ!?

ऋतुकाल से मुक्त हुई माँ को धुले-खुले केशों में देखकर पिता में तनाव आ जाता है। वह कोई और तरीक़ा नहीं जानता। वह सीधे माँ में घुस जाता है। वह सही समय पर बाहर निकलना नहीं जानता और यों हमें बाहर आना पड़ता है—इस दुःखमय संसार में जिसमें मादरचोदों की कई कोटियाँ हैं। वे अपने जूते हमारी पीठ पर मारते हैं और हमारे दो दाँत उखड़ जाते हैं। उन्हें कोई फ़र्क़ नहीं पड़ता है। वे हम पर और ग़ुर्राते ही जाते हैं और हम उनके इशारों पर और कुदाल चलाते ही जाते हैं।

हमारा बचपन ऐसा नहीं होता, अगर हमारे माँ-बाप हमें पैदा करके हमारे बचपन में ही मर नहीं जाते। हम इस उम्र में ही इतना वज़्न नहीं उठाते कि पसीना हमारे माथे से बहता हुआ हमारी आँखों में भरने लगता। नहीं—नहीं ये आँसू नहीं हैं। यह आँसुओं-सा ही कुछ है—हमें यह यक़ीन दिलाता हुआ कि हमें दीखता हुआ कुछ भी हमारे लिए नहीं है। वह खाना जिसकी ख़ुशबू पूरे घर-आँगन में उड़ रही है, हमारे लिए नहीं है। वे कपड़े जो पहली बार धुलकर सूख रहे हैं, हमारे लिए नहीं हैं। वह बिस्तर जिस पर सलीक़े से हमने चादर बिछाई है, तकिया सजाया है; हमारे लिए नहीं है। वे जूते, वे बस्ते हमारे लिए नहीं हैं; जिन्हें पहनकर कंधे और पैर पाठशाला

जाते हैं, ताकि देह के साथ-साथ दिमाग़ का भी विकास हो।

ज्योतिषी

मेरे छोटे भाई को सीमाएँ पसंद नहीं थीं। मुझे यात्राएँ पसंद नहीं थीं। लेकिन यात्रा ही हमें यातना से बचा सकती थी। यातनाएँ किसी को पसंद नहीं होतीं। मैं जब अपने चौदह साल के भाई के साथ अपने ममाने से भागा, तब मेरी उम्र सत्रह बरस की थी। भिक्षु को ग़ुस्सा बहुत आता था, पर वह कहीं उतर नहीं पाता था। वह उसमें ही कहीं जमा होता जाता था। यातना से मुक्ति देने वाली यात्रा से बिल्कुल पहले मैंने उसका ग़ुस्सा देखा था। वह उसके उन हाथों में उतर आया था जो सोते हुए मामा की गर्दन और लौड़े पर थे। उसका पूरा ग़ुस्सा उस रोज़ मामा के पैरों की छटपटाहट के साथ उतर गया। मामा को सदा के लिए शांत करके वह पैर-पैर हो लिया। वह चैत का बहुत घना और गुनगुना अँधेरा था। एक सुशीतल हवा हमें छू रही थी। मुझे डर लग रहा था।

भिक्षु

भैया—जिन्हें मैं गुरु भाई कहता था—मेरे पीछे-पीछे भागते हुए काँप रहे थे। एक सुरक्षित दूरी पर पहुँचकर वह सम हुए और अपनी ख़राब संस्कृत में 'ऋग्वेद' में वर्णित 'रात्रिसूक्त' का पाठ करने लगे :

ॐ रात्री व्यख्यदायती पुरुत्रा देव्यक्षभिः। विश्वा अधि श्रियोऽधित॥ १॥
ओर्वप्रा अमर्त्यानिवतो देव्युद्वतः। ज्योतिषा बाधते तमः॥ २॥
निरु स्वसारमस्कृतोषसं देव्यायती। अपेदु हासते तमः॥ ३॥
सा नो अद्य यस्या वयं नि ते यामन्नविक्ष्महि। वृक्षे न वसतिं वयः॥ ४॥
नि ग्रामासो अविक्षत नि पद्वन्तो नि पक्षिणः। नि श्येनासश्चिदर्थिनः॥ ५॥
यावया वृक्यं वृकं यवय स्तेनमूर्म्ये। अथा नः सुतरा भव॥ ६॥
उप मा पेपिशत्तमः कृष्णं व्यक्तमस्थित। उष ऋणेव यातय॥ ७॥

उप ते गा इवाकरं वृणीष्व दुहितर्दिव:। रात्रि स्तोमं न जिग्युषे॥ ८॥[1]

ज्योतिषी

हम अंधकार से प्रकाश की ओर आ चुके थे, जब हमें एक उजाड़ गढ़ी दिखाई दी। मैं वहीं रुक गया और फिर कहीं नहीं गया। भिक्षु अपनी पूरी क्षमता भर भागकर गढ़ी में घुसा और उसने पाया कि काँच की बोतलों के टुकड़े, अधजली बीड़ियाँ, रक्त से सने सूख चुके कपड़े, बहुत सारी राखमय धूल और भंगार यहाँ-वहाँ दु:खदेय सचाइयों की तरह व्याप्त हैं।

---

1. महा तत्त्वादिरूप व्यापक इंद्रियों से सब देशों में समस्त वस्तुओं को प्रकाशित करने वाली ये रात्रिरूपा देवी अपने उत्पन्न किए हुए जगत् के जीवों के शुभाशुभ कर्मों को विशेष रूप से देखती हैं और उनके अनुरूप फल की व्यवस्था करने के लिए समस्त विभूतियों को धारण करती हैं॥ १॥ ये देवी अमर हैं और संपूर्ण विश्व को, नीचे फैलने वाली लता आदि को तथा ऊपर बढ़ने वाले वृक्षों को भी व्याप्त करके स्थित हैं; इतना ही नहीं, ये ज्ञानमयी ज्योति से जीवों के अज्ञानांधकार का नाश कर देती हैं॥ २॥ परा चिच्छक्तिरूपा रात्रिदेवी आकर अपनी बहिन ब्रह्मविद्यामयी उषादेवी को प्रकट करती हैं, जिससे अविद्यामय अंधकार स्वत: नष्ट हो जाता है॥ ३॥ वे रात्रिदेवी इस समय मुझ पर प्रसन्न हों, जिनके आने पर हम लोग अपने घरों में सुख से सोते हैं—ठीक वैसे ही जैसे रात्रि के समय पक्षी वृक्षों पर बनाए हुए अपने घोंसलों में सुखपूर्वक शयन करते हैं॥ ४॥ उस करुणामयी रात्रिदेवी के अंक में संपूर्ण ग्रामवासी मनुष्य, पैरों से चलने वाले गाय, घोड़े आदि पशु, पंखों से उड़ने वाले पक्षी एवं पतंग आदि, किसी प्रयोजन से यात्रा करने वाले पथिक और बाज़ आदि भी सुखपूर्वक सोते हैं॥ ५॥ हे रात्रिमयी चिच्छक्ति! तुम कृपा करके वासनामयी वृकी तथा पापमय वृक को हमसे अलग करो। काम आदि तस्कर समुदाय को भी दूर हटाओ। इसके बाद हमारे लिए सुखपूर्वक तरने योग्य हो जाओ—मोक्षदायिनी एवं कल्याणकारिणी बन जाओ॥ ६॥ हे उषा! हे रात्रि की अधिष्ठात्री देवी! सब ओर फैला हुआ यह अज्ञानमय काला अंधकार मेरे निकट आ पहुँचा है, तुम इसे ऋण की भाँति दूर करो—जैसे धन देकर अपने भक्तों के ऋण दूर करती हो, उसी प्रकार ज्ञान देकर इस अज्ञान को भी हटा दो॥ ७॥ हे रात्रिदेवी! तुम दूध देने वाली गाय के समान हो। मैं तुम्हारे समीप आकर स्तुति आदि से तुम्हें अपने अनुकूल करता हूँ। परम व्योमस्वरूप परमात्मा की पुत्री! तुम्हारी कृपा से मैं काम आदि शत्रुओं को जीत चुका हूँ, तुम स्तोम की भाँति मेरे इस हविष्य को भी ग्रहण करो॥ ८॥

भिक्षु

हमने सब कुछ साफ़ किया और कुछ ही रोज़ में गढ़ी हमारे रहने लायक़ हो गई। चुराया-छीना-झपटा-बीना-माँगा हुआ जो कुछ भी हमारे पास था, उससे हमने गढ़ी को मठ बना दिया। हमने गेरुआ धारण किया और गढ़ी के आस-पास के सब गाँवों में हमारी चर्चाएँ होने-उठने लगीं। गुरु भाई की भभूत से बीमार और लाचार ठीक होने लगे। वह नए जन्मे बच्चों की जन्मपत्री बनाने लगे। वह विवाह के लिए उत्सुक और उठे हुए भावी वर-वधुओं के गुण मिलाने लगे। वह काले जादू और टोने-टोटके में तड़पती देहों-आत्माओं को मुक्त करने लगे। गढ़ी अब आलोचना से परे एक पवित्र स्थल में परिवर्तित हो चुकी थी।

गुरु भाई तन-मन सब तरफ़ से पूरी तरह निष्कलुष थे। उन्होंने कभी अत्याचारी तक का बुरा नहीं चाहा था। संभवतः इसलिए ही उनकी प्रार्थनाएँ प्रभावशाली थीं। उनसे किसी का दुःख देखा नहीं जाता था। उनके शब्द उनके करुणाकुल हृदय से उठते थे। उनमें आँसुओं-सी तरलता और सचाई थी। उनमें चमत्कार था। वह साधु थे।

''जा माँ!'' वह गोद में मूर्च्छित पड़े बच्चे के आज्ञाचक्र पर अपने दाहिना हाथ का अँगूठा रखते हुए कहते, ''निश्चिंत रह, सबका कल्याण होगा, सबका मंगल होगा...''

साधु! साधु!! साधु!!!

ज्योतिषी

भिक्षु कई-कई रोज़ बाद गढ़ी लौटता। उसके पास एक विस्तृत यात्रा-वृत्तांत होता। वह भिक्षाटन से जुटाई गई वस्तुएँ देखते और सिक्के गिनते हुए मुझे अपनी यात्रा का वृत्तांत सुनाता रहता। वह मेरा बहुत ख़याल रखता

था। वह न होता, तब मेरी विद्या का विस्तार न होता।

भिक्षु

हमें गढ़ी में बसे छह-सात बरस हो चुके थे, जब एक टपटपाती हुई सुबह हमें वर्षादेवी का रुदन सुनाई दिया। गुरु भाई उसे अपने अंक में धारण करके 'श्रीदेव्यथर्वशीर्षम्' के एक अंश का पाठ करने लगे :

> यस्याः स्वरूपं ब्रह्मादयो न जानन्ति तस्मादुच्यते अज्ञेया। यस्या अन्तो न लभ्यते तस्मादुच्यते अनन्ता। यस्या लक्ष्यं नोपलक्ष्यते तस्मादुच्यते अलक्ष्या। यस्या जननं नोपलभ्यते तस्मादुच्यते अजा। एकैव सर्वत्र वर्तते तस्मादुच्यते एका। एकैव विश्वरूपिणी तस्मादुच्यते नैका। अत एवोच्यते अज्ञेयानन्तालक्ष्याजैका नैकेति॥ २३॥[2]

लेखक

गढ़ी के साधु भाइयों ने उसे जीवन और अक्षर का ज्ञान कराया। वह धीमे-धीमे बहुत कुछ पढ़ने लगी। वह सब कुछ जो उसके दायरे में था और जिसे पढ़ा जा सकता था... वह उसे पढ़ने लगी—धर्म-ग्रंथ, ज्योतिष-विद्या, तंत्र-मंत्र-यंत्र, इंद्रजाल, बहुत पुराने अख़बार और वे सारे लुगदी उपन्यास और पत्रिका-साहित्य जो भिक्षाटन के समय ज्योतिष नहीं जानने वाले साधु को प्राप्त होता रहा था। वह भिक्षाटन के लिए बहुत दूर-दूर तक निकल जाया करता था, क्योंकि इस दूर-दूर तक निकल जाने में कोई माली ख़र्च नहीं था, केवल इच्छा-शक्ति दरकार थी और वह श्रम और दंड जो दूर-दूर

---

2. जिसका स्वरूप ब्रह्मादिक नहीं जानते—इसलिए जिसे अज्ञेया कहते हैं, जिसका अंत नहीं मिलता—इसलिए जिसे अनंता कहते हैं, जिसका लक्ष्य दीख नहीं पड़ता—इसलिए जिसे अलक्ष्या कहते हैं, जिसका जन्म समझ में नहीं आता—इसलिए जिसे अजा कहते हैं, जो अकेली सर्वत्र है—इसलिए जिसे एका कहते हैं, जो अकेली ही विश्वरूप में सजी हुई है—इसलिए जिसे नैका कहते हैं; वह इसीलिए अज्ञेया, अनंता, अलक्ष्या, अजा, एका और नैका कहाती हैं॥ २३॥

तक निकल जाने में देह को करना और भोगना पड़ता है। इस सिलसिले में वह अपने बड़े भाई से बहुत भिन्न था, जिसे चलना बिल्कुल पसंद नहीं था। आख़िरी बार वह सबसे देर और दूर तक तब चला था, जब वह अपने छोटे भाई के पीछे-पीछे काँपते हुए अपने ममाने से भागा था। वे तब इसलिए भागे थे, क्योंकि वे इस बिंदु पर एकमत थे कि ज़िंदा रहने के लिए ग़ुलामी नहीं करनी चाहिए।

ज्योतिषी

वह मिट्टी में मिट्टी से खेलती रहती थी।

वह मिट्टी में मिट्टी खाती रहती थी।

वह मिट्टी में मिट्टी से बनी थी।

वह पूरी तरह पुरुषों की संतान थी। हमने उसे किसी स्त्री को छूने नहीं दिया था। लेकिन एक अनिवार्य समय-चक्र ने उसे भी समझदार बना दिया। वह भर गई। वह नए स्पर्श के लिए व्याकुल होने लगी। वह विशाल खुली जगहों पर बरसना चाहती थी।

बूँदें... बूँदें... बूँदें...

एक रोज़ वह देवी-पूजन के लिए फूल चुनने के बहाने निकली और फिर गढ़ी से उसकी सुगंध जाती रही। वह हाथ में फूल लिए हुए पैर-पैर हो गई...

भिक्षु

इस प्रस्थान में हमें गढ़ी उस रोज़-सी लगी, जिस रोज़ हमने इसमें पहली बार प्रवेश किया था। मुझे लगता है कि मेरे यात्रा-वृत्तांतों ने उसे इस प्रस्थान के लिए विकल कर दिया।

ज्योतिषी

मेरा इंद्रजाल उसे रोक नहीं पाया।

भिक्षु

मैं चौमासों में थम जाता था। इस वर्षावास में उसके सामने मैं अपने पुराने यात्रा-वृत्तांत दुहराया करता। वह अपनी बड़ी-बड़ी गोल आँखों से मुझे ताकती रहती। मैं कहता कि तू भी तभी आई थी, जब मैं थमा हुआ था। तेरी माँ तुझे हमारे पास छोड़ गई थी। तेरी माँ को भी अकेले चलना पसंद था। तू बोझ थी मेरी बच्ची! ...और वैसे भी सब अकेले ही चलते हैं। कौन किसके साथ चलना चाहता है! कौन किसके साथ चलता है? कोई किसी के साथ नहीं चलता। हमसफ़र परस्पर बोझ होते हैं। मैं भी जब चलता हूँ, तब अकेले ही चलता हूँ। मेरा चलना ही मेरा प्रायश्चित है। इस प्रायश्चित में जलते-चलते मेरे पैर सूज जाते हैं। उनसे लहू रिसने लगता है। इस दर्द में कहीं-कहीं मनुष्यता मुझे रोक लेती है। मैं शर्मिंदा होता हूँ। वे मेरे पैर धोते हैं। मैं और शर्मिंदा होता हूँ। वे मेरे ज़ख़्मों को मलहम करते हैं। मैं...। वे मुझे जल देते हैं। मेरी आँखें भीग जाती हैं। वे मुझे फल देते हैं। मैं भर जाता हूँ। वे अपने हाथ जोड़ लेते हैं। मैं उनके हाथ थाम लेता हूँ। वे अपने मस्तक मेरे पैरों पर रख देते हैं। मैं ज़मीन में धँस जाता हूँ। वे मुझे विदा करते हैं। कोई किसी के साथ नहीं चलता। लेकिन कहीं-कहीं हमें रोक लेने वाली, कुछ देर तक हमारे साथ रहने वाली और हमें मनुष्य बनाने वाली मनुष्यता अंतहीन है। हमें घृणा, हिंसा और अपराध के लिए विवश करने वाले बहुत सीमित हैं। उन्हें कभी जीतने मत देना मेरी बच्ची! मेरी प्यारी बच्ची...

प्रकाशक

उसके उपन्यास को प्रकाशित करने का फ़ैसला उस वक़्त ही हो गया जिस वक़्त एक समादृत समालोचक के सौजन्य से उसका मुसव्वदा हमें मिला। हमने उसे छुआ तक नहीं और छापने का फ़ैसला कर लिया। जब फ़ैसला हुआ, तब हमने उसे छुआ। हम उन चीज़ों को छूते ही नहीं हैं, जिनके बारे में हमें फ़ैसला करना हो। हम उन चीज़ों को छूते हैं, जिनके बारे में हमें अलग रखकर फ़ैसला लिया जा चुका है। लेकिन कुछ न कुछ इस अवसर पर हमें दर्ज करना होता है, इसलिए हम कहते हैं कि यह हमारे निर्णायक और संपादक मंडल का फ़ैसला है। पर सच यह है कि हमारा निर्णायक और संपादक मंडल कभी नज़र नहीं आता है। वह दृश्य में नहीं है। उसमें शरीक व्यक्तियों के कोई नाम नहीं हैं। उनकी जन्मतिथि भी अज्ञात है। लेकिन हमारा पारदर्शिता में पूरा यक़ीन है, क्योंकि हम मानते हैं कि पारदर्शिता एक अपारदर्शी मूल्य है।

प्रूफ़रीडर

हिंदी में प्रकाशन-संसार की संरचना जिस तरह निर्मित हुई है, उसमें चाह कर भी किसी चीज़ के पारदर्शी और नैतिक होने पर यक़ीन नहीं होता। यहाँ लेखक-लेखिकांश-विवरण यानी रॉयल्टी-स्टेटमेंट ही देख लीजिए, हिंदी प्रकाशन के संदर्भ में वे एकदम झूठ के पुलिंदे होते हैं—बहुत सारे मामलों में तो वे होते ही नहीं, सिर्फ़ मुँहज़ुबानी काम चलता और चलता चला जाता है। इस प्रकार एक पुस्तक से बाहर का पुस्तक-संसार बनता है—अपराध, छल और भ्रम से संचालित, सुनियोजित और सुगतिशील।

यह स्थिति कितनी भयावह है, इसे इससे समझिए कि हिंदी के बहुत सारे लेखक-लेखिकाएँ एक या एकाधिक किताबें आ जाने के बावजूद कोई

अनुबंध-पत्र दिखाने की स्थिति में नहीं होते हैं। यहाँ अनुबंध-पत्र भी एक अद्‌भुत चीज़ है—पाठ और समझ दोनों से ही परे एक ऐसी चीज़ जिसे अँग्रेज़ी में एक दुरूह और क़ानूनी भाषा में लिखा गया है और जिसके मूल में हिंदी के साहित्यकार को बँधुआ मज़दूर बनाने का विचार निहित है। इस प्रकार के अनुबंध-पत्र को पा लेना भी जब हिंदी में सामान्य नहीं है; तब यहाँ किसे कितनी रॉयल्टी मिली है या मिलती है या मिलेगी या कब तक मिलेगी... कोई आख़िर क्या बताए!

मैं यहाँ रॉयल्टी-राशियों के ज़िक्र से बच रहा हूँ, क्योंकि वे हिंदी में इतनी नहीं होती हैं कि सब कुछ छोड़-छाड़कर मसिजीवी हुआ जा सके। यहाँ रॉयल्टी-राशि का किसके लिए कितना और क्या अर्थ है और वह कितनी किसके लिए सम्मानजनक है; यह सबकी अपनी-अपनी स्थिति, प्रतिभा और शक्ति पर निर्भर है।

रॉयल्टी से होता क्या है या क्या हो सकता है या क्या हो जाएगा; हिंदी लेखक अपनी शुरुआत से ही इस तरफ़ से बेख़ुद, अनजान और नाउम्मीद नज़र आते हैं। इस चित्र में प्रकाशक अपनी मनमर्ज़ियों के रंग भरते हैं और बीच बाज़ार बैठ यह कहते हैं कि आज-कल पढ़ने वाले बहुत कम हो गए हैं। यह कहते हुए उनके चेहरे की चमक और उदर का आकार बढ़ता जाता है; उनके घर, उनके उपक्रम, उनके दफ़्तर, उनके नौकर, उनके वाहन, उनके आयोजन बढ़ते जाते हैं। उनके लेखक-लेखिकाएँ भी बढ़ते जाते हैं, लेकिन इस निरंतर विस्तार में एक भी ऐसा लिक्खाड़ नज़र नहीं आता जो साहित्य लिखकर जीवित हो या साहित्य लिखकर संपन्न हुआ हो।

हिंदी साहित्य के सशक्त और उज्ज्वल हस्ताक्षरों पर नज़र डालिए और इस सिलसिले से संबद्ध उनके अनुभवों को परस्पर मिलाइए, एक ऐसा रसायन तैयार होगा जिसके आगे नई कविता और नई कहानी के दौर का

'भोगा हुआ यथार्थ' और 'अनुभूति की प्रामाणिकता' दोनों ही मात हो जाए।

इन अनुभवों को रॉयल्टी ही नहीं, किताब प्रकाशित करवाने की प्रक्रिया से भी जोड़कर देखिए; यह मात और गंभीर दिखाई देगी। इतनी बोझिल, बोर, तकलीफ़देह, संशयग्रस्त और बेवक़ूफ़ियों से भरी, आत्म-सम्मान छीन लेने वाली संसार में कोई दूसरी प्रक्रिया नहीं है—मेरी जानकारी में... इसमें कोई सुख नहीं है, अगर है तो हिंदीवालों ने जाना नहीं है। संभवत: उन्होंने जाना हो जो सत्ता-संरचना और शक्ति-स्थलों से संबद्ध हैं या उन्हें प्रभावित करने की तिकड़मी हैसियत रखते हैं। वे जो यह हैसियत नहीं रखते, अपने लेखन के शुरुआती दिनों में जिस महान् उत्साह और संकल्प से भरे होते हैं, इस वातावरण में/से घिरकर धीरे-धीरे खोखले और प्रभावशून्य होते जाते हैं।

इस सत्य से साक्षात्कार के लिए अतीत को वर्तमान से अलग नहीं किया जा सकता, जहाँ दुर्दिनों से ग्रस्त हिंदी के दरिद्र रचयिताओं का व्यक्तित्व एक सघन अँधेरे में झिलमिला रहा है; जहाँ उन्हें रॉयल्टी साल में एक दफ़ा नहीं मिलती, तब मिलती है जब उन्हें बेटियों की शादी करनी होती है, घर ख़रीदने या बनवाने होते हैं या जब उन्हें दिल का दौरा पड़ता है या जब वे ख़ून की उल्टियाँ करने लगते हैं या जब वे कैंसरग्रस्त हो जाते हैं या जब उनके न रहने की ख़बर आ जाती है...।

ये सब चालू और घिसे हुए मुहावरे हैं कि रचयिता अपने रक्त से रचता है, वह अपनी रचना को अपनी संतान की तरह आकार देता है; लेकिन क्या किया जाए अगर चमक ने कुछ ख़ास नहीं दिया और चालू और घिसे हुए मुहावरे ही सचाई सँभाले हुए हैं। ...तब इसी मुहावरे में अपने रक्त से रची संतति को लेकर एक रचयिता प्रकाशक के पास जाता है कि वह इसे प्रकाशित करे। प्रकाशक इस संतति में निवेश करता है, पास खड़ी प्रकाशक की संतानें शोषण की अनंत संभावनाओं से समृद्ध इस निवेश के

दीर्घकालिक लाभ को पहचानती हैं और क़सम खाती हैं—दूसरे धंधे में न जाने की।

मैं कुछ देर से सोच रहा हूँ कि इस प्रकरण को यहीं विराम दूँ, लेकिन इस विषय पर मेरा कहना रुक ही नहीं रहा है। हम एक मूर्ख वर्चस्व और गंभीर संकट से घिरे हुए हैं। अज्ञान और अन्याय के अँधेरे गहरे होते जा रहे हैं, ऐसे में पापाचरण पर टिका ज्ञान का यह कारोबार भी डगमगाएगा ही; क्योंकि इसका व्यवहार भी सत्ता जैसा ही है—आपदा में भी अवसर खोज लेने का। फ़िलहाल बहुत सारे प्रश्न हैं, उत्तर एक भी नहीं। इन बहुत सारे प्रश्नों में ही एक प्रश्न रॉयल्टी का भी है। यहाँ चक्रव्यूह या कहें दुश्चक्र कुछ इस तरह गढ़ा गया है कि इस प्रश्न को करने की धृष्टता हिंदी में कम ही हुई है।

प्रकाशक

जब तक एक भी धृष्टता नज़र आ रही है, उत्तर पाने की विकलता और संभावना समाप्त नहीं होगी।

आलोचक

उस पर मेरी नज़र पहले पड़ी, उसके लिखे पर बाद में। उसकी इतनी सारी तस्वीरें दृश्य में सार्वजनिक थीं कि मुझे लगता था : यह सभ्यता एक रोज़ तस्वीरों के नीचे दबकर नष्ट हो जाएगी। फिर एक रोज़ मैंने उसकी तस्वीरों के साथ दिए गए उसके गद्य को पढ़ना शुरू किया। वह संपादन ज़रूर माँग रहा था, लेकिन उसमें एक नवाचार था। मैं उसके विषय में और जानने को उत्सुक हो उठा।

किताब

माँ के दादा के न रहने के पंद्रह महीने के भीतर-भीतर माँ के परिवार में पाँच मौतें और हुईं—माँ की दादी, माँ की माँ, माँ के चाचा और माँ की दो बुआएँ। अब घर में केवल एक पुरुष था—माँ के पिता, और दो स्त्रियाँ थीं—एक माँ के पिता की बहन और दूसरी उनकी बेटी यानी मेरी माँ।

इस घर को चलाने के लिए माँ के पिता ने साबुन और सर्फ़ का एक अत्यंत लघु कारोबार शुरू किया। वह नगर की सबसे पुरानी और व्यस्त जगह थी, जहाँ माँ के पिता छोटी-सी एक दुकान लेकर उसमें बैठने लगे। उस दुकान में एक वक़्त में सिर्फ़ एक व्यक्ति ही बैठ सकता था। यह दुकान बाज़ार में सबसे पहले खुलती और सबसे आख़िर में बढ़ती। माँ के पिता कोई अवकाश नहीं लेते थे, फिर भी यह दुकान कुछ ख़ास चलती नहीं थी। वह हथेली पर ठोड़ी टिकाए पूरे बाज़ार या कहें संसार की आवाजाही और चहल-पहल देखते रहते। वह बहुत चुप-चुप रहते थे। उनकी हथेलियाँ छिली रहतीं। यह छिलना सर्फ़ ख़ुद तैयार करने की वजह से होता था।

यह वह दौर था जब बाज़ार में डिटर्जेंट पाउडर के बहुत सारे ब्रांड नहीं थे। सर्फ़ की खपत भी बहुत नहीं थी। सब कुछ को पानी के साथ मिट्टी और राख से ही साफ़ कर लेने का चलन था। इसके बावजूद सर्फ़ का कारोबार आने वाले समय में अंतविहीन संभावनाओं से लबालब था। उसकी खपत प्रति व्यक्ति क़रीब पाँच किलोग्राम सालाना होने वाली थी। भारतीय गाँव इसके लिए लक्ष्य पर थे। उन्हें मिट्टी, राख और गोबर से दूर करने की योजनाएँ बनने वाली थीं। खुले में सुविधाजनक ढंग से शौच जाने की जगहें कम पड़ने वाली थीं और नदियों और तालाबों को सीवर हो जाना था। भारत के गाँवों में सफ़ाई के प्रति नए-नए रुझान उत्पन्न करने की महत्त्वाकांक्षाएँ शक्ल ले रही थीं और गाँड़ धोने के बाद हाथ धोने की चेतना

उत्पन्न करने के लिए राष्ट्रीय बजट में विशेष प्रावधान किया गया था।

माँ के पिता एक बार में पचास किलो सर्फ़ तैयार करते। सबसे ज़्यादा आईडीईटी-10, उससे कम सोडियम ट्राइपॉलीफॉस्फेट, उससे भी कम सोडा ऐश और उससे भी कम कार्बोक्ज़ी मिथाइल, उससे भी कम रंग, टिनोपाल इत्यादि। माँ के पिता इन सबको मिलाने के लिए केवल अपने नंगे हाथों का ही इस्तेमाल करते। इससे हथेलियाँ छिलतीं और छिली हुई हथेलियाँ और छिलतीं।

यह सब देखकर एक बार एक ग्राहक ने उनसे पूछा कि ऐसा क्यों करते हो... दर्द नहीं होता?

इस पर उन्होंने कहा कि इससे ज़्यादा दर्द होता है, जब ग्राहक नहीं आता।

इसके बाद इस ग्राहक से उनकी मज़बूत दोस्ती हो गई और जल्द ही वह दिन भी आया जब माँ के पिता ने इस ग्राहक से इस सबसे भी बड़ा दर्द साझा किया :

"तुम नहीं जानते कि सबसे बड़ा दर्द क्या है। सबसे बड़ा दर्द है—जब घर के भीतर कोई हो और आपको घर के बाहर ताला लगाकर घर से दूर जाना पड़े।"

माँ के पिता अपनी बहन और बेटी को घर के भीतर बंद करके बाहर जाते थे। घर के बाहर की दुनिया कोमलता और मासूमियत के लिए बिल्कुल भी महफ़ूज़ नहीं थी। वह नहीं चाहते थे कि बाहर घर आए। माँ के पिता की अनुपस्थिति में माँ के पिता की बहन—जो माँ की उम्र से थोड़ी ही बड़ी थी—उनकी बेटी का और ख़ुद का ख़याल रखती थी।

...और इस तरह चीज़ें बड़ी होती जाती थीं—सबसे बड़े दर्द से भी बड़ी।

संपादक

वे 66,579 शब्द!—मैं उन्हें बहुत कम कर देना चाहता था। यहाँ सर्फ़ बनाने की विधि का इतने विस्तार से वर्णन किया गया था कि यह कथ्य की ज़रूरत और मेरी समझ से परे था। क्या इस उपन्यास को कोई इसलिए पढ़ेगा कि उसे सर्फ़ बनाना है? नहीं। पिता सर्फ़ का व्यापार करते थे और वह सर्फ़ स्वयं बनाते थे... इतना भर बताना पर्याप्त है। लेकिन वह मेरे इस सुझाव पर राज़ी नहीं थी। इसके बावजूद जब मैंने सर्फ़ बनाने की विधि के विवरण और वर्णन को 2,110 शब्दों से घटाकर महज़ 110 शब्दों में करके वह अनुच्छेद उसे सुनाया, तब वह सचमुच मेरे प्रति कुछ कृतज्ञ और मेरी प्रतिभा से कुछ आप्लावित प्रतीत हुई।

प्रूफ़रीडर

मेरे पास अब तक जिस तरह की किताबें प्रूफ़ पढ़ने के लिए आती रही हैं, उनमें से बेशतर कथा-साहित्य से ही संबंधित होती हैं। इसका बहुत सीधा अर्थ है कि मेरी भाषा में कथेतर कम है, इतना कम कि अगर वह कभी भूल से सामने आ भी जाए तो सब उसे कथा की तरह ही पढ़ने लगते हैं। इसलिए यहाँ सब कुछ गल्प है। राष्ट्र के संचालक चारों स्तंभ गल्प हैं। वे ही गल्पतंत्र की रक्षा करते हैं। इस व्यवस्था में कथा का प्रतिरोध करके कथेतर की माँग करना राष्ट्रद्रोह है। राष्ट्रद्रोह नाक़ाबिल-ए-मुआफ़ी है, इसलिए मैं कथेतर की माँग से बचता हूँ और अपने आस-पास को भी इस माँग से बचने के लिए प्रेरित करता हूँ; पर यह भी सच है कि कथा-साहित्य पढ़ते हुए—मैं अब बेहद ऊब से भर जाता हूँ। मुझे लगता है कि आज-कल के आलोचकों ने ठीक से अपना काम करना बिल्कुल ही बंद कर दिया है या शायद अब उनकी ज़रूरत और धमक वैसी रही नहीं, जैसी

कभी हुआ करती थी। वे बहुत ढीले और आवेगरहित हो चुके हैं। बौद्धिक विचलन और अस्मितावाद की हवा उनका स्थान और स्वर उड़ा ले गई है। ...और जहाँ तक बात अस्मितावादियों की है, उनके पास आज सब कुछ है, बस हृदय नहीं है। फ़िलहाल, इस किताब के प्रूफ़ पढ़ते हुए पहली बार मेरी सर्फ़ में गंभीर दिलचस्पी प्रकट हुई। मैंने अपनी संगिनी से प्रतिमाह के हमारे सर्फ़ के ख़र्च और खपत के बारे में पूछा और यह भी कि क्या हम अपना सर्फ़ ख़ुद बना सकते हैं!

लेखक

'यह सब कुछ पहले भी हो चुका है' की प्रतीति बहुत हताश होने से बचाती है। वह जब गढ़ी के इंद्रजाल से भागी, तब वह श्रम और दंड उसने भी किया और भोगा जो दूर-दूर तक निकल जाने में देह को करना पड़ता है। कई पड़ावों पर उसे लगा कि जैसे वह आज ही उत्पन्न हुई है। वह उजाड़, ऊबड़-खाबड़, समतल, रूखी-सूखी और दुखी जगहों से चलकर राजधानी पहुँची। राजधानी उसके लिए समुद्र थी। राजधानी तक की यह यात्रा अनजानी-अनदेखी उलझनों-यातनाओं से नहाई हुई यात्रा थी। इस यात्रा में वक़्त उसे बार-बार वहीं ले आता, जहाँ वह पहले भी आ चुकी थी। वह स्वयं को और इस सचाई को अब एक दर्शक की तरह देख रही थी और इस तरह वह सामने के समय के लिए दर्शनीय हो चुकी थी। यह धूसर से चमक तक का सफ़र था। वह पीछे नहीं जा सकती थी और आगे समुद्र था, जिससे सदेह पार पाने की कोई युक्ति उसके पास नहीं थी।

ज्योतिषी

मेरी युक्तियाँ उसके काम नहीं आनी थीं। मैं उसे जीवन के बारे में क्या बता सकता था! जीवन एक स्वप्न है, जिससे उसकी आँखें अर्थ न

समझते हुए भी गुज़रती रहती थीं। मैंने अपनी माया से यह जान लिया था कि एक रोज़ वह यह गढ़ी छोड़कर बाहर चली जाएगी। मैंने उससे कहा था कि यहाँ तेरे लिए कोई काम नहीं है बेटी! लेकिन बाहर तेरे लिए काम ही काम हैं और प्रत्येक काम पर विघ्न की छाया है। क्योंकि बाहर निकलते ही दूसरे तेरे केंद्र में आ जाएँगे। वे तुझ पर चढ़ाई करेंगे। तेरी मुक्ति छीन लेंगे। वे तेरे स्वप्न, तेरे लक्ष्य, तेरे मन को महत्त्व नहीं देंगे। मैंने माना कि मेरी सिखाई विद्या से तू मनुष्यों को वश में कर भी लेगी, लेकिन साँपों का क्या! तेरी इच्छाधारी सुंदरता विष को नहीं जीत सकती। तुझे विष को वश में करना होगा। तेरे उच्चारण को शुद्ध होना होगा—धैर्य और दृढ़ता के साथ। तुझे योगायोग विचारकर अपने ग्रहों-नक्षत्रों का ध्यान रखना है। तुझे अपनी दशा-दिशा समझकर चंद्रमा में रहना होगा। तुझे पूर्व की ओर मुख रखना है। तुझे अपने आरंभिक साधन और आसन का ध्यान रखना है। तुझे मंत्र याद रखने हैं और साँसों और होंठों के आश्रय से स्वररहित होकर उनकी आवृत्ति करनी है। एक सौ आठ बार से आरंभ करके तुझे एक ही मंत्र एक से सवा लाख बार तक जपना पड़ सकता है। सिद्धि पुनरावृत्ति में बसती है।

'ॐ काम मालिनी ठः ठः स्वाहा!'

संपादक

...और मैं उसके वश में होने लगा।

मैंने तय किया :

मैं प्रसन्न रहूँगा।

मैं सहिष्णु रहूँगा।

मैं सकारात्मक रहूँगा।

मैंने पाया :

मेरा तय किया हुआ, मेरे संकेतों पर नहीं था।

आलोचक

वह अपनी बड़ी-बड़ी गोल आँखों से कुछ इस तरह का यथार्थ रचती थी कि सब कुछ उसके संकेतों पर आश्रित था। इस अर्थ में प्रकट, यथार्थ से बेहद अलग था। मैं उसकी आँखों से नीचे उतरने ही नहीं पाता था। उसके तत्काल में बहुत ताक़त थी।

किताब

माँ के पिता रोज़ सुबह सात बजे घर से निकलते। वह बिल्कुल बाहर के द्वार पर ताला मारते, अपने सिर को हल्का-सा ज़मीन की तरफ़ झुकाते, अपने हाथ अपनी कमर के पीछे बाँधते और धीरे-धीरे चलना आरंभ करते। एक झाड़ू लगाता व्यक्ति, गायों का झुंड और उनका गोबर और मूत्र, कुचले हुए फूल, नालियों में बहता दूध, एक मंदिर और उसके सामने खड़े कुछ बुदबुदाते हुए भक्त, बीच राह अपना शिश्न हिलाता हुआ एक पागल, टायरों के जलने की महक, बहुत सारी चीज़ें और उनके बहुत सारे रंग और उन्हें लड़ाई-झगड़े-गाली-गुफ़्तार के साथ बेचती हुई बहुत सारी आवाज़ें... इस सारी संकीर्णता के बीच से माँ के पिता साँप की तरह गुज़रते और शोर ही शोर खुलता जाता। यह शोर नदी पार करके नगर में घुसे सब्ज़ीवालों का शोर था, जिन्हें सब हाल में दुकानें खुलने से पहले इस मंडी में अपनी सब्ज़ियाँ बेचकर नदी पार फिर अपने गाँव लौट जाना होता था। यह रोज़ का संदर्भ था। वे मुँहअँधेरे ही नगर में घुसते और नगर की सबसे पुरानी और व्यस्त जगह उनकी ताज़ा सब्ज़ियों की महक और हाहाकार से भर्राने लगती। मौसम-दर-मौसम यह महक बदलती और यह हाहाकार नई रूपरेखाएँ धारण करता। वे बंद दुकानों के बाहर अपनी अस्थायी दुकानें

लगाते—थोड़ी-थोड़ी-सी जगहों में बहुत-बहुत सारी दुकानें थोड़ी-थोड़ी देर के लिए लगतीं और सिमटतीं। उनकी जगहें एकदम तय थीं। उन्हें पता था कि कौन-सी दुकान कितने बजे खुलेगी और किस दिन नहीं खुलेगी। माँ के पिता की दुकान के सामने कोई अपनी दुकान नहीं लगाता, क्योंकि उनकी दुकान सब दिन सबसे पहले खुलती और सबसे आख़िर में बढ़ती।

माँ के पिता अपनी छिली हुई हथेली पर ठोड़ी टिकाए पूरी मंडी का शास्त्र समझते रहते। यह धीमे-धीमे हुआ कि वह इस संदर्भ में शास्त्रज्ञ हो गए। अब उनकी आँखें बाहर देखती हुई लगती ज़रूर थीं, लेकिन वे अंत:करण की ओर खुली हुई होती थीं। इस ध्यान से अनभिज्ञ अस्थायी रोज़ की भाँति विदा होता और स्थायी खुलता। शोर की शक्ल विरल हो जाती और माँ के पिता एक परिचित स्वर से चौंक उठते।

संपादक

मैंने उससे कहा :

"ब्योरे बहुत बोरियत पैदा कर रहे हैं। मैं मानता हूँ कि कथा में प्रेम का वर्णन करो तो मौसम का वर्णन करना ही पड़ता है। बेमौसम कोई प्रेम नहीं होता, क्योंकि बेमौसम कोई मौसम नहीं होता। लेकिन केवल मौसम ही मौसम चिड़चिड़ाहट से भर देता है। बेहतर कथाएँ आपको बेहतर कथाकार बना सकती हैं और बेहतर फ़िल्में भी, लेकिन सिनेमाक्रांत कथा-पीढ़ी अपनी कथा-शैली लगभग चौपट भी कर लेती है। वह देखती नहीं कि वह चालू सिनेमा के दृश्य-दर-दृश्य अपनी कथाओं में उतारती जा रही है। एक कला-विधा को दूसरी कला-विधा से सीखना ज़रूर चाहिए, लेकिन उसके अनुकरण से पूरी तरह बचना चाहिए। एक कला-विधा को वह देना चाहिए जो उससे गुज़र रहे व्यक्ति के लिए किसी दूसरी कला-विधा

में पा पाना असंभव हो। इसे हालिया उदाहरणों से अगर समझने का यत्न करें तो देखना चाहिए कि कैमरे की ईजाद के बाद के वे कौन से चित्रकार हैं जिन्होंने महान् काम किया, सिनेमा की ईजाद के बाद के वे कौन से रंगकर्मी हैं जिन्होंने महान् रंगमंच संभव किया, टेलीविजन और भूमंडलीकरण और कंप्यूटर और मोबाइल और इंटरनेट की ईजाद के बाद के वे कौन से साहित्यकार हैं जिन्होंने महान् साहित्य संभव किया, इतने सारे शोर की ईजाद के बाद के वे कौन से संगीतकार हैं जिन्होंने महान् संगीत संभव किया... अगर तुम ठीक से देख-ढूँढ़ पाओ, तब पाओगी कि ये वे महान् रचनाकार हैं जिन्होंने अपनी कला-विधा में वह दिया जो इनकी रचना से गुज़र रहे व्यक्ति के लिए किसी दूसरी कला-विधा में पा पाना असंभव है। तुम कथा-लेखन के लिए बेहतर और संभावनाशील हो, मैं इसलिए ही तुम पर इतना वक़्त गुज़ार रहा हूँ। लेकिन तुम साहित्य में हो चुके से संभवतः भली तरह परिचित नहीं हो, इसलिए कथ्य में नवीनता के बावजूद तुम रूढ़ मुहावरों और चालू शैलियों से फँसी हुई हो। असाधारणता और मौलिकता के मोर्चे पर तुम्हारी अभिव्यक्ति फ़िलहाल बेहद कमज़ोर है, पर यह कमज़ोरी कोई बहुत बड़ी कमज़ोरी नहीं है; बस एक मामूली झिल्ली भर है जिसे तुम अपने अध्यवसाय से भेद सकती हो और संवेदनात्मक और सुपढ़ साहचर्य से भी।"

आलोचक

वह नए-नए शब्दों से गढ़ी बड़ी-बड़ी बातों के ज़ोर में जल्द ही आ जाती थी—ऐसा मुझे तब लगता था।

अब लगता है कि वह केवल अपना काम कर रही थी।

वह जैसे-जैसे मेरे क़रीब आ रही थी, मुझे और अधूरी लगती जा रही थी। मैं उसे पूरा करना चाहता था। वह जिस संसार में क़दम रख चुकी थी, मैं उस संसार के बारे में उसे वह सब कुछ बता देना चाहता था जो मैं जानता था। मैं उसमें बहुत आहिस्ता-आहिस्ता दर्ज हो रहा था, लेकिन वह बहुत जल्दी में थी। मैं उसे बहुत जल्दी पूरा करना नहीं चाहता था। पर उसने तीर बनाने और तानने से पहले ही निशाने तय कर रखे थे।

प्रकाशक

हमने यह तय किया था कि हम बहुत जल्द उसे लेखिका बना देंगे। यह करना तब और सहल हो गया, जब हमें यह मालूम हुआ कि वह भी बहुत जल्दी में है। इसमें उसकी कोई ग़लती भी नहीं थी, क्योंकि एक भाषा में एक समय में एक या दो रचनाकार ही होते हैं, जिन्हें कभी कोई जल्दी नहीं होती। वे मर रहे होते हैं, लेकिन उन्हें कोई जल्दी नहीं होती। हमारा मानना है कि जिन्हें जल्दी होती है, वे ज़िंदगी जीते हैं और जिन्हें जल्दी नहीं होती; वे अमरता का चूतियापा...

प्रूफ़रीडर

इस भाषा के लिए मुआफ़ कीजिए, लेकिन लोकप्रिय होने की चाहत रखने वाले कथित रचनाकार इतना गूदा रखते कहाँ हैं! इस किताब में कुछ भी ऐसा नहीं कि यह लोकप्रिय हो सके। लेकिन सब कुछ किताब से ही संभव नहीं है, अदा भी एक चीज़ है। अदा से ही गति दर्शनीय होती है और आपकी अशुद्धियाँ दूर करने के लिए वे भी प्रूफ़रीडर के किरदार में आ जाते हैं जो प्रूफ़रीडर से बहुत ऊँची चीज़ हैं।

आलोचक

मैंने उससे पूछा कि आख़िर तुम बहुत जल्दी प्रकाशित होना क्यों चाहती हो!

उसने कहा कि मैं इतनी बड़ी दुनिया में सिर्फ़ आपको ही जानती हूँ।

मैंने कहा कि क्या मैं अधकचरे लोगों का देवता हूँ!

उसने कहा कि आप परेशान होते हों तो बता दीजिए।

मैंने कहा कि साहित्य-रचना का एक उम्र तक प्रकाशन से कोई वास्ता नहीं होता।

उसने कहा कि फिर इतनी किताबें क्यों छपती जाती हैं! क्यों आपके कमरे में बैठने तक की जगह नहीं और क्यों आपका दिल तक किताबों ने घेर रखा है!

मैंने कहा कि यह एक बहुत समयसाध्य विमर्श का विषय है।

उसने कहा कि कभी आप भी तो मेरी उम्र के रहे होंगे!

मैंने कहा कि पहली किताब का बहुत जल्दी आना भी, कभी-कभी आपको ख़त्म कर देता है—साहित्य में ही नहीं, जीवन में भी...

उसने कहा कि मैं महानता के लिए कामना का त्याग कर दूँ क्या!

मैंने कहा कि कामना को वह रूप देना चाहिए जो आत्म-परिष्कार और आत्म-विस्तार दे सके। व्यापक अर्थों में विरक्त[3] रहना चाहिए, ताकि व्यापक अर्थों में संवेदनशील और दूसरों के दुःख में दुःखी हुआ जा सके। जहाँ तक नज़र जाए सारी समस्याएँ हमारी समस्याएँ हैं। किसी की भी परेशानी हमारी परेशानी है। वह सारा दुःख जो हमारे दायरे में आता है, हमारी आँखों के सामने है; हमारा है। हमें उसे अपनी शक्ति भर दूर करने

3. उदासीन।

में जुटना चाहिए, क्योंकि इस कर्म में विफलता भी आपको बड़ा बनाती है। यह विफलता व्यक्तिगत सफलताओं से बहुत बेहतर है। सफलता व्यक्ति को विचित्र बनाती है और विफलता सामान्य। हम एक विफल समाज के बीच हैं। इस समाज में एक सामान्य व्यक्ति ही एक संवेदनशील व्यक्ति हो सकता है और इसलिए ही मैं सफलता को एक समाजविरोधी मूल्य मानता हूँ।

उसने कहा कि संवेदनशीलता ही सारे दु:खों की जड़ है। उदासीन रहते हुए भी दु:खी होना किस प्रकार संभव है!

मैंने कहा कि उदासीनता दु:ख और ईमानदारी से ही उपजती है। अपने या दूसरों के दु:ख को मिटा पाना सब बार संभव कहाँ हो पाता है! मैं शायद प्रवचनात्मक हो रहा हूँ। श्री श्रीठाकुर अनुकूलचंद्र की यह बात मुझे बेहद अर्थपूर्ण लगती है कि किसी के दु:ख का कारण न बनो, कोई तुम्हारे दु:ख का कारण न बनेगा...।[4] यह बात कितनी सहज नज़र आती है, लेकिन कितनी असंभव भी।

उसने कहा कि मैं ख़ुद को दिशा देना चाहती हूँ।

मैंने कहा कि मैं सारी दिशाओं को ख़ुद को दे देना चाहता हूँ।

लेखक

वह बड़ी होकर स्कूटी चलाएगी... यह निर्णय उसने उन दिनों लिया था, जिन दिनों दूरदर्शन पर एक विज्ञापन आया करता था जिसमें एक युवती अपनी माँ को स्कूटी पर बैठाकर अस्पताल ले जाती थी। यह विज्ञापन उसने अस्पताल के ही टेलीविजन में देखा था। यह विज्ञापन कन्याभ्रूणहत्या रोकने

4. सत्यानुसरण (पृष्ठ : 15), श्री श्रीठाकुर अनुकूलचंद्र, बांग्ला से हिंदी अनुवाद : श्रीरामनंदन प्रसाद, प्रकाशक : श्रीअनिंद्यद्युति चक्रवर्ती, सत्संग पब्लिशिंग हाउस, सत्संग, देवघर, झारखंड, संस्करण : 2014

के लिए था—यह बताते हुए कि लड़कियाँ लड़कों से कम नहीं हैं, अगर उन्हें अवसर मिलें।

दूर-दूर तक चलने के बाद जब वह राजधानी पहुँची और कुछ वक़्त बाद उसने वहाँ स्कूटी चलाई और रिक्शेवालों, साइकिलवालों, पैदलों को दिखता नहीं चूतिये, भड़ुए के बीज, हरामी के पिल्ले इत्यादि कहकर अपनी स्कूटी को उनसे आगे किया... तब उसे अपने बचपन का वह दूरदर्शनीय विज्ञापन बहुत सच्चा लगा कि लड़कियाँ लड़कों से कम नहीं हैं, अगर उन्हें अवसर मिलें।

लेकिन अब भी उसकी उम्र की बहुत सारी लड़कियों के पास स्कूटी नहीं थी। वे बसों में चलने को विवश थीं और सारे मर्द उन्हें छेड़ते नहीं थे।

एक वरिष्ठ कवि की कविता 'राजधानी की बसों में' पढ़कर जब उसने उन्हें पुकारा, तब उन्होंने कहा कि यह कविता तुम्हारे लिए ही है, क्योंकि तुम बसों में बहुत चलती हो न।

इस पर उसने कहा कि मेरे पास तो स्कूटी है!

उन्होंने कहा कि तब तो यह कविता एकदम तुम्हारे लिए ही है, क्योंकि तुम कभी बसों में नहीं चलती हो न।

कवि

मेरे पास उसे प्रकाशक ने तब भेजा, जब वह प्रकाशित होने के लिए पूरी तरह से तैयार थी। वह सुसंपादित थी और निर्दोष नज़र आ रही थी। अब बस वह मेरी प्रतिक्रिया चाहती थी—पृष्ठावरण के लिए।

इस लेखिका के नाम से मैं कहाँ गुज़रा हूँ, यह याद करने में मुझे वक़्त लगा; लेकिन मैं याद करने में कामयाब रहा। उसने ही मुझे मेरी कविता 'राजधानी की बसों में' पढ़कर पुकारा था। लेकिन वह भी कुछ लिखती है,

यह उसने नहीं बताया था। मैंने उसका लिखा कभी कहीं कुछ पढ़ा नहीं था, क्योंकि मेरी नज़र में इससे पहले उसने कुछ लिखा ही नहीं था या लिखा था तो वह कहीं प्रकाशित नहीं था। पहली किताब के लिहाज़ से मुझे वह बहुत सशक्त लगी, हालाँकि अभी मैंने किताब पढ़ना शुरू नहीं किया था!

किताब

परिचित-अपरिचित स्वरों से चौंक उठने से पहले तक माँ के पिता के अंत:करण में क्या चलता-बजता रहता था, इसका एक अनुमान ही लगाया जा सकता है—अवसान की राह गए परिवार की स्मृतियाँ, अपूर्ण कामनाएँ या शेष चिंताएँ...। साबुन और सर्फ़ बेचकर उनका गुज़ारा नहीं हो रहा था। यह दर्द भी जब उन्होंने एक रोज़ दोस्त बन चुके ग्राहक से साझा किया, तब उसने माँ के पिता को कमाई के कुछ नए मार्ग बताए। उसने माँ के पिता से कहा कि यह दुकान और इस पर रखे साबुन और सर्फ़ को अब तुम बिल्कुल ही भूल जाओ। यह बिके न बिके इससे कोई फ़र्क़ नहीं पड़ेगा, बल्कि अब से यह कोशिश करो कि यह ज़्यादा बिके ही नहीं। इसके लिए छिली हुई हथेलियों को और छीलने की कोई ज़रूरत नहीं है... उसने समझाने की शक्ल लेते हुए कहा कि आगे से तुम्हारे पास कुछ पैकेट आएँगे और कुछ बिल्कुल ही नई शक्ल के लेनदार। सर्फ़ के बहाने से तुम्हें ये पैकेट उन्हें बेचने हैं। कोई मोल-भाव नहीं। कोई उधार नहीं। एक हाथ से दो और दूसरे से लो। बाक़ी हिसाब-किताब ये है कि दिन के पूरे गल्ले में सौ में से दस रुपये तुम्हारे रहेंगे, बाक़ी मेरे। माँ के पिता इस पर चुप रहे और अंत:करण में लौट गए। उनके अंत:करण में इसके बाद क्या चल-बज रहा था, इसका भी एक अनुमान ही लगाया जा सकता है।

प्रकाशक

दरअस्ल, किताबें किस काम आती हैं; यह हम बिल्कुल भूल चुके हैं। हम किताबों के साथ कुछ और रखकर बेच रहे हैं। हमारा मन और मक़सद ही कुछ और बेचने का है, किताबें उसके साथ बिक जाएँ तो बिक जाएँ और न भी बिकें तो उससे कोई फ़र्क़ नहीं पड़ता है। किताब और कुछ और के बीच का फ़र्क़ आप इससे समझ सकते हैं कि देखिए, हम भी कितनी सारी किताबों के बीच बैठे हुए हैं और रचनाकार भी कितनी सारी किताबों के बीच बैठे हुए हैं। अगर आप हम दोनों की तस्वीरें लें और किसी नादान को दिखलाएँ तो वह कभी बता नहीं सकता है कि सौ में से दस रुपये किसके हैं और बाक़ी किसके।

प्रूफ़रीडर

संसार के प्रतिष्ठित प्रकाशकों के सूचीपत्र काफ़ी काम की चीज़ हैं। उन्हें पढ़कर—केवल उन्हें पढ़कर भी—दूसरों को बताया जा सकता है कि वे क्या पढ़ें। हमारे घर में भले ही बहुत सारी किताबें हों, लेकिन हमें सूचीपत्र से बाहर कुछ भी पढ़ने की ज़रूरत नहीं है; क्योंकि पढ़ना फिर हमारे लेखन में ही नहीं, चाल-चलन में भी नज़र आने लगेगा।

दरअस्ल, पढ़ना भी वैसे ही झलकता है; जैसे न पढ़ना।

हमारा लेखन और चाल-चलन तमाम अंतरराष्ट्रीय नेम-ड्रॉपिंग के बावजूद यह बताता है कि हमारा घर किताबों की अच्छी दुकान है और हमने अब तक सूचीपत्रों के सिवाय किसी भी टेक्स्ट को ध्यान से नहीं पढ़ा है। अगर हमने अपना अध्यवसाय सचमुच किया होता, तब हम इतने कम मनुष्य नहीं होते और हमारा जीवन और हमारा एक-एक वाक्य हमारे कम मनुष्य होने को इतना ज़्यादा प्रकाशित न कर रहा होता। दूसरे तो बहुत बाद

में आए हैं, हमारे सिलसिले में—कम मनुष्य होते हुए।

इस समाज में हमारा काम कम नहीं, बिल्कुल नहीं पढ़ने से भी बेहतर ढंग से जारी रह सकता है। हमारे अपने निरक्षर हमें अब ज़्यादा समझदार नज़र आते हैं, बनिस्बत उनके जिन्हें अक्षर-ज्ञान है। देखिए, निरक्षरों के साथ हमारे रिश्ते कभी ख़राब नहीं हुए, जबकि हम विद्वानों को खोते चले गए।

संसार में एक प्रतिशत से भी कम लोग हैं जो पढ़ने लायक़ चीज़ें पढ़ते हैं। इस एक प्रतिशत में भी एक प्रतिशत से कम हैं जिन्हें कविता में दिलचस्पी है। कुछ प्रकाशकों के सूचीपत्र देखते हुए यह पाया गया कि वे कविता के चक्कर में पड़ते ही नहीं हैं।

शब्दकोश, दिवंगत और कॉपीराइटमुक्त प्रसिद्ध लेखकों की प्रसिद्ध रचनाएँ एवं रचनावलियाँ, रामकथाएँ; राजनेताओं, अभिनेताओं की आत्मकथाएँ, जीवनियाँ और कुंडलियाँ; एन्साइक्लोपीडिया, अकादमिक महत्त्व की छात्रोपयोगी विमर्शात्मक किताबें, पर्यावरण-मैनेजमेंट-पत्रकारिता-सिनेमा-संगीत-नाटक-कला से जुड़ी किताबें, व्याकरण-विज्ञान शिक्षण-भाषाविज्ञान से संबंधित प्रयोजनमूलक किताबें, अत्यंत लोकप्रिय और जासूसी साहित्य, धर्म-राजनीति-दर्शन-समाजशास्त्र-मनोविज्ञान-इतिहास-अर्थशास्त्र-गणित-ज्योतिष-क़ानून-स्वास्थ्य-चिकित्सा-सशक्तीकरण-कंप्यूटरविज्ञान-व्यंग्य और अंत में विविध... ऐसा लगता है कि कुछ भी नहीं है जो सूचीपत्र से बाहर है। यहाँ तक कि पढ़े जाने लायक़ कविता भी कभी-कभी गंभीर स्थान घेरे रहती है—सूचीपत्र में। पर पता नहीं वह सूचीपत्रों से पुस्तकाकार निकलकर जाती कहाँ है!—पुस्तकालयों में? हाँ, वह सबसे ज़्यादा पुस्तकालयों में पाई जाती है। वहाँ भी उसे वर्षों से किसी ने नहीं छुआ है, लेकिन वह वर्षों से आ रही है—जल्दी-जल्दी—नई-नई जिल्दों में।

प्रकाशक

कविता की किताब लेकर चलते हुए व्यक्ति आज तक कहीं नहीं देखे गए समाज में, नमूने ज़रूर देखे गए हैं जिनका कविता से कोई रिश्ता नहीं; कविता की किताबों और सूचीपत्रों से ज़रूर है।

कवि

कवि सबसे ज़्यादा घृणा ख़राब कविता से करते हैं। वे इतनी घृणा आततायियों और तानाशाहों से भी नहीं करते। एक समय में बेहतर कवि बहुत कम और बहुत दूर-दूर होते हैं। उनमें कभी-कभी ही बात होती है या कभी नहीं होती। उनका मिलना एक संयोग होता है जो कभी-कभी घटित होता है या कभी घटित नहीं होता। उनमें एकजुटता का अभाव होता है। वे बहुत सारे बिंदुओं पर परस्पर सहमत होते हैं, लेकिन अपनी असहमतियों पर पहले बात करने लगते हैं और इस तरह उनके बीच सहमतियों पर कभी बात ही नहीं हो पाती। कविता-पाठ के नाम पर भी उन्हें एक जगह जमा करना मुश्किल है, जबकि ख़राब कवि सब जगह जमा होते देखे गए हैं।

इस तरह समय कोई भी हो वह ख़राब कवियों और उनकी ख़राब कविता की बहुलता का ही समय होता है। लेकिन मौजूदा समय इसलिए ज़्यादा शर्मनाक और संक्रामक है कि वह इस बहुलता के स्थापित और सम्मानित हो जाने का समय है।

प्रूफ़रीडर

कविता की इतनी—इतनी ज़्यादा—बुरी स्थिति के बावजूद कवियों का शिकार आदिकाल से लेकर अब तक जारी है। वह इधर का घटनाक्रम नहीं है। सूचीपत्र जिनकी प्रिय किताब है, वे उसे आज-कल की गतिविधि मान

रहे हैं और चिंतित हैं कि कहीं यह प्रवृत्ति न बन जाए! इनमें कथित कवि भी शामिल हैं। यह बताता है कि अब कवियों का भी कविता और उसके काल-रेखा-आख्यान से कितना कम वास्ता है। सचमुच हम कहाँ आ गए!

कवि

कवियों की जाति संसार की सर्वाधिक सताई गई जाति है—अल्पसंख्यकों में भी अल्पसंख्यक—वंचितों में भी वंचित—हाशिए का भी हाशिया। इसके बावजूद वह बची हुई है, तो सिर्फ़ इसलिए क्योंकि वह अपनी यातनाओं को एक दुर्लभ भाषा में कहती आई है। लेकिन विडंबना यह है कि सताने को जितना बताया जाता है, सताना उतना ही बढ़ता जाता है; क्योंकि हम एक संवेदनशील और समान समाज नहीं हैं। हम सिर्फ़ ऐसा होने का स्वप्न देख सकते हैं, दुर्भाग्य से ऐसा स्वप्न भी अब सिर्फ़ कवि ही देखते हैं या कविहृदयजन।

इस दौर में कवियों पर हो रहे हमले इसलिए कम चिंताजनक हैं कि वे बिल्कुल भी आक्रामक नहीं हैं। उनमें कवियों को नष्ट करने की क्षमता नहीं है। वे शब्दों और ठहरी या चलती हुई तस्वीरों के ज़रिए हो रहे हैं और बहुत असफल, अस्थिर और भंगुर हैं। जब कवियों को तीर-तलवारों से, हाथियों से कुचलवाकर, ज़हर देकर, सूली पर चढ़ाकर, जेलों में रखकर, गोलियाँ मारकर, बारूद से उड़ाकर, गैस चैंबरों में भेजकर भी नष्ट नहीं किया जा सका, तब... आगे क्या कहूँ...

प्रकाशक

कुछ नहीं।

संपादक

उसे ज्ञान-दान करने और उससे पहले उसके 2,110 शब्दों को 110 शब्दों के एक अनुच्छेद में बदलने और उस पर उसके कृतज्ञता ज़ाहिर करने और उसके वश में होने के कुछ वक़्त बाद मुझे लगा कि यह उचित नहीं है। यह मेरी शैली के लिए उचित नहीं है। यह उसके रचनात्मक-विकास के लिए उचित नहीं है। मुझे वे सारे हिस्से जो बहुत संपादन माँग रहे हैं—अपनी देख-रेख में—उससे ही संपादित करवाने चाहिए। मैं अगर उसके लेखन का पुनर्लेखन करूँ, तब यह वास्तव में उसका लेखन नहीं है; भले ही वह केवल उसके नाम से प्रकाशित हो। यह लेखक और संपादक दोनों की ही नीति और नैतिकता के विरुद्ध है।

आलोचक

मैं उसके साथ एक असाहित्यिक आयोजन में था, जब एक कन्या ने मुझे नमस्कार किया। यह आलोचना में मेरे विश्वास की बहाली का क्षण था। वह संभवत: शोधकर्त्री थी। लेकिन शोधकर्त्री मेरे शोध का विषय न हो जाए, इसलिए वह मुझे उससे दूर ले गई। पर शोधकर्त्री जाते-जाते कह गई कि आलोचना से उसका प्यार थोड़ा नया है, लेकिन गहरा है और वह शोधकर्त्री नहीं है। शोधकर्त्री (नहीं) के आँख-ओझल होने के बाद मैं उससे मुख़ातिब हुआ और कहा कि तुम्हें उससे ईर्ष्या हो रही थी?

उसने कहा कि ईर्ष्या क्यों होगी, वह हमारा वक़्त ख़राब कर रही थी।

मैंने कहा कि संभवत: वह कुछ सलाह लेना चाहती थी।

उसने कहा कि सलाह परिचितों से ली जाती है।

मैंने कहा कि कभी-कभी परिचितों को पहचानने में समस्या आती है।

लेखक

वह समस्याओं से पार पाना जानती थी। उसका प्रशिक्षण जन्म से ही इस प्रकार हुआ था कि समस्याएँ उसे परास्त नहीं कर पाती थीं। वह समस्याओं की सवारी करती थी और मानती थी कि ये एक जगह से दूसरी जगह ले जाने में सबसे ज़्यादा सहायक हैं।

ज्योतिषी

एक जगह से दूसरी जगह जाना मुश्किल होता है। मन इस स्थिति का विरोध रचता है। लेकिन एक जगह से दूसरी जगह जाने से बचना भी मुश्किल है। मैं न जाने कब से एक ही जगह पर पड़ा हुआ हूँ, लेकिन उस शै से कैसे बचूँगा जो एक रोज़ इस जगह से मुझे एक दूसरी जगह मुंतक़िल कर देगी।

भिक्षु

ज्योतिष-विद्या व्यक्ति को कमज़ोर कर देती है : क्योंकि जब सब कुछ पहले से ही तय है, तब कुछ भी करने या न करने से क्या फ़र्क़ पड़ता है! गुरु भाई के साथ भी यही हुआ। वह व्यक्ति के चेहरे से पहले उसका हाथ देखने लगते थे। मणिबंध[5] के आगे का सारा भाग उन्हें बहुत आकर्षित करता था। इस आकर्षण में सामने वाले का पूरा व्यक्ति और व्यक्तित्व छुपा होता है। उसकी हथेली उसकी सारी समस्याएँ, सीमाएँ और क्षमताएँ ज़ाहिर कर देती है। उसकी छोटी-छोटी हड्डियों से बनी हथेली में ही, उसकी सारी ली जा चुकी साँसों की बही और ली जाने वाली साँसों की हलचल समाई

---

5. वह भाग जो भुजा को हाथ से जोड़ने में एक कड़ी के रूप में शरीर में स्थित रहता है। इसके आगे का सारा भाग हथेली कहलाता है। हथेली पर पाए जाने वाले चिह्न हस्तरेखा-विशेषज्ञों के लिए अत्यंत आवश्यक होते हैं।

हुई होती है। हथेली में लगभग चौदह प्रकार की हड्डियाँ परस्पर संबद्ध होती हैं। ये हड्डियाँ ही हथेली को आकार देती हैं। इन चौदह हड्डियों के आगे के हिस्से में तीन-तीन हड्डियों से उँगली और दो हड्डियों से अँगूठे का निर्माण होता है। इन हड्डियों के ऊपरी सिरे नाख़ूनों से सुरक्षित रहते हैं।

गुरु भाई ने सामुद्रिक-शास्त्रों के अनुशीलन से अतीत-कथन और भविष्य-वाणी करने की विशिष्ट शक्ति प्राप्त कर ली थी। इसके माध्यम से वह हस्तरेखा-विज्ञान के अनुसार तय किए गए पाँच प्रकार के हाथों की सूक्ष्म से सूक्ष्म रेखाओं और उनकी सहायक रेखाओं में सीधे घुसते चले जाते थे। वह देह पर उपस्थित परिवर्तनशील चिह्नों के अध्ययन में भी प्रवीण थे और उन मूल रेखाओं के भी जो कभी नहीं बदलतीं।

गुरु भाई ने मुझ समेत कई हत्यारों के हाथ देखकर यह दृष्टि और परिणति विकसित की थी कि हत्यारे का अँगूठा छोटा और अँगूठे का ऊपरी हिस्सा फैला-चपटा हुआ होता है।

मेरी दाईं हथेली गुरु भाई की प्रारंभिक प्रयोगशाला थी।

वह मुझे सुबह-सुबह उठाते। मैं भूखा होता। मेरी हस्तरेखाओं में रक्त-प्रवाह मद्धम होता। उनमें सुंदर दृश्यता होती। वह मुझसे दोनों हाथ उल्टे करने को कहते। वह अपने विवेक और विशिष्टता से मेरा हस्त-प्रकार समझने लगते। कुछ देर बाद उनकी आँखें मणिबंध से गुज़रती हुई ऊपर की ओर आतीं। वह पूरे पर्वत का निरीक्षण करते। वह मुझे बग़ैर स्पर्श किए ही मेरे व्यक्ति और व्यक्तित्व का अध्ययन करते। इस जाँच के बाद वह मेरा हाथ स्पर्श करते। वह मुख्य और गौण हस्तरेखाओं से गुज़रते। वह मेरे चिह्नों और स्मृति-अंशों से गुज़रते। इस सिलसिले से मैं मुग्ध होता। मेरी समस्याएँ साफ़ होने लगतीं। मेरी हथेली भरने लगती।

किताब

सर्फ़ के साथ कुछ और बेचने लगने से माँ के पिता की समस्याएँ साफ़ होने लगीं। उनकी हथेलियाँ भर आईं। उन पर नई खाल आई। उन पर नई रेखाएँ आईं। उन्होंने उन पर ठोड़ी टिकाना बंद कर दिया। उनके भाग्य ने अँगड़ाई ली और वह अंत:करण से कुछ-कुछ मुक्त होकर कुछ-कुछ खाल के धरातल पर भी जीने लगे। उन्हें कुछ और गति मिले, इसलिए वह संकीर्णताएँ छोड़कर एक संभ्रांत जगह बसने के लिए चले गए। उन्होंने दो कुत्ते भी पाल लिए और उनका सबसे बड़ा दर्द दूर हो गया। अब उन्हें अपनी बहन और बेटी को घर के भीतर बंद करके बाहर जाने की ज़रूरत नहीं थी। उनकी देखभाल और मदद के लिए उन्होंने एक सहायिका भी आमंत्रित कर ली थी। पर घर के मुक़ाबिल दुकान की बनावट बिल्कुल भी नहीं बदली थी—दुकानदार के कुछ-कुछ बदल जाने के बावजूद।

प्रकाशक

ये दुकान, मुआफ़ कीजिएगा; ये दुनिया कवि-हृदय व्यक्तियों की वजह से ही अब तक बची हुई है और चल रही है। कवि-हृदय न होता, तो न जाने ये कब की तबाह-ओ-बर्बाद हो जाती। तिस पर यह कितना अच्छा है कि कवि-हृदय सिर्फ़ कवियों के ही पास नहीं होता!

संपादक

उसने कहा था कि उसे मुझ पर पूरा यक़ीन है। इसका अर्थ था कि वह पुनर्लेखन का श्रम नहीं करना चाहती थी। वह इसे मुझसे करवाना चाहती थी।

मैंने उससे कहा कि यक़ीन तो तुम ख़ुद पर भी मत करो, क्योंकि उसे

स्खलित होना ही है। इसलिए बेहतर है कि तुम यक़ीन न करके, काम करो।

उसने कहा कि मैं काम कर चुकी हूँ।

मैंने कहा कि यह काम काम का नहीं है।

उसने कहा कि आप यह कैसे कह सकते हैं!

मैंने कहा—क्योंकि यह बहुत ख़राब है।

उसने कहा कि मुझे आप पर पूरा यक़ीन है।

मैंने कहा कि इससे ख़राब चीज़ें बेहतर तो नहीं हो जातीं।

उसने पूछा कि फिर कैसे होती हैं?

मैंने कहा कि कोशिश करने से और बार-बार काम करने से।

उसने कहा कि मैंने बार-बार काम करने की कोशिश करके ख़राब चीज़ों को और ख़राब किया है।

मैंने कहा कि लेकिन वह उन्हें बेहतर करने की ही प्रक्रिया थी।

उसने कहा कि मुझसे अब होगा नहीं।

मैंने कहा कि 'आपसे' सब कुछ हो सकता है।

उसने कहा कि आपसे सब कुछ हो सकता है।

मैंने कहा कि मुझसे अब होगा नहीं।

लेखक

वह अपनी स्कूटी पर सवार होकर राजधानी के गोलचक्कर, पुल और सुरंगें पार करने लगी। वे सारे शब्द उसे पता थे जो चलन में थे। वह उनसे इतने बेहतर वाक्य बनाती थी कि उनसे गुज़रने वाले कवि-हृदय हो उठते थे। इस स्थिति ने उसे यूँ स्वरूपा कि उसके संगियों में कवियों की संख्या बहुत ज़्यादा हो गई। इस संगत से वह और आज़ादख़याल होती

चली गई। एक ग़ुलाम समाज में इस प्रकार की मुक्त अस्मिता के साथ जीने के बहुत ख़तरे होते हैं; क्योंकि यहाँ आज़ादी अब भी एक स्वप्न है, एक संघर्ष है, एक नारा है। यहाँ कवि होने के लिए कवि होने को छुपाना पड़ता है। यहाँ कवि होना कम कामगार होना है। इसलिए यहाँ जब कवि आपस में मिलते हैं, तब वे कविता या रचना की बात नहीं करते हैं। वे अपनी कुंठाओं की बात करते हैं। वे एक दूसरे से अपनी ग़ुलामियाँ साझा करते हैं। वे वस्तुओं, स्थितियों, व्यक्तियों, प्रवृत्तियों और नीतियों की सिर्फ़ और सिर्फ़ निंदा करते हैं।

कवि

मैंने उसकी किताब पढ़ने से पहले उसे पुकारा और उससे कहा कि तुमने मुझे बताया क्यों नहीं!

उसने कहा कि क्या!

मैंने कहा—यही कि तुम भी कुछ लिखती हो!

उसने कहा कि तब वह प्रसंग नहीं था।

मैंने कहा कि लेकिन अब तो है।

उसने कहा—हा हा हा...

मैंने कहा कि मैं तुम्हारी किताब पर कुछ बात करना चाहता हूँ।

उसने कहा कि जी।

मैंने कहा कि ऐसे नहीं।

उसने कहा कि जी!

मैंने कहा कि तुम कब आ सकती हो!

उसने कहा कि मैं कम ही कहीं आती-जाती हूँ।

मैंने कहा कि पर तुम्हारे पास तो स्कूटी है!

उसने कहा कि हाँ, लेकिन, पर...

मैंने कहा कि पर-वर, लेकिन-वेकिन, चूँकि-चुनाँचे छोड़ो; देखो मैं एक वाक्य भी लिखता हूँ तो भरपूर ज़िम्मेदारी से और ईमानदारी से लिखता हूँ। मैं पूरे परिवेश को देखकर और समझकर लिखता हूँ। मैंने बहुत कम किताबों पर लिखा है; लेकिन जिन पर लिखा है, तुम उन किताबों को उठाकर देख सकती हो कि वे कैसी हैं और उनके रचनाकार आज कहाँ हैं! तुम्हारे प्रकाशक ने यूँ ही मुझसे आग्रह नहीं किया है। वह उस लफ़ंगे से भी कह सकता था, जिसने तुम्हारी पांडुलिपि उस तक पहुँचाई।

उसने कहा कि वह बहुत सम्मानित आलोचक हैं। आपको उनके बारे में इस तरह बात नहीं करनी चाहिए।

मैंने कहा कि मैं उसके बारे में इससे भी बुरे ढंग से बात कर सकता हूँ... और तुम जिसे अभी साहित्य का प्राथमिक ज्ञान भी नहीं, मुझे बताओगी कि किसके बारे में कैसे बात करनी है!

उसने कहा कि मेरा यह मतलब नहीं था।

मैंने कहा कि मैं सब समझता हूँ।

उसने कहा कि जी...

मैंने कहा कि वह एक लफ़ंगा ही है—फ़ुज़ूल बातों के बीच में वैचारिक-दार्शनिक सीटी बजाने वाला। उसकी योग्यता बस इतनी ही है कि वह खेल और खेलना जानता है, और इसलिए फ़ुज़ूल से फ़ुज़ूल चीज़ की भी गंभीर से गंभीर व्याख्या पेश कर सकता है और इस पेशबंदी के बाद अपनी शक्ति से और शक्तियों को और उनकी सहमति को अपने पक्ष में कर सकता है।

उसने कहा कि आप क्या कह रहे हैं, मेरी समझ से परे हैं; पर आप यह जान लीजिए कि मैं ऐसे लफ़ंगों को पसंद करती हूँ।

मैंने कहा कि अच्छा! लेकिन मैं उनकी इन हरकतों में कोई कला या कोई ह्यूमर या कोई स्टैंड नहीं देखता हूँ। ये अपनी लालसाओं से लाचार लचर लोग हैं। ये अपनी क्षमताएँ खोकर भी अब तक नहीं जान पाए कि प्रस्तुत के मूल सौष्ठव को जाँचने या उद्घाटित करने के लिए आज-कल उसे उठाने का नहीं उतारने का चलन है।

उसने कहा कि माफ़ कीजिए, मैं फिर कुछ समझी नहीं!

मैंने कहा कि तुम्हें समझने में अभी समय है।

उसने कहा कि जी...

किताब

कैसे-कैसे दुष्कर्मों में लगे रहकर भी कुछ व्यक्ति कितनी-कितनी सुंदर कविताएँ लिख लेते हैं। यह बात अचरज में डालती है और बताती है कि कविता किसी शर्त की मुहताज नहीं।

माँ के पिता के दौर के गीतों में भी काफ़ी कविता हुआ करती थी और एक हद तक माँ के दौर के गीतों में भी...

प्रूफ़रीडर

गीतों में कविता! क्या बद-तमीज़ी है! गीत कविता ही हैं। इसलिए गीत में कविता की तलाश कविता में कविता की तलाश है। वे बहुत कम-ज़र्फ़ और कम-फ़हम होते हैं जिन्हें गीत कविता नहीं लगते, गीतों में कविता नज़र नहीं आती। वे लोकप्रियता को सांस्कृतिक विघटन से जोड़ते हैं, लेकिन सांस्कृतिक विघटन को बौद्धिकता के अहंकार और आतंक से नहीं

जोड़ पाते!

किताब

...तब सब कुछ पर बेहद ठहरकर काम किए जाने का चलन था। इस चलन में जब गीत चलने वालों को चलने से रोक लेते थे, तब फिर माँ के पिता तो मूलतः एक ठहरे हुए व्यक्ति थे। इस ठहराव में अब वह ज़्यादातर गीतों के सान्निध्य में रहना पसंद करते थे। उन दिनों विविध भारती की शुरुआत हो चुकी थी और लता मंगेशकर की आवाज़ भारतीय स्त्री की ज़िंदगी के एक-एक पहलू का विखंडन कर रही थी। माँ के पिता लता के प्रेम में थे। ...और कौन था जो लता के प्रेम में नहीं था। लता में अमरता की साँस थी।

फ़िल्में जन्मती और मरती थीं, लेकिन उनके लिए संभव हुए गीत अमर हो जाते थे। वे अविस्मरणीय होने के लिए ही सृष्टि और संस्कृति में प्रवेश करते थे। वे स्थायी महत्त्व का सृजन थे—श्रेण्य और श्रेष्ठ के लिए ईर्ष्याजन्य व्यवहार और स्वस्थ स्पर्द्धा का निष्कर्ष। रंगीनियाँ अभी कुछ दूर थीं और इस श्वेत-श्याम में सब संगीतकारों और गीतकारों का यह स्वप्न था कि उनकी धुनों और शब्दों को लता अमर कर दें। एक आलोचक[6] के शब्दों में कहें तो ''सिर्फ़ एला फित्ज़गेराल्ड ने अमेरिका में, उम कुलसुम ने मिस्र में, एदीत प्याफ़ ने फ्रांस में और नाना मुस्हूरी ने यूनान में ऐसा कारनामा अंजाम दिया था। लेकिन जिस तरह लता की आवाज़ सारी दक्षिण एशियाई स्त्री के जीवन की सभी भावनाओं और पड़ावों की आवाज़ बन गई, वैसा अब तक संसार में कहीं और नहीं हो पाया है। लता के आविर्भाव के पहले जैसे हिंदी फ़िल्म संगीत निर्देशकों का एक हाथ बँधा हुआ था। लता के कंठ ने उनकी प्रतिभा को नित नई उड़ान और चुनौती दी। उन्हें एक

6. विष्णु खरे (1940-2018)

ही आवाज़ में भोलापन, कौमार्य, स्त्रीत्व तथा सही उच्चारण सहित सातों स्वर और नवरस मिल गए।''

इस महिमा-आकाश में लता के आस-पास बहुत सारे सितारे थे। यों समाँ बँधता था। एक गीत सफल होता था तो उसकी सफलता बहुत साफ़ नज़र आती थी। वह मोड़-मोड़ पर गूँजती थी और पकड़-जकड़ लेती थी। वह अदृश्य नहीं होती थी। उसकी जन्मतिथि ज्ञात होती थी और उसका विकास-क्रम दर्ज होता था।

माँ के पिता की मृत्यु तक यानी 1970 तक जो हिंदुस्तानी फ़िल्मी संगीत बना, वह संसार के लोकप्रिय संगीत के इतिहास में असाधारण है। मानवीय जीवन की क़रीब-क़रीब सब स्थितियों के लिए यहाँ सुर, स्वर और शब्द थे। यह एक समानांतर समाज था। समाज इससे जुड़ता था और जुड़कर बदलता था।

लेकिन माँ के पिता पहले ही बदल चुके थे। वह अब और बदलने को किसी भी क़ीमत पर राज़ी नहीं थे। वह एक ग़ैरक़ानूनी रोज़गार कर रहे थे। इस रोज़गार की अंतर्वस्तु होश के विरुद्ध थी। इसलिए इसे करने के लिए बेख़ुदी ज़रूरी थी। यह बेख़ुदी उन्होंने गीत-संगीत के ज़रिए उपलब्ध की। इस उपलब्धता ने ख़ालीपन को दूर करके अंतःकरण की तरफ़ उनकी वापसी असंभव कर दी। इसने आवाजाही भी और कम कर दी। चौदह-पंद्रह वर्ष में वह चौदह-पंद्रह सौ किलोमीटर भी नहीं चले थे। उनसे वह सब कुछ छूट गया था, जो घर से दुकान और दुकान से घर के रास्ते में नहीं पड़ता था। इस रास्ते में आए हुए को भी पकड़ने में उनकी कोई रुचि नहीं थी। वह विस्मृति में रह रहे थे। कल हुए को आज और आज हुए को कल वह भूल जाते थे। इस प्रकार आज-कल में एक सतत विस्मृति-निर्माण था, जिसमें उधार की कोई जगह नहीं थी।

माँ के पिता रोज़ फ़ज्र की अज़ान की आवाज़ से उठते और बहुत अजीब-सी बेध्यानी में यह ध्यान करने की कोशिश करते कि वह कहाँ हैं! इतनी ही देर में कुछ आहटें होतीं जो उन्हें उनकी उपस्थिति से अवगत करातीं। कुछ क्षणोपरांत उनका मस्तिष्क भी जागता। वह आँखें खोलते और संसार को पहचानने की कोशिश करते। वह अपनी दोनों हथेलियों को अपने चेहरे के पास ले जाकर देखते और उन्हें सूँघते-चूमते, फिर उनके पैर पलंग के नीचे पड़ी चप्पलों को पहचानते-पहनते। वह धरती को स्पर्श करते और आज का संगीत शुरू करते हुए मृत्यु का सामना करने के लिए तैयार होते और कुछ देर बाद दुकान के लिए चल पड़ते। इस विस्मृति में मृत्यु की तैयारी के मध्य बेहद सिलसिलेवार ढंग से संगीतात्मक विरोधाभास गूँजने-बजने लगते।

माँ के पिता की तैयारी कुछ इस क़दर थी कि वह एक पल से गुज़रते हुए, दूसरे पल में ख़ुद को अनुपस्थित मानकर चलते। इस प्रक्रिया में यह सब कुछ का भुगतान लेते हुए, सब कुछ का भुगतान करते हुए चलना था। इस प्रक्रिया में कहीं कोई उधार नहीं था। इस प्रक्रिया में मंसूबों के लिए कहीं कोई स्थान नहीं था। इस प्रक्रिया में कहीं कोई क़रार नहीं था। इस प्रक्रिया में यह नहीं था कि वह बहुत वृद्ध हो चुके थे या नपुंसक। इस प्रक्रिया में युवावस्था की ज़रूरतों और सहवास के लिए स्त्री या स्त्रियाँ तो उनकी ज़िंदगी में युवावस्था के प्रवेश के साथ ही अनुपस्थित हो गई थीं।

यहाँ बात कुछ और थी...

लेखक

वक़्त कुछ इस क़दर था कि ग़ुलामी पीछा नहीं छोड़ रही थी। क्या माँ भी ग़ुलाम थी और माँ की माँ और उनकी माँ की माँ की माँ की माँ... वह माँओं के बारे में जब सोचती थी, तब जैसा कि स्पष्ट है : सब कुछ कल्पना

पर ही निर्भर था। इस प्रसंग में कोई तथ्य और तस्वीर थी ही नहीं। तस्वीरों का न होना, सुख का न होना भी है। वह जिसने सुख जाना ही नहीं, उसके जीवन में क्या सुख हो सकता है! अठारह साल की उम्र में एक साल से कम का वैवाहिक जीवन पाई स्त्री के जीवन में क्या सुख हो सकता है! बग़ैर माँ के बड़ी हुई और माँ बनी माँ के जीवन में क्या सुख हो सकता है! सब कुछ कल्पना पर ही निर्भर था...

प्रूफ़रीडर

कल्पनाशीलता को (भी) ग़लत तथ्य नहीं प्रस्तुत करने चाहिए। लेकिन जैसा कि मैं कह चुका हूँ कि अब जब सब कुछ गल्प ही है, तब कल्पनाशीलता से भी आप कुछ नहीं कह सकते। इस किताब में नायिका के पिता के पूरे व्यक्तित्व को एक पद में बाँधने के लिए लेखिका एक जगह 'संपूर्ण की ख़ामोशी' प्रयुक्त करती है। दरअस्ल, यह नवीन सागर की 'यह संपूर्ण की ख़ामोशी है' शीर्षक से प्रकाशित एक कविता से उठाया-उड़ाया गया पद है। इस संदर्भ का उल्लेख लेखिका ने नहीं किया था, लेकिन मैंने 'संपूर्ण की ख़ामोशी' नज़र आते ही, उसके नीचे फ़ुटनोट में पूरी कविता संदर्भ सहित दे दी। देखिए, आज-कल कौन प्रूफ़रीडर यह सब करता है। प्रूफ़रीडर तो जाने दीजिए, अब संपादक-प्राध्यापक-आलोचक तक यह नहीं करते। इस प्रकार देखें तो बड़ी-बड़ी लापरवाहियों ने नहीं, छोटी-छोटी लापरवाहियों ने हमें एक ग़ैरज़िम्मेदार समाज में बदल दिया है। आज-कल यह बहुत सुनने को मिलता है कि बहुत बारीकी में मत जाओ! क्योंकि भाषा को पूरी तरह शुद्ध और संदर्भयुक्त नहीं किया जा सकता। कहीं न कहीं कुछ न कुछ रह ही जाता है। लेकिन जहाँ जितनी ज़्यादा भाषा को अशुद्ध और संदर्भमुक्त ढंग से बरतने की छूट मिलने लगती है, वहाँ भाषा उतनी ज़्यादा बर्बाद होने लगती है। अगर कोई कहे दूध थोड़ा-सा ही तो फटा है,

ले लो... आप ले लेंगे? मक्खी गिर गई है, मक्खी निकाल दो और ले लो... आप ले लेंगे? बासी है, बदबू आ रही है, चलो जितना ख़राब है—उतना निकाल दो, बाक़ी ले लो... आप ले लेंगे? मैं जानता हूँ कि आप नहीं लेंगे, क्योंकि यह आपके विवेक के विरुद्ध है। लेकिन आप इस प्रकार की भाषा रोज़ ले लेते हैं, यह भूलकर कि भाषा को बरतने की भी एक नैतिकता है और उसे अशुद्ध और संदर्भमुक्त ढंग से बरतना भी विवेक के विरुद्ध है। मैं इस बारे में वैसे काफ़ी सोचता रहता हूँ कि आख़िर यह सब कुछ है क्या और आख़िर हम यहाँ तक पहुँचे कैसे? हमारी भाषा हमें कैसे मिली? और फिर वह हमारे चाल-चलन से भी ज़्यादा ख़राब कैसे हो गई? वह हमारी आवश्यकता के अनुपात में अपर्याप्त कैसे हो गई? जैसे : मैं अपनी संगिनी से कहता हूँ कि वह डिब्बा ले आओ। वह डिब्बा ले आती है। मैं कहता हूँ कि नहीं ये वाला डिब्बा नहीं, दूसरा वाला। वह कहती है, "कौन-सा वाला?" मैं हाथ से आकृति-निर्माण करके उसे संकेत से बताता हूँ। वह नहीं समझ पाती। मैं झुंझला जाता हूँ। वह कहती है, "तुम बताओ तो सही कि कौन-सा डिब्बा!" इसका मतलब है कि मैं या हम सब कितनी अनसही भाषा बरतते हैं—बग़ैर बारीकियों में गए हुए। हमारे पास आज भी बहुत सारी वस्तुओं और स्थितियों के लिए शब्द नहीं हैं। हम इन वस्तुओं और स्थितियों को कहने के लिए दूसरा ढंग चुनते हैं, क्योंकि पहला ढंग हमारी भाषा में है ही नहीं। हमारी भाषिक और बौद्धिक अपंगता भयानक है। संसार की सारी बड़ी भाषाओं ने अपनी सारी वस्तुओं और स्थितियों के लिए अपने शब्द पा लिए हैं, लेकिन हिंदी संसार की एकमात्र ऐसी बड़ी भाषा है जो इस प्रसंग में अब तक अपंग है। उर्दू जो हमारे बहुत नज़दीक है, वह भी कम अपंग नहीं है; लेकिन वह अरबी-फ़ारसी की परंपरा में जाकर अपना काम चला लेती है और वह—अँग्रेज़ी जितनी न सही पर—एक हद तक खुली हुई और ग्रहणशील है। लेकिन इस सिलसिले में हम कुछ नहीं

कर पाते हैं! ध्यान दीजिए कि मैं यहाँ बहुत ज़्यादा शुद्ध भाषा की बात नहीं कर रहा हूँ। मैं बात कर रहा हूँ सही, संदर्भयुक्त और समृद्ध भाषा की। हालिया स्थिति यह है कि कोई भी हिंदी जानने वाला सही हिंदी बोलने और लिखने के लिए तैयार नहीं है। क्यों हम सही हिंदी बोलें? क्यों हम सही हिंदी लिखें? क्यों हम सही हिंदी पढ़ें? क्यों हम किसी वस्तु और स्थिति के लिए हिंदी शब्द का अन्वेषण और निर्माण करें? ये ऐसे प्रश्न हैं जो मुझे बहुत परेशान करते हैं, पर यह परेशानी बढ़ती नहीं है; क्योंकि यह सबको प्रभावित नहीं कर रही है। वे बहुत आसानी से हिंदी के बीच में जहाँ उन्हें हिंदी के शब्द नहीं मिलते, अँग्रेज़ी के शब्द ले आते हैं। दूसरी भाषाओं में भी ऐसा होता है, लेकिन हमेशा नहीं होता है। हमने तो इसकी आदत डाल ली है और हम शर्मिंदा भी नहीं हैं, जबकि हमारे बनाए हुए लाखों शब्द आज बेकार पड़े हैं! उनका कोई पूछनहार नहीं है।

बहरहाल, इस किताब पर लौटते हैं। इसमें 'संपूर्ण की ख़ामोशी' के प्रयोग से यों लगता है कि जैसे नायिका के पिता का पात्र बहुत कहता रहा हो और अब उसके सदा के लिए चुप हो जाने पर उसे 'संपूर्ण की ख़ामोशी' से याद किया जा रहा है। लेकिन इस गल्प में ऐसा है कहाँ!? यह गल्प में भी गल्प है। क्योंकि नायिका के पिता का पात्र बहुत कहता हुआ नहीं, बहुत सुनता हुआ पात्र है; इसलिए 'संपूर्ण की ख़ामोशी' की जगह सटीक पद 'ख़ामोशी की ख़ामोशी' हो सकता है। पर एक प्रूफ़रीडर की सुनेगा कौन!

आलोचक

मैं उसे आधे से कुछ कम जान चुका था—जैसे : मेरा सूँघना उसकी महक को जान चुका था, मेरा देखना उसके चेहरे को, मेरा खोना उसकी ज़ुल्फ़ों को, मेरा चूमना उसकी गर्दन के आस-पास पड़ने वाले गड्ढों को, मेरा बढ़ना उसकी चट्टानों को और फिर चट्टानों से नीचे उतरते हुए

उसकी गहराई को—जहाँ धूल और पसीने के कण ठहरे रहते : बस... बस... बस... बस... बस... वह बहुत तेज़ बढ़ रही थी। उसकी प्रगति में प्रक्रिया के नष्ट हो जाने का तथ्य था। मेरे लिए सारा सुख प्रक्रिया में ही था, इसलिए मुझे महसूस हुआ कि मैं उसकी प्रगति में बाधक बनने लगा था। वह सब वक़्त व्यथित रहती थी। यह व्यथा प्रक्रिया को पार कर पूर्णता की तलाश से उत्पन्न थी।

वह प्रक्रिया का सुख नहीं, पूर्णता की व्यर्थता चाहती थी।

संपादक

'संपूर्ण की ख़ामोशी'—मैं चाहता था कि वह इस पद को और स्पष्ट करे।

उसने कहा कि इसे स्पष्ट करने से इसका विस्मय नष्ट हो जाएगा।

मैंने कहा कि शायद तुम्हारा आशय रहस्य से है।

उसने कहा कि नहीं, रहस्य नहीं विस्मय। मैं कुछ रहस्य नहीं रखना चाहती। मैं रहस्य के द्वार खोलकर विस्मय को रखना चाहती हूँ।

प्रूफ़रीडर

मुझे भय था कि मेरा दिया फ़ुटनोट हट जाएगा।

किताब

युवावस्था में सहवास भले ही अनुपलब्ध रहा हो, लेकिन माँ के पिता ने अपनी मर्दानगी खोई नहीं थी। वह चाहते तो मर्दों की पूरी क़ौम की तरह ही अपनी आख़िरी साँस तक अपनी मर्दानगी का प्रदर्शन कर सकते थे, तब तो और भी जब उनकी सारी तैयारी अपनी आ रही साँस को अपनी आख़िरी

साँस मानकर चलने की थी। मृत्यु को बहुत देख लेने से, बहुत क़रीब या बहुत क़रीब से देख लेने से यह समझ बनती है—आ रही साँस को आख़िरी साँस मानकर चलने की।

संपादक

"लेकिन एक विस्मय को रखने से पहले ही तुम दूसरे विस्मय को उठाने लगती हो, और इस तरह पहला विस्मय टूट जाता है। वह सब तरफ़ बिखर जाता है। उसकी किरचें तुम्हारी गति में चुभती हैं।"

प्रूफ़रीडर

एक जगह पर जब कई जन बातचीत कर रहे हों, तब एक केंद्रीय विषय होते हुए भी एक बात से दूसरी बात इतनी गति से निकलती है कि इस बीच कुचल दी गई बातों पर किसी का ध्यान ही नहीं जाता। इस पर कहीं बात करने वाले बेख़ुदी में हों, तब तो एक बात मुँह से निकलती ही इस इरादे से है कि उसे दूसरी बात की हत्या करनी है।

संपादक

"इस चुभन में होता यह है कि तुम कु...

प्रूफ़रीडर

मैं क...

कवि

मेरा प्रशिक्षण इनकार के बावजूद उम्मीद की ज़िद में रहना है, इसलिए जब उसने मुझसे मिलने से इनकार किया; तब भी मैं उसकी तरफ़ से बे-

उम्मीद नहीं हुआ। मैंने उसे खोला और पढ़ने लगा। यह पढ़ते हुए ही हुआ कि मैं 'संपूर्ण की ख़ामोशी' पर रुका।

मैंने उसे फिर पुकारा।

उसने सुना नहीं।

मैंने उसे फिर-फिर पुकारा।

उसने सुना।

मैंने कहा कि मैं उस रोज़ की बातों के लिए माफ़ी चाहता हूँ।

उसने कहा—इसकी कोई ज़रूरत नहीं है।

मैंने कहा कि हाँ, पर वह एक प्रकार से तुम्हारी परीक्षा भी थी।

उसने कहा—और मैं फ़ेल हो गई!

मैंने कहा कि हाँ! पर एक और परीक्षा भी थी।

उसने पूछा—कैसी परीक्षा?

मैंने कहा कि तुम्हारी लिखाई।

उसने कहा—और उसमें भी मैं फ़ेल हो गई!

मैंने कहा कि नहीं, बिल्कुल नहीं। अगर ऐसा होता, तब यह संवाद हो ही न रहा होता। तुम्हारी लिखाई ने मुझे बहुत ले लिया है।

उसने कहा—अब मैं इस पर क्या कहूँ?!

मैंने कहा कि कुछ नहीं।

उसने कहा—तब!

मैंने कहा कि मैं 'संपूर्ण की ख़ामोशी' में ठहरा हुआ हूँ।

उसने कहा—लेकिन ठहरकर आप इसे पा नहीं सकेंगे।

मैंने कहा कि फिर कैसे?

उसने कहा—यह लगातार चलने से हासिल होती है।

मैंने कहा कि मैं तुमसे सीख रहा हूँ।

उसने कहा—इस पर जो कहने का चलन है, उसकी उम्मीद आप मुझसे मत रखिएगा।

मैंने कहा कि मैं तुमसे अब कभी नाउम्मीद हो ही नहीं सकता।

उसने कहा—तब केवल उम्मीद से ही रहिए।

मैंने कहा कि मैं तुम्हें मंगलाशीर्वाद देना चाहता हूँ।

उसने कहा—ऐसा क्या कर दिया मैंने!

मैंने कहा कि तुम्हारे पास कहने की इच्छा ही नहीं, कहने का गद्य भी है।

उसने कहा—शुक्रिया!

मैंने कहा कि मुझे लगता है तुम अपना सब कुछ झोंक रही हो।

उसने कहा—बहुत शुक्रिया!

मैंने कहा कि तुममें समकालीन प्रदर्शनवाद का सम्यक् संस्कार है।

उसने कहा—मैं समझी नहीं!

मैंने कहा कि तुम्हारी सारी संभावनाएँ और सीमाएँ प्रकट हैं।

उसने कहा—अच्छा!

मैंने कहा कि तुममें मुझे अपने 'संपूर्ण की ख़ामोशी' दिखती है।

उसने कहा—सँभालिए ख़ुद को...

किताब

मृत्यु के स्वीकार ने मृत्यु का डर कम कर दिया था।

मृत्यु को स्वीकार करना, उसे प्यार करना है। उसे अपना पतन नहीं,

अपनी उन्नति मानना है।

माँ के पिता रोज़ एक छोर पर रहते हुए ख़ुद को दूसरे छोर पर देखते थे। वह रोज़ ख़ुद को मरते हुए देखते थे। वह रोज़ ज़िंदा रहने की हसरत को विदा कर रहे थे।

यह मृत्यु के डर को ख़त्म करने का संघर्ष था। यह कम बोलते-बोलते बिल्कुल चुप हो जाने जैसा था। उन्होंने मृत्यु से मिलन की तैयारी पूरी कर ली थी। वह—लगभग मृत—अब 'संपूर्ण की ख़ामोशी'[7] की तरफ़ बढ़ रहे

---

7. तुम्हें अचरज होगा
मैं अगर पेड़ों और फूलों के पीछे
अपना ही सूर्यास्त हूँ

न सिर्फ़ वह जो कहा नहीं जा सकता
बल्कि वह सब कुछ जो कहा गया
कुछ भी नहीं है
एक घेरा है जिसके हर बिंदु पर
रुकी हुई स्मृति अकेली है

जो तुम्हें कहीं से बुला रहे हैं
उन्हें नहीं पता वे कहाँ हैं

तुम अपनी ख़ाली जगह में
अपना इंतज़ार कर रहे हो

शब्द अपने भीतर निःशब्द
डूब रहा है

यह संपूर्ण की ख़ामोशी है।

— नवीन सागर

जब ख़ुद नहीं था (पृष्ठ 13), कवि प्रकाशन (बीकानेर, राजस्थान), संस्करण : 2001

थे। इस ख़ामोशी में कई ख़ामोशियाँ थीं। उनकी बनत को कोई भंग नहीं कर सकता था।

लेखक

वह स्वीकार नहीं जानती थी। इसलिए गढ़ी में साधु भाइयों के बीच बड़ी होते हुए उसे माँ नाम की किसी शै का स्वीकार पता नहीं था। माँ के होने और न होने का अर्थ उसने तब जाना, जब एक दुपहर जाँघों के बीच अचानक आ गए रक्त से कुछ विदा होना शुरू हुआ और कुछ आना...

किताब

ज़िंदगी कितना कुछ देख सकती है, बहुत सारी ज़िंदगियों को इसका कोई आभास-ओ-अंदाज़ नहीं होता। मैदानों में बसी ज़िंदगियाँ मैदानों में ही ख़त्म हो जाती हैं, पर्वत और समुद्र तो बहुत दूर; वे आस-पास का पूरा मैदान भी नहीं देख पातीं। उनकी वे आँखें इस जन्म में सदा के लिए बंद हो जाती हैं, जिन्होंने सिर्फ़ चित्रों या चलचित्रों में ही देखा होता है—जलप्रपात और रेगिस्तान। वे मान लेती हैं कि बहुत कुछ उनके लिए नापैद है, वह चित्रों और चलचित्रों में ही अच्छा लगता है या इन सबके बारे में कोई और उन्हें बता-सुना दे। वे सीधे साक्षात्कार के स्वप्न नहीं देखतीं। वे योजनाएँ नहीं बनातीं। दूरस्थ प्रकृति और जंगलों से दूर वे दे दिए गए दायरे में ही ख़ुश-नाख़ुश बनी रहती हैं, यह भूलकर कि इस दायरे के बाहर बहुत सारी नदियाँ—अपने समुद्रों से मिलने को विकल—कभी न भुलाई जा सकने वाली सुंदरता लिए बह रही हैं।

ज़िंदगी सदा से ही कम पड़ती रही है, इसे किसी के साथ से कुछ बढ़ाया जा सकता है; यह सोचकर माँ अपने पिता की अनुपस्थिति में पिता की बहन यानी अपनी बुआ को विवाह के लिए प्रेरित करती रहती

थी, लेकिन उसकी बुआ की विवाह में कोई दिलचस्पी नहीं थी। वह जैसे देखभाल करने के लिए ही जन्मी थी। ख़ुद की देखभाल कैसे की जाए ताकि आस-पास की देखभाल की जा सके, यह उसने ख़ुद से ही और बहुत शुरू में ही सीख लिया था। वह अपने भाई और अपने भाई से जुड़ी हुई सब चीज़ों से बहुत प्यार करती थी। इस प्यार में सिर्फ़ और सिर्फ़ दूर न किए जाने की शर्त थी। इस दायरे से अलग कोई दूसरा दायरा शुरू में उसे सुलभ और बाद में उसे स्वीकार नहीं था। इस दायरे में ही वह चुनती, बुनती और बुहारती रहती थी। उसके भाई अब उसे अपनी बेटी के साथ घर के भीतर बंद करके बाहर नहीं जाते थे। अब सब कुछ आकाश था, लेकिन फिर भी वह कभी रिहा नहीं हुई और न ही उसने ऐसा कुछ चाहा। उसका अनुकूलन कभी इसे स्वीकार ही नहीं कर पाया कि ज़रा-सी कोशिश से दरवाज़े और खुल सकते हैं और तलवों के नीचे की धरती का स्पर्श बदल सकता है। वह अपरिचित से डरती नहीं थी, क्योंकि वह उससे परिचित ही नहीं थी।

ज्योतिषी

एक रोज़ उसने बीते हुए वर्ष की संख्या में गत वर्ष की संख्या का एक चौथाई जोड़ दिया था और इसके बाद उसमें 21 से गुणा करके 40 से भाग दिया था। अब उपलब्ध संख्या में जन्मतिथि की संख्या को जोड़ना था। उसने एक काल्पनिक जन्मतिथि गढ़ी और पूर्ण संख्या को 7 से भाग दिया। अब शेष ही उसके वर्ष-प्रवेश का ध्रुवा था...

वह गढ़ी में इंद्रजाल और ज्योतिष-संबंधी मेरी किताबों के बीच बैठकर ऐसे खेल किया करती। मेरी तरह ही उसे भी उन दिनों इन विधियों में पूरा विश्वास था, लेकिन उसके समीप प्रामाणिक संख्याएँ नहीं थीं; इसलिए वह निर्दोष है या सदोष—यह जान नहीं पाती थी :

एषा कुमारिका किल निर्दोषा किन्न वेति पृच्छायाम।
लग्ने स्थिरे स्थिरर्क्षे लग्नपशशिनोश्च निर्दोषा।।[8]

अर्थात् : 'यह कन्या निर्दोष है या सदोष?' इस प्रश्न में लग्न स्थिर हो और स्थिर राशि में लग्न का स्वामी व चंद्रमा हो तो यह कन्या निर्दोष है, ऐसा कहें।

प्रूफ़रीडर

मैं बुरी किताबों को देखकर सोचता हूँ कि इनसे भी बुरी हो सकती हैं किताबें!

आलोचक

मैं प्रक्रिया को पार कर उसे पूर्णता की व्यर्थता दे सकता था। यह कोई गर्वोक्ति नहीं है, लेकिन यह सच है कि मैं अब तक नपुंसक नहीं हुआ हूँ। मैं प्रदर्शन कर सकता हूँ। नपुंसकता भी मेरे सिलसिले में वैसे कोई चिंता का प्रश्न नहीं है। पचहत्तर की उम्र में अगर हो भी गया नपुंसक, तब यह कौन-सी ऐसी बात है जिसका रोना रोया जाए। मैं ऐसों से परिचित हूँ जो पैंसठ की उम्र में, साठ की उम्र में, पचपन-पचास-पैंतालीस-चालीस-पैंतीस की उम्र में नपुंसक हो गए! यहाँ मैं उनकी बात नहीं कर रहा हूँ जो जन्म से ही नपुंसक होते हैं। मेरा विषय पल-पल अपनी मर्दानगी का दावा करने वाले, उसका प्रदर्शन करने वाले, उसे खो देने के भय में रहने वाले, उसे खोकर उसे फिर से पाने के प्रयत्न करने वाले और उसके लिए अहर्निश बेचैन रहने वाले मर्द हैं। उनकी यह बेचैनी भी जायज़ है, क्योंकि मर्दानगी खोते ही उनके पास लहराने को कुछ बचेगा नहीं। वे रोज़मर्रा की बातचीत के

---

8. ताजिक नीलकंठी (पृष्ठ : 274), श्री ठाकुर प्रसाद पुस्तक भंडार, कचौड़ी गली, वाराणसी, उत्तर प्रदेश, संस्करण : 2004

विषय खो देंगे और प्रथमत: और अंतत: वे स्वयं को लोकार्पित कैसे करेंगे! इसलिए ही संभवत: मेरे लिए भी यह कहीं न कहीं चाहे या अनचाहे एक संतुष्टि का प्रसंग है कि मेरे जीवन में अब तक नपुंसक होने की नौबत नहीं आई है, क्योंकि यह इस समाज में प्रतिष्ठा का प्रश्न है कि देखिए पचहत्तर की उम्र में भी मर्द हैं! लेकिन यह भी प्रतिष्ठा का प्रश्न होना चाहिए, (हालाँकि है नहीं) कि इतनी लंबी मर्दानगी का आपने अब तक किया क्या? मैंने इस व्यर्थता को—रोज़-रोज़ की व्यर्थता को—पकड़ लिया है। मैंने इसे बिल्कुल इसके मुँह से पकड़ लिया है और खुरदुरी ज़मीन पर इसे रगड़-रगड़कर इसका सारा ज़हर ख़त्म करने में लगा हूँ। इस प्रक्रिया में जो सुख है, वह ज़्यादा बड़ी मर्दानगी है। वह ज़्यादा स्त्रियों के साथ सोना है। वह ज़्यादा बहुत ज़्यादा बच्चों को जन्म देना है। मैं जानता हूँ कि मेरे समीप वक़्त कम है; इसलिए सबकी मदद से सबको नहीं, सबकी समझ से ख़ुद को समझकर मरना चाहता हूँ।

किताब

मैं मर रहा हूँ।

मैं मर रहा हूँ।

मैं मर रहा हूँ।

माँ के पिता सिंह-मुद्रा में दाईं करवट लेटे हुए अपनी प्रत्येक साँस को इस सचाई का आहार देते रहते थे :

मैं मर रहा हूँ।

मैं मर रहा हूँ।

मैं मर रहा हूँ।

माँ के पिता मृत्यु का रियाज़ करते रहते थे और उनकी बहन अपरिचित

से डरती नहीं थी और इन दोनों के बीच माँ जीना शुरू करना चाहती थी। माँ बहुत सारा अपरिचित चाहती थी। प्रेम के बग़ैर हुए विवाह-सा या प्रेम से हुए विवाह-सा भी माँ कुछ चाहती थी। आख़िर माँ किसकी पत्नी बनना चाहती थी—वह जिससे उसे प्यार था और उसे भी जिससे प्यार था या उसकी जो उसे रख सकता था एक पत्नी की तरह और ख़ुद रह सकता था एक पति की तरह! आख़िर माँ किसकी पत्नी बनना चाहती थी—उसकी जो साये की तरह उसके साथ चलता या उसकी जो उसे खुला छोड़ देता सब तरफ़ और माँ बहती रहती : अपने खुले बालों के साथ! आख़िर माँ किसकी पत्नी बनना चाहती थी—उसकी जिसके लिए उसके प्यार का नशा ही एक अकेला नशा होता या उसकी जो कहता कि एक क्वार्टर में होता ही क्या है!

प्रूफ़रीडर

मैं नाहक़ ही डर रहा था!

संपादक ने मेरी तारीफ़ की और कहा कि आप जैसे ज़हीन अब कहीं नहीं हैं!

जैसा कि आपने पाया होगा : उन्होंने फ़ुटनोट रहने दिया।

संपादक

उसकी गति में जल्द से जल्द एक आकांक्षा को पा लेने का विन्यास था। लेकिन उसकी गति में वह अभ्यास नहीं था जो इस विन्यास को साँस देता है। इस अभाव में बहुत तेज़ चलने पर अधराह ही साँस टूटने लगती है। इस टूटन में थकान ठहरती है और तय किए हुए को देखती है—कम समय में ज़्यादा पाया गया है, लेकिन यह पूरा नहीं है; आधा भी नहीं है।

बड़ी-बड़ी साँसें मानसिक आकाश पर छाने लगती हैं और आँखों से निराशा बहने लगती है। यों वह गति टूट-छूट जाती है, जिसमें एक तीव्र आकांक्षा का विन्यास था—अभ्यासरहित।

प्रूफ़रीडर

मेरे सामने का कुछ भी लय में नहीं था। लय थी, लेकिन आगे लय न मिलने पर वह लय नहीं थी। जब किसी काम के बारह पन्ने लिखकर उस काम पर बारह महीने के बाद लौटा जाए, तब यही हाल होता है। इस समयावधि में यह ख़याल तो होता है कि उस छूटे हुए के पास लौटना है, लेकिन इस सफ़र की कोई तैयारी नहीं होती। टूटी हुई साँसें याद आने लगती हैं और वह गति और वह थकान भी जो तय किए हुए को देखती है।

लेखक

वह अपनी माँ के बारे में एक उपन्यास लिखना चाहती थी।

लेकिन चाहना भर पर्याप्त कहाँ होता है!

आप आपोआप अपना रचा किरदार होते जाते हैं।

किताब

मृत्यु की दैनिक वास्तविकता का अभ्यास माँ के पिता को जर्जर कर रहा था। उनसे कोई कुछ पूछ नहीं सकता था। वह किसी को कुछ बता नहीं सकते थे। यह शव होना था। शव जो घर चला रहा था। घर चलाने के साधन नैतिक नहीं थे। उन्हें आईने में अपना चेहरा चेहरा लगना बंद हो गया था। इस वक़्त स्वतंत्रता का संघर्ष देखे हुए दिमाग़ों में महात्मा गांधी का कुछ असर बचा हुआ था। गांधी जिनके बारे में कहा जाता है कि वह 125

साल जीना चाहते थे। वह जीते अगर उन्हें आज़ादी आज़ादी-सी लगती, अगर अँधेरे उनके स्वप्न पर हावी न होते, अगर सबके बीच सबके लिए रौशनी की तलाश इतनी असंभव न हो जाती। वह जीते अगर 30 जनवरी 1948 की शाम नाथूराम गोडसे ने बेरेटा पिस्तौल से उनकी देह में तीन गोलियाँ नहीं उतारी होतीं और 125 साल नहीं पता नहीं कितने साल जीते अगर हमने उनकी हत्या के बाद भी रोज़ उनकी हत्या नहीं की होती।

दरअस्ल, इस संसार में गांधी ही एकमात्र ऐसे व्यक्ति हुए जिनकी पीठ पर गोली नहीं मारी जा सकती थी! उन्हें जान से मारने से पहले उन्हें सामने से नमस्कार करना ज़रूरी था। उन्हें जान से मारने से पहले हत्यारे के लिए यह ज़रूरी था कि वह उनसे अपने किए की माफ़ी माँगे और गांधी उसे माफ़ करें—तब हत्यारा आगे बढ़े, उन्हें नमस्कार करे और उन पर गोली चलाए—पहली उनकी नाभि के ढाई इंच ऊपर पेट में, दूसरी मध्य रेखा से एक इंच दूर और तीसरी फेफड़े में... हे रा—म! हे रा... हे...

महात्मा गांधी की तस्वीर कुछ बाद में करेंसी नोटों पर आई, लेकिन उन दिनों नोट देखकर पिता सरीखे व्यक्तियों के सामने यह प्रश्न प्रायः प्रस्तुत हो जाता था कि ये नोट आ कहाँ से रहे हैं? इस प्रश्न के उत्तर के लिए किया गया पीछा ग्लानि की गली में ले जाता था, जहाँ नक़ली नोट असली प्रतीकों के साथ छापे जाते थे। पिता इस पेशे में आ चुके थे। दोस्त बन चुके ग्राहक ने उनका और उनकी सर्फ़-साबुन की दुकान का भरपूर इस्तेमाल किया था। चरस और स्मैक बेचने से शुरू हुआ यह इस्तेमाल, नक़ली करेंसी के कारोबार में बदल चुका था। नक़ली नोट ज़्यादातर पड़ोसी मुल्कों में प्रकाशित होते थे और वहाँ से चलकर अवैध ढब से हमारे मुल्क की सबसे बदनाम बस्तियों और गलियों में पहुँचते थे, जहाँ एक लाख नक़ली रुपये तीस हज़ार असली रुपये के बदले ख़रीदे जा सकते थे। इस ख़रीद का असर भारतीय अर्थव्यवस्था को सतत अपनी गिरफ़्त

में लिए रखता था। इस कारोबार में पिता का प्रतिशत अब भी सौ में दस रुपये भर ही था।

प्रकाशक

...और दस प्रतिशत कम लगता है आपको? आपको क्या लगता है कि लेखक इस दस प्रतिशत के लिए लिखता है। मैं बताता हूँ आपको—हिंदी का लेखक रॉयल्टी के लिए नहीं, अमरता के लिए लिखता है भाई सा'ब।

प्रूफ़रीडर

~~जहाँ नक़ली नोट असली प्रतीकों के साथ छापे जाते थे। पिता इस पेशे में आ चुके थे। दोस्त बन चुके ग्राहक ने उनका और उनकी सर्फ़-साबुन की दुकान का भरपूर इस्तेमाल किया था। चरस और स्मैक बेचने से शुरू हुआ यह इस्तेमाल, नक़ली करेंसी के कारोबार में बदल चुका था। नक़ली नोट ज़्यादातर पड़ोसी मुल्कों में प्रकाशित होते थे और वहाँ से चलकर अवैध ढब से हमारे मुल्क की सबसे बदनाम बस्तियों और गलियों में पहुँचते थे, जहाँ एक लाख नक़ली रुपये तीस हज़ार असली रुपये के बदले ख़रीदे जा सकते थे। इस ख़रीद का असर भारतीय अर्थव्यवस्था को सतत अपनी गिरफ़्त में लिए रखता था। इस कारोबार में पिता का प्रतिशत अब भी सौ में दस रुपये भर ही था~~। ...मैंने इस अंश को न रखने का सुझाव देते हुए, इस प्रसंग को **ग्लानि की गली में ले जाता था,** (अल्पविराम की जगह पूर्णविराम देकर) पर समाप्त करने के लिए कहा था।

किताब

वे जिन्हें अपने अपराधों का बोध नहीं, उनके पास समय की अलग-अलग व्याख्याएँ होती हैं; लेकिन वे जिन्हें अपने अपराधों का बोध है, उन

आत्मवान् व्यक्तित्वों पर समय एक-सा गिरता है।

प्रूफ़रीडर

मेरा सुझाव मुझे ग्लानि की गली में ले गया, जहाँ मेरा सुझाव माना नहीं गया।

लेखक

माँ वास्तविकता है, लेकिन उसे कल्पना के धरातल पर जीना है; क्योंकि वास्तविकता धुँधली है, उस पर परतें हैं, वह संदर्भबहुल है और उसके अनेक पाठ हैं और प्रत्येक पाठ में प्रामाणिकता के दावे का प्रवेश है। कल्पना में भी दावे हैं, उसके भी अनेक पाठ हैं, वह भी संदर्भबहुल है, उस पर भी परतें हैं, वह भी धुँधली है, वह भी वास्तविकता है।

किताब

अपराधों ने और उनके बोध ने पहले से ही बहुत चुप माँ के पिता को समग्रता में चुप कर दिया था। उनकी बहन और बेटी इतने समझदार नहीं थे कि उन्हें समझ-समझा सकते। लेकिन वे दोनों चुपके-चुपके कभी-कभी माँ के पिता के चेहरे को पढ़कर उन्हें समझने की कोशिश करतीं। माँ के पिता का चेहरा भी, माँ के पिता की चाल की तरह ही ठहरा हुआ था। जीवन-गति में जैसे वह ख़ुद अपनी चाल नहीं चल सकता था। इस स्थिति को लेकर उसमें कहीं कोई विरोध भी नहीं था। माँ के पिता का चेहरा कहीं डूबे हुए निष्क्रिय और चुप व्यक्ति का चेहरा था, जो प्रतिक्रिया के लिए दूसरों के संकेतों पर निर्भर था। माँ के पिता जैसे रहते हुए भी यहाँ रह नहीं रहे थे या यहाँ रहते नज़र आते हुए कहीं और रह रहे थे।

आलोचक

यह जो समय में नहीं रहने लगना है—यह एक पराजित व्यक्ति का उद्धरण है। हमें समय में ही रहना चाहिए और उसमें ही अभिव्यक्त होना चाहिए। समय में समयातीत या दूसरा समय या दूसरों के समय जैसा कुछ नहीं होता है। समय समय है और इस सत्य को हम किसी काव्योक्ति से ख़ारिज नहीं कर सकते। वह भले ही प्रतिकार के कथ्य में असमानता के विरुद्ध लिखी गई कविता के साथ आए। क्योंकि अंततः अमूर्त से बचकर एक प्रतिबद्ध कविता भी सबके लिए एक जैसा एक समय संभव करने का स्वप्न देख रही है या उसकी माँग कर रही है। इस अर्थ में समय में रहना ज़मीन से जुड़कर समानता के संघर्ष को सशक्त करना है और समय में दूसरे समयों को व्यक्त करना विभाजनकारी मानसिकता से जुड़कर विषमता को बढ़ावा देना है।

प्रूफ़रीडर

सब कुछ गल्प था, लेकिन फिर भी कविता बहुत ज़्यादा हो रही थी। जैसे : कथाकार बहुत ज़्यादा राजनीतिक हो रहे थे। राजनीतिक कथाकार आलोचकों के लिए एक बड़ी सहूलत होते हैं, क्योंकि उनकी आलोचना किसी भी भाषा में सबसे सरल कार्यभार होती है। उन्हें कहीं से भी देखो, छुओ, तोड़ो और समय पर चढ़ा दो। समय प्रसन्न हो जाता है और सफलता का आशीर्वाद दे देता है। इस प्रक्रिया में राजनीतिक कथाकार और नाज़ुक होते जाते हैं। उन्हें देखना, छूना, तोड़ना, चढ़ाना और आसान होता जाता है। इन आसानियों में राजनीतिक कथाकार अपनी कथा-दुनिया में अपना राजनीतिक होना भूल से भी कहीं-कभी भूलते नहीं हैं। लेकिन एक सजग और ईमानदार कथाकार के पास दो रास्ते नहीं होते। वह अगर

अपनी ज़िंदगी में राजनीतिक है, तभी अपनी कथा में भी हो सकेगा। वह अगर अपनी रोज़ की दुनिया में अपनी पक्षधरता भूलने लगेगा, तो उसे अपनी कथा-दुनिया में भी अपनी पक्षधरता गँवाते देर नहीं लगेगी। कवियों और आलोचकों के मुक़ाबले इसलिए ही कथाकारों को बेनक़ाब करना अपेक्षाकृत आसान रहा आया है। कथाकारों को बहुत शब्द चाहिए होते हैं और बहुत अनुशासन। उन्हें बहुत लिखना पड़ता है और वे जितना ज़्यादा लिखते हैं, उन पर संकट उतना ही बढ़ता जाता है।

कवि

मैंने ख़ुद को सँभालने का जतन किया तो पाया कि कविता ज़मीन से जुड़ी हुई चीज़ नहीं है और विषमता ही समाज को सुंदर करती है। ज़मीन से जुड़ना कविता को उसके वास्तविक लक्ष्य से अतिक्रमित करना है। उसे उसके रूहानी-मंडल से विस्थापित करना है। उसे उसके स्वर्ग से निर्वासित करना है। कविता एक जादुई चीज़ है। लेकिन सबके समय में रहने और उसे ही व्यक्त करने से उसका जादू टूट गया है। वह सबके लिए संभव नज़र आने लगी है। कोई भी चीज़ हो, वह ज़्यादा संसर्ग से मलिन होती है; फिर यह तो कविता है... यह आप क्यों नहीं समझते! वह ज़्यादा होने से, ज़्यादा ख़राब हो गई है। वह ग़लत हाथों में चली गई है। उसकी पवित्रता और गरिमा उससे छीन ली गई है। वह झूठे और कहीं नहीं ले जाने वाले नारों-भाषणों में इस्तेमाल होने लगी है। उसमें अब अनंतता नहीं, नैसर्गिक स्पर्श नहीं, साधकीय साहसिकता नहीं...

लेखक

वह अपनी माँ के पिता को अपने उपन्यास में कैसे मारे, इसके लिए स्थितियाँ तलाशती रहती थी। माँ के पिता को बार-बार **बिल्कुल चुप**,

लगभग मृत, शव आदि वर्णित करने के बावजूद वह कथा से उन्हें बाहर नहीं कर पा रही थी।

माँ के पिता के मरने पर ही माँ की कहानी को शुरू होना था।

आलोचक

"पिता की मृत्यु के वर्णन को बहुत भव्य मत बनाओ। जैसे सबके पिता मरते हैं, तुम्हारे पिता को भी वैसे ही मरना चाहिए।"

संपादक

"ज़रा सोचो, सबके पिता कैसे मरते हैं?"

कवि

"क्या सबके पिता ही तुम्हारे पिता हैं?"

प्रूफ़रीडर

मेरे पिता...

प्रकाशक

हमें क्या करना!

किताब

माँ के पिता अब रोज़ रात गए अपनी उस आवाज़ के साथ सोते, जिससे उन्होंने काम लेना, पूरी तरह बंद कर दिया था। इस तरह अब वह हर सुबह बेआवाज़ उठते। यह पूरी प्रामाणिकता के साथ नहीं कहा जा सकता कि वह क्या था जो उन्हें बोलने से रोक रहा था—उनके स्वप्न-

दु:स्वप्न या उनका यथार्थ।

एक ऐसी ही बेआवाज़ सुबह थी; जब उन्होंने ख़ुद को एक कमरे में क़ैद कर लिया और सिर, गर्दन और हाथ की सहायता से बताया कि वह अब अन्न-जल से दूर रहेंगे।

लेखक

कथा-मोह स्वयं में बेहद व्यापक विषय और वस्तु है। वह मृत्यु को स्थगित रखने की प्रविधि है। मरणासन्न अगर कथा में डूब जाए तब उसकी मृत्यु उसकी देह से दूर ठिठकी रहती है। जब तक कथा का अंत न हो जाए—मृत्यु कथा में खोए हुए जीवन का स्पर्श नहीं कर सकती। ...और कथा का अंत कैसे न हो, यह कथाकार या कथावाचक की कुशलता पर निर्भर है।

कथा से निकलती हुई कथाएँ और उनसे भी निकलती हुई कथाएँ संसार की लगभग सारी संस्कृतियों में विद्यमान हैं। एक ही कथा को बार-बार दुहराना या नवीन ढंग से दुहराना भी कथाकार या कथावाचक की कुशलता का अंग है।

कथा-सूत्र विस्मृत न हो, इसलिए भी पुनरावृत्ति ज़रूरी है।

कथा विपत्ति के प्रभाव को कम करती है। कथा का सत्यासत्य संकट को भी चक्कर में डाल देता है और वह द्वार पर खड़ा हो कथा में व्यक्त लीला में मग्न हो जाता है।

राष्ट्रप्रमुखों को अगर स्वयं कथा-निर्माण आता होता, तब वह अपने असत्य का बेहतर इस्तेमाल कर पाते और जन-समर्थन तब और ही ताब लिए हुए होता। यह दुर्भाग्य है कि उनका सारा असत्य कथेतर है और यथार्थ से सघनता से संबद्ध है। उनका सारा पतन सब तरफ़ और ज़्यादा

स्वीकार-योग्य होता अगर उसमें कथाएँ होतीं।

जब तक कष्ट केवल मानसिक हो, बहुत अधिक दैहिक न हुआ हो : कथा और उससे निकलती कथाओं में बने रहने का मन करता है।

यह भी देखा गया है कि बहुत कष्ट में डूबी हुई देह भी कथा या कथांश की माँग करती है।

कथा कष्ट से मुक्ति है और मुक्ति का कष्ट है।

कथा वर्णन से उम्मीद को उत्पन्न करती है।

कथा वर्णन से उम्मीद को नष्ट करती है।

कथा वर्णन से उम्मीद को उत्पन्न करती है।

कथा वर्णन से...

कथा विवरण से काम लेती है और अचरज को बढ़ाती है।

कथा धैर्य को विकसित करती है और अधैर्य को भी...

मनुष्यता इसलिए ही अब तक इतनी अपराजेय दृश्य होती है, क्योंकि उसके पास विजय और पराजय के प्रत्येक परिणाम से संपन्न कथाएँ हैं।

रचना, उल्लास, वैभव, ईर्ष्या, कटुता, वैर, विश्वासघात, संघर्ष, हिंसा, संहार और अनुताप... कथा अगर ख़त्म हुई, तब यहीं तक ले जाएगी; इसलिए उसे जहाँ तक संभव हो जारी रखना है—उसमें से और कथाएँ निकालते हुए।

कथाकार

मैं क्या था?

मेरे पास क्या था?

मुझे क्या आता था?

इन तीनों सवालों का एक ही जवाब है—भाषा।

मैंने अपनी भाषा से ही उसे आकर्षित किया; वरना मैं कुछ भी नहीं था, मेरे पास कुछ भी नहीं था, मुझे कुछ भी नहीं आता था।

वह एक मुशायरे में मुझे मिली—पीले रंग के सलवार-सूट पर सफ़ेद रंग का दुपट्टा लिए हुए। मैं बहुत देर तक उसे देखता रहा। इस तरह देखता रहा कि उसे न लगे कि उसे कोई देख रहा है। किसी शाइर ने कोई बहुत उम्दा शे'र पढ़ा होगा (मैं सुन नहीं पाया)! उस शे'र पर हुए हल्ले से मेरा देखना टूट गया। उसके साथ एक स्त्री थी। वह उससे कुछ ही बड़ी लगती थी, लेकिन वह सब वक़्त उस पर देख-रेख वाली नज़र-निगरानी रखे हुए थी।

मुशायरे उन दिनों दिल बहलाने का—एकमात्र न सही, लेकिन—एक ज़रूरी ज़रिया थे। वे तय अंतरालों पर शहर के पुराने इलाक़ों और इदारों में अक्सर होते रहते थे। वे देर शाम से शुरू होकर देर रात तक चलते हुए सूर्य की पहली किरण तक खिंच जाते। उनमें सब तरह और सब वर्ग और स्तर के अदबपसंद लोग होते।

विभाजन एक सचाई है; लेकिन यह सचाई कभी इतनी व्यापक नहीं हुई कि सारे रास्ते, सारी सरहदें छू ले। यह बहुत ख़ूबसूरत तथ्य है कि लोग आर-पार होते रहते हैं और युद्धों, दंगों और हत्याओं वाला हमारा अतीत उन्हें रोक नहीं पाता; जबकि वह हमारे आज पर भी छाया रहता है।

किताब

माँ सब कुछ सुनकर ही समझती थी, लेकिन उसके पिता चुप हो चुके थे। उनकी उपस्थिति सहमति-असहमति से परे घट रही थी। इसलिए मुशायरा सुनने जाना है या नहीं, यह फ़ैसला लेने में माँ को कोई ख़ास

समस्या नहीं हुई। माँ के पिता की बहन यानी माँ की बुआ उसे साथ ले चलने की शर्त पर राज़ी थी।

मुशायरे घर के बहुत पास ही होते थे। वे टहल लेने भर की दूरी पर थे। रात में उनसे गुज़रा जा सके, इसके लिए दिन में सोना पड़ता था।

कथाकार

मैं शाइर नहीं था, लेकिन मुझे शाइरी सीखनी पड़ी; क्योंकि मुशायरे बचे हुए थे। वे इस क़दर बचे हुए थे कि उनसे घर भी चल सकता था। वे इस क़दर बचे हुए थे कि जैसे ख़त और ख़ुदा हाफ़िज़, जैसे फ़तवे और वुज़ू, जैसे फटी हुई टोपियाँ, जैसे काले बुर्क़े, जैसे गाढ़े अँधेरे, जैसे तंग और महकती हुई गलियाँ, जैसे वालिद और उनके वालिद के वालिद के वालिद के वालिद से हुई ग़लतियाँ...

किताब

मुशायरे वाली रात माँ दिन में सो लेती। सूर्य डूब रहा होता, जब वह देहलता अलसाई-सी उठती। उसके बहुत पतले नहीं बहुत गुलाबी नहीं होंठों से बही हुई थोड़ी-सी लार उसके तकिये पर होती। वह तकिया पलटकर एक अँगड़ाई लेती और खुले बालों को बाँधती। उसे कुछ और जागने और कुछ और सोने की ज़रूरत एक साथ महसूस होती। फिर तय किया हुआ याद आता और जागने की जीत होती।

कथाकार

उर्दू अदब का अज़ीमुश्शान वक़्त गुज़र गया, लेकिन मुशायरे बच गए। बढ़ी हुई दाढ़ी और छोटे पाजामों वाले पाँच वक़्त के नमाज़ी ग़रीब वालिद और बुज़ुर्ग इस मुल्क में नफ़रतों और अजायबघरों की चीज़ हो गए,

लेकिन मुशायरे बच गए। वे बच गए, इसलिए मुझे शाइरी सीखनी पड़ी।

मैं शाइर नहीं था।

किताब

माँ जिन मुशायरों से गुज़री उनमें एक से बढ़कर एक शाइर आते थे। वे सारी सरहदें पार करके भी आते थे। उनके अंदाज़ से गुज़रकर लगता था कि इश्क़ हो तो किसी शाइर से ही हो—इस क़दर इश्क़ कि कोई भी सरहद लाँघने में डर न लगे।

कथाकार

मैं शाइर नहीं था। पर मैंने शे'र कहे और कहकर अपने उस्ताद का मुँह ताका। मेरे शे'र तारीफ़ के क़ाबिल थे, लेकिन उन्होंने कभी मेरी तारीफ़ नहीं की। उन्हें लगता था कि इससे मेरे शे'र वज़्न खो बैठेंगे। उस्ताद तस्बीह पर उँगलियाँ घुमाते हुए कहते कि रियाज़ और रियाज़ और और रियाज़ करो...

मैं रियाज़ में रहा, लेकिन मैंने अपने रियाज़ का एक हिस्सा उस तरफ़ भी मोड़ रखा था, जिससे मुझे यह रियाज़ न करना पड़े। मैं ख़ुद को अफ़सानवी तबीयत का शख़्स मानता था और किसी ऐसी जगह से जुड़ना चाहता था, जहाँ मेरी उन कहानियों की क़द्र हो सके जो मुझे कहनी थीं।

प्रकाशक

कहानियाँ बहुत आती हैं और बहुत जाती हैं। दुनिया कहानियों से भरी हुई है। लेकिन उन्हें कहना सबके वश में नहीं है। बड़े-बड़े कथाकारों की साँस टूटने लगती है—एक साधारण कहानी लिखने में भी। वे दिन भर ख़ालीपन को ताकते बैठे रहते हैं, कहीं कुछ नहीं घटता। कहते हैं कि

कहानी दिमाग़ में एकदम स्पष्ट है, पर वाक्य नहीं मिल रहे। इसलिए ही कह रहा हूँ कि दुनिया कहानियों से भरी हुई है...

प्रूफ़रीडर

लेकिन बहुत कुछ दुनिया में नहीं होता, मेरी नाक के नीचे होता है। कितनी घटिया किताबें...

प्रकाशक

और उनके कितने संस्करण।

प्रूफ़रीडर

मैं उनमें पूरी तरह गिर जाता हूँ, क्योंकि मैं आँखें नहीं मूँद सकता। यह मेरी 'नैतिकी' है कि ख़राब चीज़ें भी बेहतर ढंग से सामने आएँ। यह रोज़ होता है कि मुझे अपने इस तरह होने का तर्क समझ में नहीं आता। कितना कुछ है पढ़ने लायक़ जिसे पढ़ने के लिए किसी को हज़ार बरस की उम्र मिले, तब भी कम है। फिर आख़िर मुझे वह सब कुछ क्यों पढ़ना पड़ता है, जिसे मैं देखना भी न पसंद करूँ! इस दृश्य में भी बहुत सारी लिखाइयाँ हैं—प्रकाशन से वंचित—अपनी उज्ज्वल बनत में... मैं देखता हूँ कि उन्हें कोई देख नहीं रहा। मैं उनके भाव-संसार से गुज़रना चाहता हूँ। लेकिन फ़िलहाल मैं इस अत्यंत साधारण किताब में गिरा हुआ हूँ। इसमें फ़िलहाल कहीं कोई लिखाई नहीं है। इसमें फ़िलहाल कहीं कोई गहराई नहीं है। इसमें फ़िलहाल कहीं कोई ऊँचाई नहीं है। फ़िलहाल मेरा फ़िलहाल बहुत जल्द फ़िलहाल नहीं रहेगा। फ़िलहाल मेरा गिरना बहुत जल्द रुकेगा। फ़िलहाल...

मैं एक सतह का घायल संदर्भ हूँ।

किताब

माँ कहना सुन-सुनकर सीख रही थी। मुशायरे उसकी ज़ुबाँ साफ़ कर रहे थे। उसके शहर में शाइरों को बड़े इल्तिमास से बुलाया जाता और वे बेहद ज़िम्मेदारी से एक व्यापक जनसमूह से रू-ब-रू होते—हाथों में छोटी-छोटी पर्चियाँ थामे हुए—इरशाद, वाह, मुकर्रर, ज़िंदाबाद के शोर के बीच—वह कहते कि देखिए इस शे'र की ज़ीनत रख लीजिए, इस शे'र की आबरू अब आपके हाथ है, ये शे'र आपके साथ जाएगा, ये बज़ाहिर बात नहीं है, इस तरह मत देखिए, इस शे'र का जादू टूट जाएगा, देखिए ये एक मतला और दो शे'र अर्ज़ हैं, अर्ज़ किया है कि...

कथाकार

ग़रीबी बहुत थी और गंदगी बहुत थी और बहुत ग़रीबी और बहुत गंदगी में शे'र बहुत थे। शब-ओ-रोज़-ओ-माह-ओ-साल ग़रीबी और गंदगी बहुत थी। और जैसा कि कह चुका हूँ : बहुत ग़रीबी और बहुत गंदगी में शे'र बहुत थे। शे'र बहुत ग़रीबी और बहुत गंदगी को कितना ही खाते, बहुत ग़रीबी और बहुत गंदगी कम नहीं पड़ती थी। जैसा कि कह ही चुका हूँ : वह बहुत थी—ग़रीबी और गंदगी—काली और घनी। उनमें दरख़्त थे। शे'र दरख़्तों के नज़दीक जुगनुओं से मँडराते थे—एक ही सिलसिले के कई-कई शे'र—इस उमीद में कि एक रोज़ उन्हें किसी मुशायरे में पढ़ा-सुना जाएगा।

किताब

"आप यहाँ पास ही में रहती हैं?"

"जी!" माँ ने कुछ चौंकते हुए कहा, "हाँ!"

कथाकार

मैंने कहा, "शुक्रिया!"

उसने पूछा, "किसलिए!"

मैंने कहा, "मुझसे बात करने के लिए।"

उसने कहा, "आपको कहना चाहिए—बात शुरू करने के लिए।"

किताब

माँ को मुशायरे अब और सुंदर लगने लगे। उसकी आँखें उस एक की तलाश में रहने लगीं जिसे पाया जा सके, जिसमें खोया जा सके।

कथाकार

यह बात पर बात चढ़ जाने से उसके कट जाने का अहं था जिसने कहा कि आपसे बात शुरू करके ऐसा कौन-सा महान् काम कर दिया मैंने?

उसने पूछा, "आपके परिवार में ख़ैरियत तो है?"

मैंने कहा, "ख़ैरियत तो तब होगी, जब परिवार होगा।"

किताब

माँ पहली बार इस तरह बात पर बात चढ़ाकर बात कर रही थी।

कथाकार

उसने कहा, "बहुत बुरा लग रहा है आपको?"

मैंने कहा, "मेरा ख़ुदकुशी करने का जी हो रहा है।"

किताब

माँ हँसने लगी।

कथाकार

"मृत्यु पर भी हँस रही हैं आप!"—मैंने कहा।

उसने कहा, "जान जब इतनी सस्ती हो कि एक अजनबी की बात पर भी दी जा सके, तब हँसी तो आएगी ही।"

मैंने कहा, "अजनबी!?"

उसने सिर्फ़ देखा...

मैंने कहा, "आपको पता है कि मैं आपको कबसे देख रहा हूँ।"

किताब

माँ नहीं जानती थी कि जानना क्या है।

माँ नहीं जानती थी कि वह उसे कबसे देख रहा है।

माँ नहीं जानती थी कि यहाँ सब कैसी-कैसी बातों पर जान दे देते हैं और ले भी लेते हैं।

कथाकार

वह कहने लगी, "आपको अपनी जान की क़ीमत नहीं पता।"

मैंने पूछा, "कितनी क़ीमत है मेरी जान की?"

उसने कहा, "ये तो जो जान का लेन-देन करे वही बता सकता है।"

मैंने कहा, "आप मेरी जान नहीं लेंगी?"

उसने कहा, "लगता है कि आपको अपनी ज़िंदगी से प्यार नहीं है।"

किताब

ज़िंदगी मिले तो ज़िंदगी से प्यार हो...

कथाकार

वह सही थी।

मुझे लगा कि वह कभी ग़लत नहीं होती होगी।

उसने कहा, "बहुत तंज़ है आपकी बातों में।"

मैंने कहा, "मुझसे ग़लतियाँ होती रहती हैं।"

उसने कहा, "इंसान ग़लतियों का पुतला है।"

मैंने कहा, "उसे फूँक देना चाहिए।"

किताब

इस समाज में इतनी हिंसा क्यों है!

माँ कितनों को अपना प्रेमी बनाती!

माँ कितनों से पूछती कि उनका घर कहाँ है!

कथाकार

"मेरा घर?

मैं उसकी तलाश में हूँ।

मैं एक जगह पर एक वक़्त से ज़्यादा नहीं रहता।"

उसने कहा, "आप परिंदे हैं क्या?"

मैंने कहा, "प्रतीकों से काम नहीं लेना चाहिए।"

उसने कहा, "क्यूँ?"

मैंने कहा, "लगता है कि आपके पास भाषा नहीं है।"

उसने कहा, "ज़माना बहुत ख़राब है।"

मैंने कहा, "यह ज़माना नहीं, भाषा ख़राब करने का कारख़ाना है।"

उसने कहा, "मैं ज़माने को नहीं जानती हूँ।"

मैंने कहा, "आप मुझे जानती हैं या नहीं?"

किताब

बातें न हों तो सब थम जाएँ।

बातें न हों तो सब थम जाए।

बातें न हों तो...

अभी बातें निरर्थक नहीं हुईं।

अभी उद्धरण-चिह्नों की विदाई का वक़्त नहीं आया।

अभी बातें ही बातें हैं।

नींदें तक बातग्रस्त हैं। वे भी बात कर रहे हैं, जिनके पास ज़ुबाँ नहीं। सदियों तक बहुतों को बात करने से रोका गया। आज भी बहुतों को बात करने से रोका जा रहा है। लेकिन वे तब भी बात कर रहे थे। वे अब भी बात कर रहे हैं। वे आगे भी बात करते रहेंगे...

एक घर को देखो, वह अपने सामने वाले घर से बात कर रहा है।

एक घर को देखो, वह अपने बग़ल वाले घर से बात कर रहा है।

एक घर को देखो, उसमें कोई नहीं रहता है; फिर भी वह सारे घरों से बात कर रहा है।

सब कुछ बात कर रहा है—अनशन और आर्य मौन में डूबे हुए उसके

पिता भी। लेकिन किससे! यह ख़बर नहीं।

कथाकार

मुझे उसे ख़त नहीं लिखने थे। ख़त में कभी पूरा इंसान नज़र नहीं आता। किसी इंसान को पूरा देखने के लिए, उसे पूरी तरह समझने के लिए; उसकी आँखों में देखना ज़रूरी होता है।

किताब

माँ जब-जब उसकी आँखों में देखती, बेख़ुद होती जाती।

उसने यही चाहा था।

उसने यही पाया था।

उसने यही...

लेखक

बहुत पीछे जाओ तो पता चलता है कि कितना कुछ बदल गया है आगे—जो आगे और बदलेगा।

किताब

यह मुशायरों में जाने के बाद से ही शुरू हुआ कि माँ शाइरी की अपनी समझ साफ़ करने की चाहत रखने लगी। माँ शाएरा बनने की चाहत रखने लगी और यह उससे मिलने के बाद शुरू हुआ कि माँ उससे उर्दू सीखने की चाहत रखने लगी।

कथाकार

मैंने उसे उर्दू उस पुराने तरीक़े से नहीं सिखाई जिसमें पहले सारे अक्षर याद करा दिए जाते हैं। मैं जल्दी में था और चाहता कि वह जल्द से जल्द उर्दू पढ़ना और लिखना सीख जाए। मैंने उसकी डायरी में उर्दू का पहला अक्षर अलिफ़ (ا) लिखा। अलिफ़ के कई काम थे। उसकी आवाज़ हिंदी के 'अ' जैसी थी। पर अलिफ़ के और भी कई काम थे।

किताब

उर्दू दाएँ से बाएँ चलने वाली भाषा है—यह जानते हुए माँ ने कुछ अक्षरों से कुछ शब्द बनते हुए देखे।

कथाकार

मैंने कुछ देर बाद उसकी डायरी के अगले पन्ने पर उर्दू का दूसरा अक्षर बे (ب) लिखा। इसकी ध्वनि हिंदी के 'ब' जैसी थी। इसके बाद मैं उसे ज़ेर (ِ), ज़बर (َ), पेश (ُ) तक ले गया।

किताब

माँ ने अलिफ़ (ا) पर पेश (ُ) दिया और र (ر) फिर दाल (د) के बाद वाव (و) इस तरह शब्द हुआ : उर्दू (اردو)

कथाकार

मैंने उसे अक्षरों को जोड़ना सिखाया। मैं चाहता था कि वह जल्द से जल्द वाक्य बनाने लगे।

किताब

माँ ने जाना कि जब उर्दू के अक्षर आपस में जुड़ते हैं तो उनकी शक्ल बदल जाती है। यह शक्ल कुछ इस क़दर बदल जाती है कि अक्षरों को उनके मूल स्वरूप में पहचानना भी मुश्किल हो जाता है।

कथाकार

मैंने उसे बताया कि अलिफ़ से पहले आने वाले अक्षर तो अलिफ़ से जुड़ जाते हैं, लेकिन अलिफ़ के बाद आने वाले अक्षर अलिफ़ से कभी नहीं जुड़ते हैं। मैंने लिखा : बाद (باد)

किताब

माँ ने लिखा : आबाद (آباد)

कथाकार

मैंने उसे एक बार आधी और एक बार पूरी आवाज़ वाले अक्षरों के लिए तश्दीद (ّ) का प्रयोग सिखाया। मैंने उसे ऐन (ع), ग़ैन (غ), फ़े (ف), क़ाफ़ (ق) लाम (ل) आदि समझाया।

किताब

हिंदी की बहुत सारी ध्वनियाँ उर्दू में भी थीं, लेकिन हिंदी की तरह उर्दू में उनके लिए अक्षर नहीं थे। इस सिलसिले में माँ ने दोचश्मी हे (ھ) और हम्ज़ा (ء) के बारे में जाना।

कथाकार

हम्ज़ा से उर्दू का कोई भी शब्द शुरू नहीं होता है। हम्ज़ा जब भी आता है, शब्द के मध्य में ही आता है।

किताब

माँ ने उर्दू की गिनतियाँ सीखीं, जिन्हें लिखते हुए बाहिने से दाहिने ही चलना था; उर्दू शब्दों की तरह दाएँ से बाएँ नहीं।

कथाकार

मैंने उसे उर्दू की कहावतें सिखाईं। वे हिंदी जैसी ही थीं। वह बस उन्हें लिख पहली बार रही थी। हम धीमे-धीमे मीर और ग़ालिब के दीवान तक आ गए...

किताब

माँ मध्यम अंगों और उठे हुए यौवन वाली थी। उसके दाँत नुकीले थे और स्तन सुगोल। उसके बाल लंबे थे और नितंब अलसाए हुए। उसकी दृष्टि गहरी थी और नाभि भी... यह संस्कृत साहित्य के नायिका-वर्णन से उठाया गया वर्णन है। सच बस इतना ही है कि वह सत्ताईस की थी और उसे प्यार की कमी महसूस होती थी।

इतना प्यार था—आस-पास सुन पड़ते गीत-गानों में।

इतना प्यार था—शे'र-ओ-शाइरी में।

इतना प्यार था सब तरफ़ कि उसे प्यार की कमी महसूस होती थी।

कथाकार

वह शाएरा बनना चाहती थी। मैं शाइर नहीं था। वह कुछ रोज़ पहले तक पढ़ना नहीं जानती थी। मैं पढ़ने के लिए कुछ भी कर सकता था। हम सत्ताईस साल से एक ही शहर में थे—एक छोटे से शहर में—अगल-बग़ल बसे मुहल्लों में; लेकिन कभी किसी चक्कर पर, कभी किसी गली में, कभी किसी मोड़ पर मिलना नहीं हुआ! आख़िर हम मुशायरे में ही क्यों मिले?

किताब

वे और कहाँ मिलते!—एक दूसरे से इतने दूर...

कथाकार

हम मिलने लगे। हमने मिलते हुए मिलना सीखा। हम सत्ताईस सालों का मिलना एक साथ मिले। हमने सत्ताईस सालों की चाय एक साथ पी। हम सत्ताईस सालों का घूमना एक साथ घूमे। हमने सत्ताईस सालों की कमियाँ एक साथ दूर कीं। हम ज़रूरतों से बने हुए हुए थे। हमने सत्ताईस सालों की ज़रूरतें एक साथ पूरी कीं।

मैं बहुत जल्दी में था।

उसने कहा, "सब्र रखिए।"

मैंने रखा—सब्र—मेरे पास बहुत था।

किताब

माँ 'आप' से 'तुम' हो गई।

कथाकार

मैंने कहा, "इस दिन को तुम कभी भूलना नहीं, मैं भी नहीं भूलूँगा।"

उसने कहा, "आप मुझे बहुत छूट दे रहे हैं।"

मैंने कहा, "मैं वही दे सकता हूँ, जो मेरे पास है।"

मैं 'आप' से 'तुम' हो गया।

किताब

माँ सुबह उठकर बेहतर महसूस नहीं करती। उसे लगता कि प्यार उसे रात भर सोने नहीं दे रहा है। वह उसे अपने बग़ल में ढूँढ़ती और मायूस होती। वह पूरा घर देखती और अधूरा बाहर भी। अधूरे बाहर से लौटकर पूरा घर अधूरा लगता...

कथाकार

उसने पुकारा, "कहाँ हो तुम ?"

मैंने पाया : उसके पास ही हूँ मैं।

किताब

यह सब कुछ माँ को सोने नहीं देता। वह अपनी टाँगों के बीच प्यार को तकिये की तरह लगा लेती और सिहरने लगती।

कथाकार

मैं रोज़ उसके प्यार में पड़ता।

किताब

माँ चाहती कि प्यार उसमें रोज़ पड़ा रहे। उसके पास ही रहे—बहुत पास। उसकी बड़ी-बड़ी साँसें बार-बार कहतीं, "मुझे छोड़ना मत..."

कथाकार

मैं रोज़ उसे छोड़कर जाता।

हम साथ-साथ चलते और बात करते हुए अपने-अपने मुहल्लों से थोड़ा दूर निकल जाते, ताकि पहचानवालों की नज़र में न आने पाएँ। वे हमें देख लेते तो हमारे साथ कुछ भी करने से बाज़ न रहते। इसलिए हमारी सारी तैयारी, उनकी नज़र में न आने की थी।

वह एक मसरूफ़ चौराहे पर मुँह को दुपट्टे से ढके हुए दिन चढ़ने से पहले मुझे मिलती। मैं उस तक चलकर आता और उसके साथ चली गई दूरी फिर से चलने लगता। इस तरह वह अपने सुपरिचित से दूर होती और मेरे सुपरिचित में प्रवेश पाती। यह अपरिचित के भय के पार जाने का रोमांच था।

सुपरिचित और घनी और दिन में भी बहुत अँधेरी गलियों से निकलकर वह सड़क तक आती थी—अधबने, अधटूटे और अनगढ़ घरों को छोड़कर—सब कुछ इस क़दर बना-बसा हुआ था कि एक चीज़ दूसरी चीज़ को काटती-बाँटती हुई प्रतीत होती थी। एक दृश्य दूसरे दृश्य से टकराता था और दोनों अपना अस्तित्व खोकर एक नया दृश्य रचते थे।

वह चलती और इस चलन में बिजली के तारों पर दौड़ते बंदरों में से किसी एक बंदर को करंट लगता और वह थमे हुए रिक्शों में से किसी एक रिक्शे पर गिरता। एक घायल शोर एक सुपरिचित शोर में दख़ल देता और अपने गिरे हुए साथी को छोड़कर बचे हुए बंदर पार हो जाते।

इस बीच गलियों के अंदर गलियों के अंदर गलियों का सौंदर्य गुज़रता। मज़ारें और मस्जिदें गुज़रतीं। धर्मशालाएँ और उनमें ठहरे हुए राहगीर गुज़रते। इस दृश्य में कोयला बाज़ार आता, जहाँ कोयले के बहुत महीन अंश उड़ते रहते। वे आस-पास की सारी सजीवता के ऊपर बैठते और उसके भीतर भी। एक तेज़ खाँसी सुनाई पड़ती और पास ही थूके हुए बहुत सारे बल्ग़म में रक्त के रेशे।

एक बड़बड़ाहट की भाँति लेबर चौक गुज़रता। गायों और भैंसों की खाल अपनी पीठ पर ढोते हुए मज़दूर नज़र आते। नाले-नालियों में बहता हुआ और गलियों-सड़कों पर ठहरा हुआ रक्त दिखाई देता। कंधे-दर-कंधे बदलती घाट की तरफ़ बढ़ती हुई एक अर्थी गुज़रती। बीच राह अपना शिश्न हिलाता हुआ पहले भी गुज़र चुका एक पागल गुज़रता। नाइयों के शीशे में सामने का सारा समग्र गुज़रता।

एक चौक गुज़रता। एक मांस की दुकान गुज़रती। एक बाग़ गुज़रता। एक टॉकीज़ गुज़रती। एक अनाथालय गुज़रता। एक कोतवाली गुज़रती। एक स्कूल गुज़रता। एक लाइब्रेरी गुज़रती। एक डाकघर गुज़रता। एक कचहरी गुज़रती। एक कॉलेज गुज़रता। एक रेलवे लाइन गुज़रती। एक अस्पताल गुज़रता। एक मिल गुज़रती। एक बस अड्डा गुज़रता। एक और मांस की दुकान गुज़रती...

रक्त पर रक्त चढ़ता जाता।

थोड़ा-थोड़ा थोड़ी-थोड़ी देर साथ चलने पर, थोड़ी ही देर में शहर ख़त्म होने लगता : इस क़दर ख़त्म होने लगता कि खुली सड़क पर प्यार को प्यार से चूम लो और चूमते रहो... हम आज़ाद महसूस करते।

वह कहती, "मुझे थकाने में तुम्हें मज़ा आता है?!"

मैं कहता, "और मुझे थकाने में तुम्हें।"

हम वापसी में रिक्शा लेते। रिक्शे की छत पर बूँदें संगीत रचने लगतीं। उसकी उँगलियों में फँसी मेरी उँगलियाँ उदास होने लगतीं। वह अपने सुपरिचित में लौटने के लिए रिक्शे से उतरती। मैं उसकी पीठ देखता—तब तक—जब तक वह एक जल-बूँद में न बदल जाती। वह चली गई रौशनी की तरह लगती। वह विदा हुई वर्षा की तरह लगती। सब कुछ पर धीमे-धीमे अँधेरा उतरता। रिक्शा घूमता और मुझे मेरे सुपरिचित की तरफ़ ले जाने लगता।

किताब

माँ रात भर सुबह की प्रतीक्षा में ख़ुद के भीतर बजती रहती। वह सुंदर थी—स्पर्श से और सुंदर हो चुकी थी। वह एक ही प्यार में रोज़-रोज़ और बार-बार पड़ने लगी। वह प्यार के बारे में सब कुछ जान चुकी थी। प्यार ने उससे कुछ भी नहीं छुपाया था। वह भी उसके बारे में सब कुछ जान चुका था। इस परिचय में परस्पर से दूर होते ही परस्पर की याद घेर लेती।

''इतनी याद क्यों आती है ?''

कथाकार

''क्योंकि जो याद आता है, वह भी याद करता है—इसलिए...''

मैं भर रात उसकी याद में तपता रहता। सुबह जब वह मुझे छूती, मैं उसे बहुत गर्म लगता।

''सब्र मुझमें बहुत है।''—अब यह कहते हुए, यहाँ तक कि सोचते हुए भी, मुझे सरल-सी शर्म आती।

किताब

माँ प्यार की तपिश अपने उरोजों पर महसूस करती और प्यार उसके नाख़ून अपनी पीठ पर। उसके नाख़ून बढ़े हुए होते और उन पर काली नाख़ूनी होती। जब वह अपनी चिबुक पर हथेली टिकाए प्यार को देखती, तब उसके बढ़े हुए नाख़ून उसके निचले होंठ को ढक लेते।

कथाकार

मुझे उसकी आँखों में वही नज़र आता, जो उसे मेरी आँखों में। यह हमारे लिए नया था, लेकिन इसमें नया कुछ भी नहीं था। असंख्य प्रेम-कथाओं के सिलसिले में यह बस एक और प्रेम-कथा थी।

किताब

इस सिलसिले में वे पल क्यों आते हैं जिनमें साथ होना, देखना और छूना नहीं है।

वे पल नहीं, उन पलों-सा एक पल भी बहुत भारी है।

एक पल भी...

कथाकार

वह जब नहीं होती, तब मुझे चुभती रहती।

किताब

...वह होती, तब भी उसे चुभती रहती।

एक ही चुभन इतनी फ़र्क़-फ़र्क़ क्यों है ?

वह माँ में रह गया।

कथाकार

वह मुझमें रह गई।—

क्या मैं उसके शब्द ले सकता हूँ?

किताब

प्यार ने उसके शब्द ले लिए।

प्यार ने उसे ले लिया।

उसका सब कुछ उससे ले लिया।

कथाकार

"क्या तुम्हें पता है कि तुम मेरा पता हो?"

किताब

क्या वह उसके शब्द ले सकती है?

कथाकार

उसने मेरे शब्द ले लिए।

उसने मुझे ले लिया।

मेरा सब कुछ मुझसे ले लिया।

किताब

प्यार ही प्यार है वह।

कथाकार

"प्यार ही प्यार हो तुम।"

"प्यार ही प्यार हो तुम।"

"तुम्हारे अपने शब्द क्या हुए?"

"तुम्हारे अपने शब्द क्या हुए?"

"क्या पता क्या हुए।"

"रहने दो, शाइरी मत करो।"

"तब क्या करूँ?"

"प्यार!"

"अच्छा!"

"बुरा!"

"दुःख!"

"सुख!"

"नफ़रत!"

"बहुत नफ़रत!"

"प्यार!"

"बहुत प्यार!"

कवि

शाइर कभी भी कहीं भी किसी के भी प्यार में पड़ सकते हैं, बशर्ते वे शाइर हों। अच्छे-बुरे की बात नहीं है। यहाँ बात शाइर होने की है। ...और एक बार अगर कोई शाइर हो गया, तब वह अच्छा हो ही नहीं सकता।

प्रकाशक

शाइरी अच्छी हो तो शाइर की बुराइयाँ ढक जाती हैं। कौन बात करना चाहता है उन पर!?

प्रूफ़रीडर

वे...

प्रकाशक

रहने दीजिए...

आलोचक

बाप मर रहे हैं। बेटी शाइरी कर रही है। यह प्यार तो नहीं है। इसका वर्णन देखिए। नई कविता है!

प्रकाशक

इस प्रकार की बातें वे ही करते हैं, जिनमें कुछ रचनात्मक करने का माद्दा नहीं होता है। साहित्येतर प्रसंगों के उल्लेख से वे रचनात्मक प्रतिभाओं को बदनाम करते हैं।

प्रूफ़रीडर

मैंने संपादक से कथाकार के बारे में कहा :

उसके पास शब्दों की कमी है क्या जो उसके शब्द ले रहा है!? भाषा ही तो है उसके पास, और है क्या? और कहता है कि पढ़ने के लिए कुछ भी कर सकता है! पढ़ता होता तो उसके शब्द नहीं

लेता। पूरी कथा में कभी कोई किताब हाथ में लिए नहीं दिखा। कभी किसी को उद्‌धृत नहीं किया—ख़ुद को भी नहीं। भाषा तो साहचर्य से भी मिल जाती है और कभी-कभी वह परिस्थितियों से भी प्राप्त हो जाती है। पढ़ना एक बिल्कुल दूसरा संघर्ष है और इसलिए ही अध्यवसाय से अर्जित की गई भाषा, अध्यवसाय से अर्जित नहीं की गई भाषा से भिन्न प्रतीत होती है।

संपादक

मैंने उससे कहा था कि अपने किरदारों को नाम दो। पर वह कहाँ कुछ सुनने वाली हुई...

लेखक

वह नामों से बचना चाहती थी। समसामयिक सामाजिक और साहित्यिक परिवेश ने उसे ऐसा करने के लिए विवश किया। उसने सोचा कि वह स्थितियों और स्थानिकताओं की सार्वभौमिक अभिव्यक्ति पर ही एकाग्र रहेगी। वह अगर नाम देगी तो बहुत सारा अदृश्य दबाव आते हुए एक-एक वाक्य पर बना रहेगा। नाम कहने की पूरी संरचना को प्रभावित कर सकते हैं। नामहीनता और कल्पनाशील बनाएगी—लिख रहे व्यक्ति को भी और पढ़ रहे व्यक्ति को भी।

संपादक

हमारे यहाँ यह व्यवस्था तो है कि नाम से व्यक्ति की जाति पता न चले, लेकिन यह व्यवस्था नहीं है कि मज़हब भी पता न चले। एक व्यक्ति को पुकारिए, उसका पूरा समाज झलकने-छलकने लगता है। एक जगह का नाम लीजिए, एक पूरी संस्कृति की तस्वीर बनकर तैयार हो जाती है।

एक धर्म का नाम लिखिए, उसका समग्र इतिहास उभर उठता है। भविष्य, प्रतिसृष्टि और कल्पनाशीलता के लिए सच में अवकाश नहीं है!

लेखक

समसामयिक सामाजिक और साहित्यिक परिवेश में इन दिनों कुछ इस प्रकार का 'सवर्ण भाव' आ गया है कि अपने नाम से अपनी जाति छुपाने वाले और दिखाने वाले दोनों ही सवर्णों को अपमानित करते रहते हैं। एक समय जैसे ऊँची जातिवाले—वर्ण-व्यवस्था के क्रम में—निचली जातिवालों को उनके होने के लिए अपमानित करते थे, ठीक वैसे ही आज अपनी जाति छुपाने वाले और दिखाने वाले दोनों ही प्रकार के कथित कार्यकर्ता प्रगतिशील सवर्णों को उनके होने के लिए अपमानित करते रहते हैं। यह उनके लिए एक नई ऊँचाई की खोज है—और उन पर जीत और श्रेष्ठता सिद्ध करने का उपक्रम जिन्होंने उन्हें कभी नहीं सताया। इस दृश्य में 'दो कठिन पाटों के बीच' पिसते हुए एक प्रगतिशील ब्राह्मण का उत्पीड़न किसी के लिए भी विमर्श और विकलता का विषय नहीं है।

संपादक

नाम लेते ही मुश्किलें शुरू होती हैं... और प्रगतिशीलता सबसे बड़ी मुश्किल है—सवर्णों की प्रगतिशीलता और उसमें भी ब्राह्मणों की।

लेखक

उत्तरोत्तर आधुनिक काल में समानता के संघर्ष के विरुद्ध ब्राह्मण मामलों के संकीर्ण जानकार जब बढ़ने लगे तब एक ब्राह्मण प्रकट हुआ और उसने कहा कि मेरे समीप एक सतत संशोधित कथ्य है इसे वाल्मीकि ने अश्वघोष से अश्वघोष ने व्यास से व्यास ने भास से भास ने कालिदास

से कालिदास ने कबीर से कबीर ने तुलसीदास से तुलसीदास ने निराला से निराला ने रामविलास से रामविलास ने हजारीप्रसाद से हजारीप्रसाद ने मुक्तिबोध से मुक्तिबोध ने तुलसीराम से और तुलसीराम ने इस लेखक से कहा और यह लेखक आपको बताता है :

ब्राह्मणों को गालियाँ दो वत्स! केवल यह मार्ग ही भारतीय कला, संस्कृति, साहित्य, पत्रकारिता, समाज-सेवा, सक्रिय राजनीति और सामाजिक न्याय के क्षेत्र में विकास की ओर उन्मुख करने वाला है; लेकिन यह ध्यान रहे कि ब्राह्मणों को गालियाँ देने के लिए भी ब्राह्मण होना अपरिहार्य है। तुम अगर ब्राह्मण नहीं हो और ब्राह्मणों को गालियाँ देते हो तब इससे थोड़ी नहीं अर्थात् बहुत समस्या और हानि उत्पन्न होगी।

यहाँ इस काल में जहाँ स्व-अनुभूत सत्य की अभिव्यक्ति असीमित है, ब्राह्मण क्या हैं; यह एक ब्राह्मण ही बता सकता है।

ब्राह्मण कभी ब्राह्मण होने पर लज्जित नहीं होता; अगर वह लज्जित है, तब इसका अर्थ है कि वह ब्राह्मण नहीं है।

ब्राह्मण वस्तुओं से परिचय के क्रम में ही स्व-वृत्ति से परिचित हो जाता है। वह देर से जागने वालों में से नहीं है, जबकि वह देर तक जागने वाला है।

ब्राह्मण जन्म से ही प्रकाश साथ लाता है और उचित स्थान देखकर प्रकाशित होने लगता है और शलभ उसकी ज्योति के आस-पास मँडराने और नष्ट होने लगते हैं।

ब्राह्मण के जन्म में ही उसके जीवन भर देदीप्यमान बने रहने का रहस्य है। उस पर विजय के लिए उसे जन्म लेने से रोकना होगा, इस प्रकार की स्थितियाँ प्रकट करनी होंगी कि वह संतानोत्पत्ति से

डरे; क्योंकि जब तक एक भी ब्राह्मण शेष है, संपूर्ण क्रांति संभव नहीं।

भारतीय मनुष्य की मुक्ति के मार्ग भारतीय संविधान से पूर्व भारतीय धर्मग्रंथों में मिलेंगे जहाँ मनुष्य के द्वारा मनुष्य को परतंत्र बनाने और बनाए रखने की विधियाँ व्यक्त हुई हैं। अस्मितावाद की राजनीति से प्रेरित प्रत्येक मनुष्य को इनका तब तक पाठ करना और नवपाठ निर्मित करना चाहिए जब तक ये समाज में उपलब्ध हैं; क्योंकि पूर्वपाठ समय के साथ धुँधले, एकायामी और अप्रासंगिक पड़ते जाते हैं।

पुन:पाठ में नया प्रकाश होता है।

इस प्रकाश में ब्राह्मण की दरिद्रता और संपन्नता दोनों ही विशाल भ्रम हैं। वह दारिद्र्य का प्रदर्शन अवश्य करता है, लेकिन वह कभी दरिद्र नहीं हो सकता; क्योंकि उसका धन दिखाई नहीं देता। वह आश्रयवंचित होने में, दीन दिखने में, भीख माँगने में, भूखे रहने में, धरती पर सोने में, फटे कपड़े पहनने में, पैदल चलने में कभी लज्जित नहीं होता है; अगर वह होता है, तब इसका अर्थ है कि वह ब्राह्मण नहीं है।

ब्राह्मण प्रतिदिन घायल होता है, लेकिन विषम से विषम स्थिति को भी परीक्षा की भाँति स्वीकार करता है और उत्तीर्ण होता है; अगर वह अनुत्तीर्ण होता है, तब इसका अर्थ है कि वह ब्राह्मण नहीं है।

ब्राह्मण दु:ख को मेधा से काटने की युक्ति जानता है। वह जानता है कि दु:ख से दु:ख नहीं कटता, अन्याय से अन्याय और अंधकार से अंधकार नहीं कटता। यज्ञ, अग्निकुंड, समिधा, तप, त्याग, समाधि, शाप... ब्राह्मण समय के साथ इनके अर्थ परिवर्तित करता रहता है।

ब्राह्मण प्रथमतः और मूलतः विद्यानुरागी है और केवल साधना तथा सरोकारों से ही दुर्बल होता है। दूसरों के चरित्र की समीक्षा उसका सनातन दायित्व है। उसका आकार देखकर द्वार बनाए जाते हैं, क्योंकि वह झुकता नहीं है। वह जिस पत्तल में खाता है, उसमें ही छेद करता है और फिर उस छेद का अन्वेषण करता है। इस छिद्रान्वेषी व्यक्तित्व के कारण वह जिसका आतिथ्य स्वीकार करता है, उसे ही शाप दे देता है और फिर उसे भयभीत देख अपने विवेक की शक्ति से उसे शाप-मुक्ति का उपाय भी बताता है; अगर नहीं बताता है, तब इसका अर्थ है कि वह ब्राह्मण नहीं है।

अप्राप्त की प्राप्ति और प्राप्त की वृद्धि के लिए बुद्धिमानों को चाहिए कि ब्राह्मणों से बुद्धि ग्रहण करें; क्योंकि ब्राह्मण अपने हित के लिए जहाँ मार्ग न हो, वहाँ भी मार्ग निकाल लेता है। वह सारी विधाओं और विचारों को अपने अनुरूप परिभाषित और परिवर्तित करके उनके संशोधित और परिवर्द्धित संस्करण प्रकाशित करता रहता है।

युग का क्षय ब्राह्मण ही करते हैं, इसलिए उनसे ही युग का अंत होता है।

श्रेष्ठता का निर्धारण ब्राह्मण का परम रुचिकर विषय है। आधुनिक और उत्तर आधुनिक और उत्तरोत्तर आधुनिक समय में समाज-निर्माण के स्थान पर विमर्श-निर्माण के जो उद्योग-स्थल खुले और पूँजी के पाखंड, प्रपंच और उच्छिष्ट से भ्रष्ट हुए; समकालीन ब्राह्मण उसकी तुलना उस अतिप्राचीन कुकर्म से करता है, जहाँ समाज-निर्माण के स्थान पर जाति/वर्ण-निर्माण की कार्यशालाएँ खुलीं। वह यह तुलना अगर नहीं करता है, तब इसका अर्थ है कि

वह ब्राह्मण नहीं है।

सर्वस्व त्याग देने पर भी ब्राह्मण श्रेष्ठता का अधिकार त्यागना नहीं चाहता; यही कारण है कि वह समाज में अग्रणी आंदोलनों, विचारों और विमर्शों के पक्ष में शीघ्र सक्रिय किंतु संतुलित हस्तक्षेप करता है और इस प्रकार समग्र आंदोलनों, विचारों और विमर्शों की मूल उद्भावना को समाप्त कर देता है।

ब्राह्मण से युद्ध व्यर्थ है, क्योंकि वह क्षत्रिय की तरह कभी सब कुछ दाँव पर नहीं लगाता और न ही शेष दो वर्णों की भाँति दाँव पर लगना स्वीकार करता है। वह सदा संकल्पग्रस्त होता है और शापग्रस्त करता है। यह दुर्भाग्य है कि भारतीय समाज में अब तक बुद्ध और आंबेडकर भी ब्राह्मण से परास्त ही दृश्य होते हैं।

लेकिन ब्राह्मण के विरुद्ध संघर्ष बनाए रखिए, ब्राह्मण आपके साथ हैं।

प्रूफ़रीडर

इस ब्रह्मांड के प्रथम प्रगतिशील-वैज्ञानिक-विचारक बुद्ध कभी ब्राह्मणों से परास्त नहीं हुए, क्योंकि वह जाति-भेद मानते ही नहीं थे। वह 'धम्मपद' में यह प्राचीन कथ्य दुहराते हैं : ''मनुष्य अपने वंश अथवा जन्म से ब्राह्मण नहीं होता; बल्कि जिसमें सत्यता और पुण्य है, वही ब्राह्मण है।''[9] वह 'वासेत्थ-सुत्त' में भी कहते हैं : ''मैं किसी को उसके जन्म से अथवा विशेष माता-पिता से उत्पन्न होने के कारण ब्राह्मण नहीं कहता। मैं उसे ब्राह्मण कहता हूँ, जिसके पास कुछ न हो और फिर भी जो किसी वस्तु की लालसा न करे। जो कामना से रहित है और जिसने इंद्रियों का

---

9. जनार्दन भट्ट एम.ए., बौद्ध-कालीन भारत (पृष्ठ : 70-71), प्रकाशक : रामचंद्र वर्म्मा, साहित्य-रत्न-माला कार्य्यालय, काशी, संस्करण : 1925

दमन किया है, उसी को मैं ब्राह्मण कहता हूँ।''[10]

लेखक

वह बुद्ध के ब्राह्मणविषयक विचारों से प्रभावित थी।

किताब

आर्य मौन में डूबे हुए अन्न-जल से विरत माँ के पिता एक रोज़ नहीं रहे। उस वक़्त उनकी बहन पूजा में थी और बेटी प्यार में और समय 1970 के शरद में। माँ के पिता की मृत्यु एक बुद्ध के महापरिनिर्वाण सरीखी प्रतीत हुई—शील, समाधि और प्रज्ञा का क्रमबद्ध निष्कर्ष। यह मृत्यु शोक में कम ले गई, अर्थात् शांति में अधिक ले गई।

प्रूफ़रीडर

इस किताब की नायिका के पिता के अंतिम दिवसों का वर्णन किसी विपश्यना-साधक के जीवन या जीवनांत जैसा प्रतीत होता है। मैं इस साधना को अपने अनुभव और अभ्यास से जानता हूँ। विपश्यना से पूर्व आणापान-सति[11] का अभ्यास ज़रूरी है।

---

10. वही, पृष्ठ : 71

11. एक समय भगवान् बुद्ध श्रावस्ती में अनाथपिंडक के आराम-जेतवन में विहार कर रहे थे। उस समय उन्होंने आयुष्मान् राहुल को संबोधित किया :

''राहुल! जो कुछ रूप है—भूत-भविष्य-वर्तमान का, शरीर के भीतर का या बाहर का, महान् या सूक्ष्म, अच्छा या बुरा, दूर का या समीप का—सभी रूप 'न यह मेरा है', 'न मैं यह हूँ', 'न यह मेरा आत्मा है'; इस प्रकार यथार्थ जानकर देखना (=समझना) चाहिए।''

''रूप ही को भगवान्! रूप ही को सुगत!''

''रूप को भी राहुल! वेदना को भी, संज्ञा को भी, संस्कार को भी, विज्ञान को भी।''

तब आयुष्मान् राहुल—'कौन आज भगवान् का उपदेश सुनकर, गाँव में पिंड-चार के लिए जाए?' यह सोच—वहाँ से लौटकर, एक वृक्ष के नीचे, आसन मार, शरीर को सीधा

रख, स्मृति को सन्मुख ठहराकर बैठ गए। भगवान् ने राहुल को जब इस प्रकार देखा, तब संबोधित किया :

"राहुल! आणापान-सति (=प्राणायाम) भावना की भावना (=ध्यान) कर। राहुल! आणापान-सति भावना किए जाने पर महाफलदायक, बड़े माहात्म्य वाली होती है।"

तब राहुल सायंकाल को ध्यान से उठ, जहाँ भगवान् थे वहाँ गए और भगवान् को अभिवादन कर एक ओर बैठ गए। एक ओर बैठे हुए राहुल ने भगवान् को यह कहा :

"भंते! किस प्रकार भावना की गई, किस प्रकार बढ़ाई गई; आणापान-सति महाफलदायक, बड़े माहात्म्य वाली होती है?"

"राहुल! जो कुछ भी शरीर में (=अध्यात्म), प्रतिशरीर में (=प्रत्यात्म) कर्कश, खर्बरा है; जैसे—केश, लोम, नख, दाँत, चमड़ा, मांस, स्नायु, अस्थि, अस्थि-मज्जा, बुक्क, हृदय, यकृत, क्लोमक, प्लीहा, फुफ्फुस, आँत, पतली आँत (=अंत-गुण=आँत की रस्सी), पेट का मल और जो कुछ और भी शरीर में, प्रतिशरीर में कर्कश० है। राहुल! यह सब! अध्यात्म पृथ्वी-धातु कहलाती है। जो कुछ अध्यात्म पृथ्वी-धातु है, और जो कुछ बाह्य; यह (सब) पृथिवी-धातु, पृथिवी-धातु ही है। उसको 'यह मेरी नहीं', 'यह मैं नहीं हूँ', 'यह मेरा आत्मा नहीं है'—इस प्रकार यथार्थतः जानकर देखना चाहिए। इस प्रकार इसे यथार्थतः अच्छी प्रकार जानकर देखने से (भिक्षु) पृथिवी-धातु से उदास होता है, पृथिवी-धातु से चित्त को विरक्त करता है।

"क्या है राहुल! आप-धातु? आप (=जल) धातु (दो) हैं—आध्यात्मिक (=शरीर में की) और बाह्य। क्या है आध्यात्मिक आप-धातु०। ० तेज-धातु०। ० वायु-धातु०।

"क्या है राहुल! आकाश-धातु?—आकाश-धातु आध्यात्मिक भी है, और बाह्य भी।

"राहुल आध्यात्मिक आकाश-धातु क्या है?—जो कुछ शरीर में, प्रतिशरीर में आकाश या आकाशविषयक है, जैसे कि—कर्ण-छिद्र, नासिका-छिद्र, मुख-द्वार जिससे अन्न-पान, खादन-आस्वादन किया जाता है; और जहाँ खाना-पीना ठहरता है, और जिससे कि अधोभाग से खाया-पिया... बाहर निकलता है। और जो कुछ और भी शरीर में आकाश या आकाशविषयक है। यह सब राहुल! आध्यात्मिक आकाश-धातु कही जाती है। जो कुछ आध्यात्मिक आकाश-धातु है, और जो कुछ बाह्य आकाश-धातु है, वह सब आकाश-धातु ही है। 'वह न मेरी है'०, ।०।

"राहुल! पृथिवी-समान भावना की भावना (=ध्यान) कर। पृथिवी-समान भावना की भावना करते हुए, राहुल! तेरे चित्त को, हृदय को अच्छे लगने वाले स्पर्श—चित्त को चारों ओर से पकड़कर न चिमटेंगे। जैसे राहुल! 'पृथिवी में शुचि (=पवित्र वस्तु) भी फेंकते हैं', अशुचि भी फेंकते हैं। पाखाना भी०, पेशाब०, कफ०, पीब०, लोहू०। उससे पृथिवी दुःखी नहीं होती, ...ग्लानि नहीं करती, घृणा नहीं करती; इसी प्रकार; तू राहुल! पृथिवी-समान भावना की

भावना कर। पृथिवी-समान भावना करने से राहुल! तेरे चित्त को अच्छे लगने वाले स्पर्श चित्त को० न चिमटेंगे।

''आप (=जल)-समान०। जैसे राहुल! जल में शुचि भी धोते हैं०।

''तेज (=अग्नि)-समान०। जैसे राहुल! तेज शुचि को भी जलाता है०।

''वायु-समान० जैसे राहुल! वायु शुचि के पास भी बहता है०।

''आकाश-समान०। जैसे राहुल! आकाश किसी पर प्रतिष्ठित नहीं। इसी प्रकार तू राहुल! आकाश-समान भावना की भावना कर। राहुल! आकाश-समान भावना की भावना करने पर, उत्पन्न हुए मन को अच्छे लगने वाले स्पर्श चित्त को चारों ओर से पकड़कर चित्त को न चिमटेंगे।

''राहुल! मैत्री (=सबको मित्र समझना)-भावना की भावना कर। मैत्री-भावना की भावना करने से राहुल! जो व्यापाद (=द्वेष) है, वह छूट जाएगा।

''राहुल! करुणा (=सारे प्राणियों पर दया करना)-भावना की भावना कर। करुणा-भावना की भावना करने से राहुल! जो तेरी विहिंसा (=पर-पीड़ा-करण-इच्छा) है, वह छूट जाएगी।

''राहुल! मुदिता (=सुखी देख प्रसन्न होना)-भावना की भावना कर। ० राहुल! जो तेरी अ-रति (=मन न लगना) है, वह हट जाएगी।

''राहुल! उपेक्षा (=शत्रु की शत्रुता की उपेक्षा)-भावना की भावना कर। ० जो तेरा प्रतिघ (=प्रतिहिंसा) है, वह हट जाएगा।

''राहुल! अ-शुभ (=सभी भोग बुरे हैं)-भावना की भावना कर। ० जो तेरा राग है, वह चला जाएगा।

''राहुल! अ-नित्य-संज्ञा (=सभी पदार्थ अ-नित्य हैं)-भावना की भावना कर। ० जो तेरा अस्मिमान (=अहंकार) है, वह छूट जाएगा।

''राहुल! आणापान-सति (=प्राणायाम)-भावना की भावना कर। आणापान-सति-भावना करना-बढ़ाना, राहुल! महा-फल-प्रद० बड़े माहात्म्य वाला है। राहुल! आणापान-सति-भावना भावित होने पर, बढ़ाई जाने पर, कैसे महा-फल-प्रद० होती है?—राहुल! भिक्षु अरण्य में, वृक्ष के नीचे, शून्य-गृह में आसन मारकर, शरीर को सीधा धारण कर, स्मृति को सन्मुख रख, बैठता है। वह स्मरण रखते साँस छोड़ता है, स्मरण रखते साँस लेता है, लंबी साँस छोड़ते 'लंबी साँस छोड़ रहा हूँ'—जानता है। लंबी साँस लेते 'लंबी साँस ले रहा हूँ'—जानता है। छोटी साँस छोड़ते०। छोटी साँस लेते०। 'सारे काम को अनुभव (=प्रतिसंवेदन) करते साँस छोड़ूँ'—सीखता है। 'सारे काम को अनुभव करते साँस लूँ'—सीखता है। 'काया के संस्कारों खाज आदि को दबाते हुए साँस छोड़ूँ, साँस लूँ'—सीखता है। 'प्रीति को अनुभव करते साँस छोड़ूँ, साँस लूँ'—सीखता है। 'सुख अनुभव करते..., चित्त के संस्कार को

लेखक

वह वर्षा में कुछ रोज़ के लिए, सबसे कट जाती। उसकी बारिशें विपश्यना-केंद्रों में गुज़रतीं। यह उसका वर्षावास था। उसके प्रथम वर्षावास में, मैं बहुत विकल हो गया था। मैंने उसे सब संभावित जगहों, वस्तुओं और व्यक्तियों में तलाशा; पर वह सब जगहों, वस्तुओं और व्यक्तियों में अनुपस्थित थी। मैं उसके न होने में समाया जा रहा था कि एक रोज़ रात से ही टपटपाती सुबह में सब्ज़ रंग के छाते के नीचे हल्की-हल्की भीगी वह मेरे दरवाज़े पर हुई। वह बहुत शांत लग रही थी। उसने कहा कि वहाँ सबसे प्रिय के विषय में सबसे अप्रिय विचार उठते हैं और लगता है कि आप मर गए हैं!

किताब

वह जो मरता हुआ नहीं लगता है, जब मरने लगता है; उसे कैसा लगता होगा? यहाँ दुर्घटनाएँ, हत्याएँ और प्राणघातक रोग विषय नहीं हैं। यहाँ जिज्ञासा का क्षेत्र यह है कि कल मरने वाले को आज कैसा लगता होगा!

अनुभव करते..., चित्त के संस्कार को दबाते हुए..., चित्त को अनुभव करते..., चित्त को प्रमोदित करते..., चित्त को समाधान करते..., चित्त को (राग आदि से) विमुक्त करते..., (सब पदार्थों को) अनित्य देखने वाला हो..., (सब पदार्थों में) विराग की दृष्टि से..., (सब पदार्थों में) निरोध (विनाश) की दृष्टि से..., (सब पदार्थों में) परित्याग की दृष्टि से साँस छोड़ूँ'—सीखता है। 'परित्याग की दृष्टि से साँस लूँ'—सीखता है। राहुल! इस प्रकार भावना की गई, बढ़ाई गई आणापान-सति महाफलदायक और बड़े माहात्म्य वाली होती है। राहुल! इस प्रकार भावना की गई, बढ़ाई गई आणापान-सति से जो वह अंतिम आश्वास (=साँस छोड़ना) प्रश्वास (=साँस लेना) है, वह भी विदित होकर, लय (=निरुद्ध) होते हैं, अ-विदित होकर नहीं।"

भगवान् बुद्ध ने यह कहा, आयुष्मान् राहुल ने संतुष्ट हो; भगवान् के भाषण का अभिनंदन किया।

*— **सुत्तपिटक** के **मज्झिम-निकाय** (पृष्ठ : 248-250) में आए **महा-राहुलोवाद** का किंचित संशोधित पाठ, अनुवाद : राहुल सांकृत्यायन, प्रकाशक : महाबोधि सभा, सारनाथ, संस्करण : 1933*

आज वह और आजों जैसा ही है, पर कल नहीं रहेगा! क्या इस आज में वह उस कल को जिसमें अब उसका कोई आज नहीं होगा, बिल्कुल भी भाँप नहीं पाता होगा?

लेखक

वह विपश्यिनी मुझे विपश्यना के विषय में बता रही थी। वह सौ घंटे ध्यान करके आई थी और दस रोज़ मौन रहकर। उसने इस दरमियान किसी से इशारे से भी बात नहीं की थी। इसे ही आर्य मौन कहते हैं। इसमें ही उसके उपन्यास की नायिका के पिता अपने अंतिम दिनों में रहने लगे थे।

उसे देखकर मुझे यों लगा कि जैसे उसे अपना आहार, अपना संतुलन और अपना दर्शन मिल गया है। उसमें देखना आ गया है। वह मुझे अतीत से मुक्त एक नवीन व्यवस्था में नज़र आई।

आलोचक

एक उम्र में आकर अतीत बहुत हो जाता है। वह आज और आगामी दोनों पर ही हावी प्रतीत होता है। मैं इस उम्र से गुज़र रहा हूँ, लेकिन मैं अतीत के जाल और आगामी की जकड़ दोनों से ही बचना चाहता हूँ। आज का आकर्षण मुझमें ख़ूब है, और कोई भी ऊब इस ख़ूब को कम नहीं कर पाती।

आज को समझने के लिए, अतीत मुझे अरुचिकर लगता है।

मैं इस उम्र में हूँ कि मेरे आस-पास मेरे सिवा दूसरी कोई सजीवता नहीं है। मैं इस प्रकार बहुत सारी निर्जीवता के बीच बहुत एकाकी हूँ। मेरी देह एक जर्जर मकान-सी हो चुकी है।

इस अकेलेपन में मेरी उम्र के दूसरे क्या सोचते हैं या क्या सोचते रहे

होंगे; यह जानने के लिए, मैं जब तक पढ़ सकता हूँ; बस पढ़ता रहता हूँ।

मेरे वृद्धत्व का काम स्मृतियों से नहीं चल रहा है। मेरे लिए अतीत एक ऐसा स्टेशन है, जिसका नाम बदल गया है और जिसके बारे में सोचते हुए यों लग रहा है कि जैसे गुज़रने वाला कभी इससे होकर गुज़रा ही नहीं।

मुझसे प्रश्न और राग छूट नहीं रहे हैं। अंत की आहटों का संगीत समीप है, लेकिन रागाकुलता नित्य का नियम होती जा रही है। इसे समाज लार बहाना भी कह सकता है। मुझमें अब तक शेष आकर्षण की वास्तविकता और ईमानदारी पर शक किया जा सकता है; लेकिन मैं ही जानता हूँ कि मेरे आकर्षण मुझे किन सोचों में डुबोए रखते हैं, मुझे किस क़दर व्यथित और व्याकुल रखते हैं।

किताब

एक अधिष्ठान ग्रहण करना और बिल्कुल अचल और एकाग्र रहकर आँखें बंद करके अपने न रहने के बारे में सोचना, न रहने के बाद के अस्तित्व के बारे में सोचना; हमेशा ही एक लोमहर्षक विकलता में ले जाता है। तर-ऊपर तर-ऊपर तर-ऊपर—एक बँधे हुए जीवन को जीते हुए, कभी-कभी नींद के लिए नहीं, ख़ुद को देखने के लिए आँखें बंद करना बहुत संकटमय और समस्याग्रस्त कर देता है—एक सतत सक्रिय व्यक्तित्व को!

माँ के पिता मरण तक ले जाने वाले मौन से पहले इतने कम लाचार, इतने कम बेकार और इतने कम बीमार नज़र आते थे कि लगता था : वह अभी नहीं मरेंगे। वह आसक्ति और उत्तेजना की तरफ़ कभी गए ही नहीं, इसलिए उनके मौन में कोई नई बात नहीं थी। लेकिन उनके अंतिम दिनों में उन्हें एक अधिष्ठान में अहर्निश ध्यानरत देखना, उनके निकटवर्तियों के

लिए सचमुच बहुत नया दृश्य था।

यहाँ जिज्ञासा पर वापस आते हैं कि एक मरने वाले व्यक्ति को मरने के कुछ वक़्त या कुछ रोज़ पहले कैसा लगता होगा? क्या वह जान लेता होगा कि वह अब नहीं रहेगा? मुझे लगता है कि यह जानने का दूसरे व्यक्ति के पास कोई ढब-ढंग नहीं है। लेकिन कल बिल्कुल कल पहले के कई कलों की तरह इतने उपस्थित व्यक्तित्व अचानक हमारे बीच से सदा के लिए अनुपस्थित हो जाते हैं कि हमें लगता है : यह सब कुछ बहुत दुर्भाग्यपूर्ण ढंग से अचानक है! पर क्या यह सब कुछ वास्तव में इतना अचानक है?

आलोचक

निराशाएँ कितनी ही निश्चित क्यों न हों, मैं विचलित नहीं होता हूँ। मैं समय को काटने के लिए एक मक़सद की चाह में स्वयं को बराबर भटकाए रखता हूँ। मैं अंत तक सब कुछ भोगते हुए जाना चाहता हूँ। निरासक्त और वासनावंचित होना मेरी कार्य-सूची और मेरे कार्य-भार में नहीं है। मैं लिप्त हूँ और लिप्त रहना चाहता हूँ। मुझमें मृत्यु का भय नहीं है। वानप्रस्थ मेरे लिए नई वर्जनाएँ लेकर आया है, जिन्हें मैं बहुत सलीक़े और तरीक़े से तोड़ रहा हूँ। मैं कभी-कभी उँगलियों में फँसे उस अख़रोट-सा नज़र आता हूँ, जिसे किसी दरवाज़े के जोड़ के बीच दबाकर तोड़ा जाएगा। इस प्रक्रिया में उँगलियाँ आहत न हों, इसके लिए पर्याप्त सावधानी बरतनी पड़ती है; लेकिन इस सावधानी के बावजूद अक्सर उँगलियाँ भी चोटिल होती हैं और अखरोट भी अयोग्य निकलता है।

किताब

एक अधिष्ठान में आँखें बंद करके केवल अपनी आती और जाती हुई साँस को देखना सुनने में जितना सरल प्रतीत होता है, करने में उतना

ही जटिल है।

मन बहुत भटकता है।

मन बहुत-बहुत भटकता है।

मन बहुत-बहुत-बहुत भटकता है।

आलोचक

मैं कभी-कभी बिल्कुल अचल और एकाग्र रहकर बंद आँखों के साथ ध्यान में उतरता हूँ :

> हिंदी की सबसे नई लेखिका के साथ एक कुएँ की जगत पर मैं संभोगरत हूँ। मैं पूरी तरह उसके भीतर हूँ। मैं उसकी दोनों चूचियों को बारी-बारी से दबाता-मसलता हूँ। मेरे हाथ और होंठ उसकी पूरी देह की धाराप्रवाह अनुभूति की यात्रा कर रहे हैं। वह दोनों हाथों से रस्सी पकड़ लेती है। कुछ क्षणों के लिए धाराप्रवाह भंग होता है। वह मेरे ऊपर आती है। मैं अपने दोनों हाथों से रस्सी पकड़ लेता हूँ। हमारी देह का धाराप्रवाह फिर हमें प्रभावित करने लगता है। वह मुझ पर सवार होती जाती है। वह अपने खुले बालों के साथ मुझ पर और और सवार होती जाती है। मैं रस्सी छोड़कर अपने हाथ उसकी कमर पर लाना चाहता हूँ। इस यत्न में मैं कुएँ में गिर जाता हूँ। मेरा लंड कुएँ की भीतरी दीवार पर स्थित एक छेद में अटक जाता है। इस अटकन की वजह से मैं कुएँ की प्राणलेवा गहराई में गिरने से बचा हुआ हूँ। लेकिन इस तरह बचे रहने के लिए मुझे स्वयं को सतत उत्तेजित रखना है।

मैं कल्पना से काम लेता हूँ और लेता हूँ और लेता ही रहता हूँ, हालाँकि कल्पना से काम लेना मूलतः मेरा काम नहीं है।

लेखक

वह अब अपने हिस्से की ज़मीन देखती हुई चलती थी—अपनी प्रत्येक पदचाप को धीमेपन में रखते हुए, उसे सजगता से और सूक्ष्मता से अनुभव करते हुए—वह इतनी ज़्यादा संवेदनशील हो गई थी कि ज़मीन पर पड़े सूखे पत्तों पर भी पैर रखने से बचती थी। अगर कहीं भूल से पैर पड़ भी जाए तो उन पत्तों की चरमराहट उसका करुणाकुल हृदय नोचने लगती थी। सब कुछ को स्पर्श करने का उसका दर्शन पूर्णतः परिवर्तित हो चुका था।

लेकिन आँखें खोलते ही या सामने देखते ही सारा संसार आलंबनों से भरा हुआ था, इसलिए उसकी मौजूदा अवस्था ने संसार और उसके बीच एक असंतुलन उत्पन्न कर दिया था। वह जिन राहों पर पहले सरपट चलती थी, अब चलते ही उन पर बार-बार गिरने लगी। फिर सजग भी हुई, पर संसार अंततः उसका शून्यागार नहीं था; वह शुरू से ही शोर था। वह जब किसी व्यक्ति से बात करती, वह उसे चिल्लाता हुआ लगता। वह जब व्यक्तियों को आपस में बात करते हुए देखती; वे उसे एक दूसरे पर चीख़ते, एक दूसरे से लड़ते-झगड़ते हुए प्रतीत होते; जबकि वे पूरी तरह अपनी स्वाभाविकता में होते थे। उनसे बात करने पर, उसे अपना स्वर भी बहुत तेज़ लगने लगता।

वह बहुत शुद्धतम अर्थों में शांत हो चुकी थी। अब इंद्रियों से टकराते हुए विषय और विकार उसके आत्मानुशासन से मात खाने लगे थे। उसके मन के पग अब सहजमार्ग पर थे।

किताब

माँ के पिता का मन शुरू-शुरू में बहुत-बहुत-बहुत भटका होगा और कौन जानता है कि अंत तक भटकता ही रहा हो!

आलोचक

...लेकिन कल्पना मुझे इसलिए भी लुभाती है, क्योंकि मुझमें स्त्री के प्रति भय बहुत है। सब तरफ़ एक से बढ़कर एक विकृतियों की ख़बरें फैली हुई हैं। बलात्कार बराबर बढ़ते जा रहे हैं। समूह के समूह इस बात पर एकमत हैं कि स्त्री अगर स्वतंत्र और अकेली है, तब वह बलात्कार के लिए आमंत्रित कर रही है। यह कौन-सा प्राचीन उत्तेजक विचार है? यह भीतर दबी हुई कौन-सी नफ़रत है—स्त्रियों के लिए—जो अलग-अलग दिमाग़ रखने वाले पुरुषों को एक झटके में अलग-अलग दिमाग़ रखने वाली स्त्रियों को रौंदने के लिए एकमत कर देती है?!

लेखक

वह बहुत गहरी होती जा रही थी।

वह अवकाश पाते ही अपनी आँखें बंद कर लेती और कमर, पीठ और गर्दन सीधी करके सयाजी ऊ बा खिन की परंपरा में सत्यनारायण गोयनका द्वारा मिली विपश्यना-साधना करने लगती। वह सब वक़्त अपनी साँस और अपनी संवेदनाएँ देखती रहती। उसकी खुली हुई आँखें भी सामने के समय में नहीं रहतीं। यही विपश्यना है। आज से क़रीब छब्बीस सौ वर्ष पूर्व गौतम बुद्ध ने इस खोई हुई विद्या की खोज की थी। ख़ुद को देखते हुए ख़ुद को बदलने का प्रशिक्षण देने वाली यह विद्या बुद्ध के बाद भी खोई और पाई जाती रही। यों यह कहीं न कहीं बची रही। हज़ारों वर्षों के बाद यह वैज्ञानिक विद्या विपश्यना-आचार्य सत्यनारायण गोयनका के ज़रिए भारत में लौटी और फिर शनैः-शनैः संसार की कई स्थानीयताओं में सिखाई जाने लगी।

वह अपने उपन्यास में अपने ध्यानानुभवों और अपनी विपश्यना-

साधना का निवेश कर रही थी। इसलिए ही इस उपन्यास की नायिका के पिता के अंतिम दौर का वर्णन किसी विपश्यना-साधक के जीवन या जीवनांत जैसा प्रतीत होता है। वह मुझसे कहती थी कि गुरुजी कहते हैं : ''एक भी विपश्यना-साधक या साधिका की मृत्यु मूर्च्छा में नहीं हुई है। प्रत्येक विपश्यी अपनी मृत्यु को ध्यान से देखते हुए मरता है। मृत्यु उसके लिए जीवन से उन्नति है, जीवन से पतन नहीं।''

किताब

माँ के पिता मरने से पहले अपने मन को धो लेना चाहते थे—मौन के घाट पर, ध्यान के जल से। लेकिन अगर वह मरण से पूर्व अपना मौन खोलते, तब क्या बोलते?

लेखक

यहाँ तक आते-आते वह बहुत कट चुकी थी। उसकी सामाजिक-सांसारिक उपस्थिति-उपलब्धता नगण्य हो चुकी थी। उसके वर्षावास दीर्घावधि के होने लगे थे। वह लगभग वर्षा भर आर्य मौन में रहती यानी जैसा कि कहा गया : संकेतों में भी बात नहीं करती थी।

किताब

एक प्रदीर्घ मौन के बाद स्वर का शब्द से परिचय विस्मरण के असर में आ जाता है।

एक प्रदीर्घ नेत्रावकाश के बाद दृष्टि का दृश्य से परिचय विस्मरण के असर में आ जाता है।

एक प्रदीर्घ ध्यान के बाद व्यष्टि का समष्टि से परिचय विस्मरण के

असर में आ जाता है।

लेखक

एक प्रदीर्घ वर्षावास के बाद उसके मानसिक आकाश पर से विस्मृति के मेघ धीमे-धीमे छँटते-हटते। सृष्टि तीव्र धूप की तरह उसकी भीगी पुतलियों पर गिरती-चमकती। उसका स्वर उसके शब्दों को पहचानता-पाता। कुछ कहने की उसकी इच्छा अपने पंख खोलती-तौलती। उसके होंठ किंचित थरथराते-कँपकँपाते हुए उठते-खुलते और वह उड़ती-कहती : ''मैं पूर्वजन्म में चिड़िया थी।''

किताब

माँ के पिता अगर अपने मौन से मुक्त होते, तब विस्मरण उन पर से धीमे-धीमे उतरता और वह अंतर की ओर की गईं अपनी सारी यात्राओं का वृत्तांत कहते।

लेखक

वह पूर्वजन्म में फूल थी।

वह पूर्वजन्म में चींटी थी।

वह पूर्वजन्म में मोरनी थी।

वह पूर्वजन्म में कुतिया थी।

वह पूर्वजन्म में गाय थी।

वह—जिसके पास इस प्रकार का कोई प्रमाण-पत्र नहीं था, जिसमें उसकी जन्मतिथि दर्ज हो—मुझसे अपने पूर्वजन्मों का वृत्तांत कह रही थी। वह अपने अनेक जन्मों से चलकर यहाँ तक आई थी। इस यात्रा में उसके

साथ ढेर-ढेर संस्कारों का सामान था। वह परत-दर-परत सशक्त हुए इस सामान से बोझिल रही आई थी। उसने कहा कि आज से छब्बीस सौ वर्ष पूर्व वह एक परिव्राजिका थी। ...और तब भी उसके पास महत्त्वाकांक्षा थी—मुक्ति की महत्त्वाकांक्षा। लेकिन तब भी वह उससे सधती नहीं थी। समग्र वातावरण मन की उड़ान के सम्मुख संकुचित लगता था।

मन बहुत भटकता था।

मन बहुत-बहुत भटकता था।

मन बहुत-बहुत-बहुत भटकता था।

किताब

माँ के पिता अगर अपने मौन से मुक्त होते, तब अपने बारे में जानी गई सचाइयाँ एक सामूहिक व्यवहार में बरत पाते। मन और मनोवृत्तियों से पूर्णत: परिचित या अपरिचित वह कह पाते कि अपने अनुभव से जाना गया सत्य ही ज्ञान है। उनकी वाणी में जीवन-चक्र से मुक्ति का रहस्य होता और वह इसे सर्वप्रथम अपनी बहन और बेटी से बाँटते। वह मुक्ति के प्रसार-विस्तार का माध्यम बन सकते थे, लेकिन वह स्वयं तक सीमित रह गए।

लेखक

वह स्वयं तक सीमित नहीं थी। वह एकदम आरंभ से कहने लगी :

''मेरा नाम अवंतिका था। मैं अवंति में जन्मी थी। भारत उन दिनों जाति और कुल के आधार पर सोलह राज्यों में विभाजित था। इसमें भी अवंति राज्य दो भागों में विभाजित था। इसका उत्तरी भाग केवल अवंति कहलाता था और उसकी राजधानी उज्जयिनी। अवंति का दक्षिणी भाग अवंति-दक्षिणापथ कहलाता था और उसकी राजधानी माहिष्मती। सब

ओर सामाजिक अन्याय बहुत था। धर्म सर्वथा नई व्याख्या चाह रहा था। सारी जागरूकता प्रचलित परंपराओं, दार्शनिक मान्यताओं और सामाजिक संस्थाओं से असंतुष्ट थी। इस समय को एक बुद्ध की प्रतीक्षा थी। प्रतीक्षित बुद्ध अंतिम बार जन्म लेने से पूर्व पाँच सौ पचास बार पशु, पक्षी और मनुष्य के रूप में जन्म ले चुके थे। सारा संसार व्याकुल था और बुद्ध के पुनर्जन्म का समय समीप आ रहा था। वह शाक्य वंश के नृप शुद्धोदन की संगिनी महामाया के गर्भ में आ चुके थे। बुद्ध के इस जन्म के समस्त महत्त्वपूर्ण प्रसंगों को मुक्त आकाश के नीचे, एक वृक्ष के तले, प्रकृति की सीधी साक्षी में संभव होना था। इसलिए जब महामाया ने प्रसवकाल से कुछ पूर्व महाराज शुद्धोदन से अपने मायके जाने की अनुमति चाही, तब शुद्धोदन मना न कर सके। महामाया को मायके के मार्ग में ही लुंबिनी नाम के उपवन में प्रसव-वेदना हुई। महारानी अपने महल और मायके दोनों से ही दूर थीं। वह एक शाल-वृक्ष को पकड़कर खड़ी हो गईं और उन्होंने राजकुमार को राजमहल से दूर इस अवस्था में ही मुक्त आकाश के नीचे, एक वृक्ष के तले, प्रकृति की सीधी साक्षी में जन्म दिया। उनतीस वर्ष की आयु में घर-द्वार छोड़कर बुद्ध सत्य की खोज में लगभग छह वर्ष तक अँधेरी कंदराओं में ध्यान-मनन करते रहे; लेकिन जिस रात उन्हें बुद्धत्व प्राप्त हुआ—उस रात वह मुक्त आकाश के नीचे, एक वृक्ष के तले, प्रकृति की सीधी साक्षी में थे।[12] मुक्त आकाश के नीचे, एक वृक्ष के तले, प्रकृति की सीधी साक्षी में ही उन्होंने मुक्ति के मार्ग तक ले जाने वाली विद्या का प्रसार-विस्तार किया और यों वह मार्गदाता हुए। अस्सी वर्ष की आयु में मुक्त आकाश के नीचे, एक वृक्ष के तले, प्रकृति की सीधी साक्षी में ही उन्हें

12. उस समय भगवान् बुद्ध उरुवेला (बोधगया, गया, बिहार) में नेरंजरा (नैरंजना) नदी के तीर बोधि-वृक्ष के नीचे, प्रथम बुद्ध-पद (=अभिसंबोधि) को प्राप्त हुए थे। भगवान् बोधि-वृक्ष के नीचे सप्ताह भर एक आसन से मोक्ष का आनंद लेते हुए बैठे रहे। उन्होंने रात के प्रथम याम में प्रतीत्य-समुत्पाद का अनुलोम (=आदि से अंत की ओर) और प्रतिलोम

महापरिनिर्वाण प्राप्त हुआ।

बुद्ध ने बाहर की प्रकृति का बहुत अध्ययन किया, लेकिन मुक्ति उन्हें अंतर की प्रकृति के अध्ययन से ही मिली। उन्होंने बहिर्तप को समझकर अंतर्तप को महत्त्व दिया। उन्होंने जाति, जरा, रोग, मरण से अभिभूत हो; अजात, अरुग्ण, अजीर्ण, अमृत का अन्वेषण किया। अनित्य, नश्वर और भंगुर के बोध ने उन्हें समता में स्थित किया। वह सुंदर तरंगों से समरस हुए और उन्होंने अनुभव किया कि बाहर से भीतर तक और भीतर से बाहर तक सब कुछ तरंग ही तरंग है—प्रतिक्षण उत्पन्न होता हुआ, प्रतिक्षण नष्ट होता हुआ, प्रतिक्षण उत्पन्न होता हुआ—उत्पाद-व्यय... उत्पाद-व्यय... उत्पाद-व्यय... प्रत्येक परमाणु की यही गति है—समुदय-क्षय... बाहर के अध्ययन से उनकी काया के अंतर में जो होने लगा; उसके विभाजन, विघटन और विश्लेषण ने उन्हें भव-भ्रम, भव-भ्रमण और भव से विमुक्त किया। उन्होंने निसर्ग के नियम से संबद्ध कर्म-संस्कारों और देह और चित्त के प्रपंच को

(=अंत से आदि की ओर) मनन किया।—"अविद्या के कारण संस्कार होता है, संस्कार के कारण विज्ञान (=इंद्रिय और विषय के संबंध से उत्पन्न ज्ञान) होता है, विज्ञान के कारण नाम-रूप, नाम-रूप के कारण छह आयतन (=एक मन और पाँच इंद्रियाँ), छह आयतनों के कारण स्पर्श, स्पर्श के कारण वेदना, वेदना के कारण तृष्णा, तृष्णा के कारण उपादान, उपादान के कारण भव, भव के कारण जाति; जाति (=जन्म) के कारण जरा (=बुढ़ापा), मरण, शोक, रोना-पीटना, दुःख, चित्त-विकार और चित्त-खेद उत्पन्न होते हैं। इस तरह इस संसार की—जो केवल दुःखों का पुंज है—उत्पत्ति होती है। अविद्या के बिल्कुल विराग से, (अविद्या का) नाश होने से, संस्कार का विनाश होता है। संस्कार के विनाश से विज्ञान का विनाश होता है। विज्ञान के विनाश से नाम-रूप का नाश होता है। नाम-रूप के नाश से छह आयतनों का नाश होता है। छह आयतनों के नाश से स्पर्श का नाश होता है। स्पर्श के नाश से वेदना का नाश होता है। वेदना के नाश से तृष्णा का नाश होता है। तृष्णा के नाश से उपादान का नाश होता है। उपादान के नाश से भव का नाश होता है। भव के नाश से जाति का नाश होता है। जाति के नाश से जरा, मरण, शोक, रोना-पीटना, दुःख, चित्त-विकार और चित्त-खेद नाश होते हैं। इस प्रकार इस केवल दुःख-पुंज का नाश होता है।"

— विनय-पिटक (पृष्ठ : 75), अनुवाद : राहुल सांकृत्यायन, प्रकाशक : महाबोधि सभा, सारनाथ, संस्करण : 1935

देखा। इस प्रपंच से उत्पन्न सुखद वेदनाएँ राग उत्पन्न करती हैं और दुःखद वेदनाएँ द्वेष उत्पन्न करती हैं। उन्होंने इन वेदनाओं को राग-द्वेष से मुक्त होने के लिए माध्यम जाना। वह चित्त की चेतना को निर्मल करने के लिए चित्त को एकाग्र करने की ओर गए। उन्होंने जाना एक सौ इक्कीस प्रकार के चित्त होते हैं और बावन प्रकार की चित्त-वृत्तियाँ। उन्होंने पाया कि चित्त वर्तमान में नहीं रहता, वह अत्यंत चपल है; वह भागता है—भूतकाल की ओर या भविष्य की ओर।

बुद्ध के जन्म के दिवस ही उनकी भावी जीवन-संगिनी यशोधरा[13], उनके सारथि छंदक, उनके घोड़े कंठक और उनके चचेरे भाई एवं प्रधान शिष्य आनंद ने भी जन्म लिया। यों कहते हैं कि ये सब पूर्वजन्मों में भी किसी न किसी रूप में बुद्ध का साथ दे चुके थे। महामाया की मृत्यु बुद्ध के

---

13. विदित मम अनंत कामदोषा:
सरण सवैर सशोक दुःखमूला।
भयकर विषपत्रसंनिकाशा:
ज्वलननिभा असिधार तुल्यरूपा॥ ३३९॥

[मुझे पता है कि काम-भोगों में अनंत दोष होते हैं। इनके कारण ही लड़ाई-झगड़ा होता है, इनके कारण ही बैर होता है, इन्हीं के कारण (लोग) शोक से जीते हैं, ये ही दुःखों की जड़ हैं, ये भयानक हैं, विष के पत्तों जैसे हैं, आग के समान (जलाने वाले) हैं, तलवार की धार जैसे (तीखे) हैं।]

कामगुणि न मेऽस्ति छन्दरागो
न च अहु सोभमि इस्त्रिगारमध्ये।
यन्नु अहु वने वसेय तूष्णीं
ध्यानसमाधिसुखेन शान्तचित्त:॥ ३४०॥

[कामगुणों में मेरा प्रेम एवं अनुराग नहीं है। अंत:पुर में मेरी उतनी शोभा नहीं है जितनी कि ध्यानसमाधि के सुख से शांतचित्त हो वन में मौनी होकर रहने में है।]

संकीर्णि पङ्क्ति पदुमानि विवृद्धिमन्ति
आकीर्ण राज नरमध्यि सभाति पूजां।

यद बोधिसत्त्व परिवारबलं लभन्ते

तद सत्त्वकोटिनयुतान्यमृते विनेन्ति॥ ३४१॥

[ढेर-ढेर कीचड़ में कमल बढ़ते हैं, झुंड के झुंड लोगों के बीच राजा पूजा पाते हैं, जब बोधिसत्त्व परिवार को प्राप्त करते हैं तब खर्ब-खर्ब कोटि प्राणियों को अमृत के निमित्त विनीत करते हैं।]

ये चापि पूर्वक अभूद् विदु बोधिसत्त्वाः

सर्वेभि भार्य सुत दर्शित इस्त्रिगाराः।

न च रागरक्त ने च ध्यानसुखेभि भ्रष्टाः

हन्तानुशिक्षयि अहं पि गुणेषु तेषां॥ ३४२॥

[पहले जो विद्वान् बोधिसत्त्व हो चुके हैं; उन सबने भार्या, पुत्र तथा अंतःपुर का (लोक-व्यवहार में) दिखलावा किया है; (फिर भी) वे न तो अनुराग में अनुरक्त रहे हैं और न ध्यान-सुख से ही भ्रष्ट हुए हैं। अहो, मैं भी उनके गुणों से शिक्षा लूँ।]

न च प्राकृता मम वधू अनुकूल या स्याद्

यस्था न इष्पतु गुणा सद सत्यवाक्यं।

या चित्ति मह्यं अभिराधयतेऽप्रमत्ता

रूपेण जन्मकुल गोत्रतया सुशुद्धा॥ ३४३॥

[जिसमें ईर्यापथ (अर्थात् खड़े होने, चलने, बैठने और लेटने का) शऊर नहीं है, जो सदा सच बात नहीं बोलती है, वह साधारण स्त्री मेरे अनुकूल नहीं हो सकती। मेरे लिए वह स्त्री अनुकूल हो सकती है, जो प्रमाद न कर मेरे चित्त को अत्यंत आनंदित कर सके तथा रूप, जन्म, कुल तथा गोत्र से अत्यंत शुद्ध हो।]

सो गाथ लेख लिखिते गुण अर्थयुक्ता

या कन्य ईदृश भवे मम तां वरेथा।

न ममार्थु प्राकृतजनेन असंवृतेन

यस्या गुणा कथयमी मम तां वरेथा॥ ३४४॥

[उन (सिद्धार्थ कुमार ने) गुण तथा अर्थ से उक्त गाथाएँ लेख रूप में लिखीं कि जो कन्या ऐसी हो, उसे मेरे लिए चुनें। मेरा नंगे-लुच्चे साधारण (स्त्री) जन से प्रयोजन नहीं है; जिसमें कहे गए गुण हों, मेरे लिए उसे चुनें।]

या रूपयौवनवरा न च रूपामत्ता

माता स्वसा व यथ वर्तति मैत्रचित्ता।

त्यागे रता श्रमणब्राह्मणदानशीला

तां तादृशां मम वधूं वरयस्व तात॥ ३४५॥

[जो उत्तम रूप और यौवन से युक्त हो, पर रूप से मदगाती न हो, जिसके चित्त में माता तथा बहन के समान मैत्री हो, (जो) त्याग में रत हो, श्रमणों तथा ब्राह्मणों को दान देने का जिसका शील-स्वभाव हो; हे तात, वैसी बहू का मेरे लिए वरण करो।]

यस्या न मानु न खिलो न च दोषमस्ति

न च शाठ्य ईर्ष्य न च माय न उज्जुभ्रष्टा

स्वप्नान्तरेऽपि पुरुषे न परेऽभिरक्ता

तुष्टा स्वकेन पतिना शयतेऽप्रमत्ता॥ ३४६॥

[जिसमें मान न हो, चित्त की कठोरता न हो, द्वेष न हो, शठता न हो, ईर्ष्या न हो, माया न हो, जो सीधी (राह) से गिरने वाली न हो, स्वप्न में भी परपुरुष से प्रेम करने वाली न हो, अपने पति से संतुष्ट रहने वाली हो, सावधान होकर सोने वाली हो।]

न च गर्विता नपि च उद्धत न प्रगल्भा

निर्मान मानविगतापि च चेटिभूता।

न च पानगृद्ध न रसेषु न शब्द गन्धे

निर्लोभ भिध्यविगता स्वधनेन तुष्टा॥ ३४७॥

[जो घमंडी न हो, चुलबुली न हो, ढीठ न हो, जिसमें मान न हो, जो मानरहित परिचारिका—जैसी हो, जो न मदिरा में, न जिह्वा के स्वादों में, न शब्द और गंध में आसक्त हो, जो लोभरहित हो, जो दूसरे की धन-दौलत का ध्यान न कर अपने धन से संतुष्ट हो।]

सत्ये स्थिता नपि च चञ्चल नैव भ्रान्ता

न च उद्धतोन्नतस्थिता हिरिवस्त्रछन्ना

न च दृष्टिमंगलरता सद धर्मयुक्ता

कायेन वाच मनसा सद शुद्धभावा॥ ३४८॥

[जो सत्य में स्थित हो, जो चंचल न हो, जिसमें भ्रम न हो, जो न चुलबुली ही हो और न घमंडी ही हो, लज्जा से वस्त्रों में अपने को छिपाए रखती हो, मिथ्या-दृष्टि वश जो मंगल के लिए किए जाने वाले पाखंडों में न लगती हो, सदा धर्म में जिसका योग रहता है, मन-वचन-कर्म से जो सदा शुद्ध भाव वाली हो।]

न च स्त्यानमिद्धबहुला न च मानमूढा

मीमांसयुक्त सुकृता सद धर्मचारी।

स्वश्री च तस्य स्वशुरे यथ शास्तृप्रेमा

जन्म के सातवें दिन ही हो गई थी। इस स्थिति में बुद्ध की देखभाल उनकी मौसी और विमाता महाप्रजापति गौतमी ने की।

भविष्यवाणी, विवाह, वैराग्य, संतानोत्पत्ति और गृह-त्याग के प्रसंगों से परिचित होकर सिद्धार्थ गौतम ने बुद्ध होने के लिए तपस्या आरंभ की। इस अवधि में समय-समय पर क्षणभंगुरता—समबुद्धि होने के मार्ग में—बोधिसत्त्व की तपस्या की परीक्षा लेती रही। बुद्ध होने लिए मुक्त होना और मुक्त होने के लिए बोधिसत्त्व होना आवश्यक है। बोधिसत्त्व का अर्थ है—बुद्ध होने के लिए प्रयत्नशील।''

दासीकलत्रजनि यादृशमात्मप्रेम॥ ३४९॥

[जिसमें अलसाहट तथा नींद बहुत न हो, जो घमंड में भूली हुई न हो, जो विचारयुक्त, सत्कर्म करने वाली, तथा सदा धर्मचारिणी हो, जिसकी सास और ससुर में गुरु के समान प्रीति हो, दासी स्त्रियों तथा दास-पुरुषों में जिसका प्रेम वैसा हो जैसा अपने से हुआ करता है।]

शास्त्रे विधिज्ञ कुशला गणिका यथैव
पश्चात् स्वपेत् प्रथममुत्थिहते च शय्यात्।
मैत्रानुवर्ति अकुहापि च मातृभूता
एतादृशीं मि नृपते वधुकां वृणीष्वं॥ ३५०॥

[जो शास्त्र की रीति-नीति जानती हो, गणिका के समान गुणी हो, पीछे सोती हो और सेज से पहले उठ पड़ती हो, जो मैत्री के अनुसार बरतती हो, जिसमें पाखंड न हो, जो मातृमयी हो; हे राजन्, मेरे लिए ऐसी बहू चुनें।]

इसके अनंतर राजा शुद्धोदन ने इन गाथाओं को बाँचकर पुरोहित से कहा, ''हे महाब्राह्मण, आप कपिलवस्तु महानगर में सब घरों में जा-जाकर कन्याएँ देखें। जिसमें ये गुण हों; वह चाहे क्षत्रिय की कन्या हो, चाहे ब्राह्मण की कन्या हो, चाहे वैश्य की कन्या हो, और चाहे वह शूद्र की कन्या हो; उस कन्या के बारे में हमें जताएँ। वह किस कारण? कुमार कुल नहीं चाहते, गोत्र नहीं चाहते? कुमार गुण ही चाहते हैं।

*— **ललितविस्तर** (पृष्ठ : 275-279) के बारहवें अध्याय **शिल्पसंदर्शनपरिवर्त** से, अनुवाद : शांतिभिक्षु शास्त्री, प्रकाशक : उत्तर प्रदेश हिंदी संस्थान, लखनऊ, संस्करण : 1992*

बुद्ध से संबद्ध प्रत्येक प्रसंग की वह ज्ञाता थी। अगर सिर्फ़ सुनने से मुक्ति संभव होती, तब मैं उसकी वाणी में व्यक्त बुद्धचरित सुनकर ही पूर्णतः मुक्त हो गया होता। बुद्ध उसके स्वर में इतने बुनियादी हो गए थे कि बुद्ध-दर्शन से पूर्व की अपनी कथा—कहने में—उससे बिसरती-छूटती जा रही थी। इस कथा के बिंदु—बुद्ध के प्रकाश में—आस-पास होते हुए भी कहीं खो गए थे। इस खो जाने में एक बुद्ध-प्रसंग से बहुत सारे बुद्ध-प्रसंग प्रकट होते और फिर बहुत सारे बुद्ध-प्रसंगों में बहुत सारे बुद्ध-प्रंसग खो जाते। वह आख़िर कितना व्यक्त करती! उसके संबोधन में उत्कटता की गंभीर साँस थी :

"बुद्ध करुणानिधि हैं।

मुझे आज भी वह क्षण स्मरणीय है, जब वह एक वृक्ष की छाँह में विश्राम कर रहे थे और मैं हिंसा से घायल उनकी दृष्टि में आ गई थी। उन्होंने मुझे उठाया और आश्रय दिया। वह चिंतित थे कि मुझे किसने मारा कि इतने में ही देवदत्त आ पहुँचा और उनमें परस्पर विवाद होने लगा। अंततः सिद्धार्थ ने सिद्ध किया कि बचाने वाला ही महत्त्वपूर्ण है और इस प्रकार उन्होंने मुझे बचाया।

वह उच्चकुल में उत्पन्न हुए थे। वह संपन्न थे। वह युवा थे। वह स्वस्थ थे। वह सुंदर थे। वह योग्य थे। लेकिन उन्होंने यह सब कुछ त्याग दिया—मुझ-से जनों को बचाने के लिए, क्योंकि वह मारने वालों के विरुद्ध थे। उनके त्याग से नगर जंगल हो गया और जंगल नगर हो गए। वह सुशील थे और उन्होंने दुःशीलों को सुशील किया। उन्होंने सब उपलब्ध पथों और मतों को जाना और एक नए पथ और मत का सृजन किया और कहा कि मेरा कोई पथ और मत नहीं है। अपने अनुभवों से अपने पथ और मत को जानो।

इस सृजन और इस विवेक के लिए वह पहले बोधिसत्त्व हुए और

फिर बुद्ध।

एक बोधिसत्त्व जीवन के प्रथम चरण में प्रसन्नता प्राप्त करता है और सृष्टि के कल्याण के लिए प्रगतिशील होता है।

वह जीवन के दूसरे चरण में विमला भूमि को प्राप्त होता है और कामवासना से मुक्त हो कारुणिक हो जाता है।

वह जीवन के तीसरे चरण में प्रभाकारी भूमि को प्राप्त करता है और उच्चतम बौद्धिकता के लिए संघर्ष करते हुए उसकी मेधा प्रदीप्त हो उठती है।

वह जीवन के चौथे चरण में अर्चिष्मती भूमि को प्राप्त करता है और अपना सारा ध्यान अष्टांगिक मार्ग, चार सम्यक व्यायामों, चार प्रकार के प्रयत्नों तथा चार प्रकार के ऋद्धि-बलों और पाँच प्रकार के शीलों पर एकाग्र करता है।

वह जीवन के पाँचवें चरण में सुदुर्जया भूमि को प्राप्त करता है और सापेक्ष तथा निरपेक्ष के संबंध को समझ लेता है।

वह जीवन के छठवें चरण में अभिमुखी भूमि को प्राप्त करता है और वस्तुओं के विकास, उनके कारण, बारह निदानों को हृदयस्थ करके पूरी तरह तैयार हो जाता है।

वह जीवन के सातवें चरण में दूरंगमा भूमि को प्राप्त करता है और अनंत के साथ एकाकार हो देश तथा काल के बंधनों से परे हो जाता है।

वह जीवन के आठवें चरण में अचलता को प्राप्त करता है।

वह जीवन के नौवें चरण में साधुमती भूमि को प्राप्त करता है और सब दिशाओं को गहराई से जान लेता है।

वह जीवन के दसवें चरण में धम्म-मेधा बन जाते हैं और बोधिसत्त्व को बुद्ध की दिव्य-दृष्टि प्राप्त हो जाती है।''

किताब

बुद्ध जब 'सम्यक् संबुद्ध' हुए, तब उन्होंने सोचा कि मैं अपना यह अनुभव किससे बाँटूँ! वह जान चुके थे कि प्रत्येक व्यक्ति में बुद्ध होने की संभावना है। उन्हें उन पाँच भिक्षुओं की याद आई जो उन्हें साधना-पथ से भटका हुआ मान छोड़ गए थे। बुद्ध ने ध्यान से उन्हें खोजा, उनके पास गए और उन्हें अपना प्रथम उपदेश दिया :

"हे भिक्षुओ, दो ऐसी बातें हैं जो उन मनुष्यों को नहीं करनी चाहिए जिन्होंने संसार त्याग दिया है; अर्थात् एक तो उन वस्तुओं की आदत नहीं डालनी चाहिए, जो मनोविकार और विशेषतः कामासक्ति से उत्पन्न होती हैं; क्योंकि यह नीच, मिथ्या, अयोग्य और हानिकर मार्ग है। यह मार्ग केवल संसारी मनुष्यों के योग्य है और दूसरे उन्हें अनेक दूसरी तपस्याएँ भी नहीं करनी चाहिए : क्योंकि वे दुःखदायी, अयोग्य और हानिकर हैं। हे भिक्षुओ, इन दोनों बातों को छोड़कर एक मध्य मार्ग है, जो आँखों को खोलता और ज्ञान देता है। उससे मन की शांति, उच्चतम ज्ञान और पूर्ण प्रकाश अर्थात् निर्वाण प्राप्त होता है।"

लेखक

वह जन्म-जन्मांतरों से विकारों से भरी हुई थी। वह विकारों का अब और संवर्द्धन नहीं चाहती थी। वह अब रिक्त हो जाना चाहती थी। वह कहने लगी :

"बुद्ध के 'अष्टांगिक मार्ग'[14] ने मेरी बहुत सहायता की, लेकिन मैं

---

14. सम्यक् दृष्टि, सम्यक् संकल्प, सम्यक् वाणी, सम्यक् कर्म, सम्यक् आजीविका, सम्यक् प्रयत्न, सम्यक् स्मृति, सम्यक् समाधि। इनमें से प्रथम दो प्रज्ञा के अंतर्गत, इसके बाद के तीन शील के अंतर्गत और अंतिम तीन समाधि के अंतर्गत आते हैं। इस अष्टांगिक मार्ग (पालि में : अट्ठांगिक मग्गा) को बुद्ध ने दुःख, दुःख के कारण और दुःख के

बुद्ध होने में असफल रही। उन्होंने अट्ठाईस-उनतीस की आयु में घर छोड़ा और पैंतीस की आयु में 'सम्यक् संबुद्ध' हुए। इसके बाद पैंतालीस वर्ष तक यानी अपने महापरिनिर्वाण तक भ्रमण करते हुए वह लोक-कल्याण के कार्य करते रहे। वह केवल वर्षावास के महीनों में ही एक स्थान पर रहते, शेष सारे महीने वह भ्रमण करते। सदा सबका मंगल ही उनका लक्ष्य रहा। लेकिन मैं चालीस की आयु स्पर्श कर चुकी थी, फिर भी मार्ग से बार-बार विचलित होती थी। मुझसे अपने विकारों का निष्कासन संभव नहीं हो रहा था। एक सघन व्याकुलता में मुझे लगता था कि मंगल मुझसे युगों दूर है। मुझे जन्म से मरण की ओर और मरण से जन्म की ओर और हज़ारों वर्ष चलना होगा। मेरी विरक्ति और विमुक्ति इस जन्म में भी संभव नहीं है, जबकि बुद्ध[15] की समकालीन हूँ मैं! उन्हें देख सकती हूँ—ध्यानरत और प्रवचनरत :

...जन्म दु:ख है, वृद्धत्व दु:ख है, व्याधि दु:ख है, मृत्यु दु:ख है। वह सब कुछ जो अप्रिय है, उसकी उपस्थिति दु:ख है। वह सब कुछ जो प्रिय है, उसकी अनुपस्थिति दु:ख है। यह प्रथम आर्य सत्य है।

...लालसा पुनर्जन्म का कारण है। पुनर्जन्म में फिर लालसाएँ और

निवारण के संबंध में प्रयुक्त, प्रस्तुत और प्रस्तावित किया।

15. अनेक जातिसंसारं, सन्धाविस्सं अनिब्बिसं।
गहकारं गवेसन्तो, दुक्खा जाति पुनप्पुनं॥
गहकारक दिट्टोसि, पुन गेहं न काहसि।
सब्बा ते फासुका भग्गा, गहकूटं विसङ्खतं।
विसङ्खारगतं चित्तं, तण्हानं खयमज्झगा॥
— धम्मपद, १५३-१५४

[इस काया-रूपी घर को बनाने वाले की खोज में मैं बिना रुके अनेक जन्मों तक भव-संसरण करता रहा, लेकिन बार-बार दु:खमय जन्म ही हाथ लगे। ओ, घर बनाने वाले! अब तू देख लिया गया है, अब फिर तू नया घर नहीं बना सकता। तेरी सारी कड़ियाँ टूट गई हैं और घर का शिखर भी विश्रृंखलित हो गया है। चित्त पूरी तरह संस्काररहित हो गया है और तृष्णाओं का क्षय (निर्वाण) प्राप्त हो गया है।]

कामनाएँ उत्पन्न होती हैं। लालसा तीन प्रकार की है—सुख की, जीवन की, शक्ति की। यह द्वितीय आर्य सत्य है।

...लालसाओं के पूर्ण निरोध से अर्थात् कामना के बिना काम चलाने से और कामनाओं को नष्ट कर देने से दुःख दूर हो सकता है। यह तृतीय आर्य सत्य है।

...वह पवित्र मार्ग अष्टांगिक मार्ग है, जिससे दुःख दूर होता है। यह चतुर्थ आर्य सत्य है।''

किताब

माँ के पिता भीतर ही भीतर भ्रमण करते रहे।

लेखक

दूर-दूर तक भ्रमण करते हुए बुद्ध जब वैशाली से कुशीनारा (कुशीनगर) आ रहे थे, तब एक अंतराल में चुंद नाम के एक लोहार ने उन्हें संघ समेत भोजन के लिए निमंत्रित किया।

किताब

...वह अनशन से अत्यंत कुम्हला गए थे।

लेखक

चुंद ने उनके सामने भात और सूअर का मांस परोसा।

किताब

...वह भोजन की उपेक्षा में थे।

लेखक

उन्होंने दिए गए भोजन की उपेक्षा करना उचित नहीं समझा। उन्होंने मांस स्वयं लिया और अन्य आहार अपने शिष्यों को दे दिया।

किताब

...वह अस्वस्थ होते चले गए।

लेखक

मांस भूलतः दूषित था।

किताब

...उन्हें मरण देने वाली व्याधि ने आ घेरा।

लेखक

उन्होंने आनंद से कहा, "आओ चलें..."

किताब

...वह अंतर से एकदम रिक्त हो चुके थे, वैसे ही जैसे मृत्यु से जन्म की ओर आते हुए थे।

लेखक

वह स्थिर हुए और बोले, "आनंद मेरे लिए कुछ जल लाओ। मैं प्यासा हूँ।"

किताब

...यहाँ आने के बाद प्यास ही प्यास रही!

लेखक

आनंद ने कहा, "इस नदी का जल निर्मल नहीं है।"

किताब

...वह देह से बहुत-बहुत दुर्बल हो चुके थे।

लेखक

बुद्ध ने कहा, "इस जल को ही निर्मल करना होगा। लाओ..."

किताब

...उनकी अनंत जन्मों की प्यास बुझने वाली थी।

लेखक

उनके सर्वांश ने जल ग्रहण किया।

किताब

...वह अब एक असमाप्त विश्राम चाहते थे।

लेखक

उन्होंने आनंद से कहा, "मुक्त आकाश के नीचे दो शाल-वृक्षों के बीच संघाटी बिछा दो।"

किताब

...विश्राम बेहद धीमे-धीमे उन पर उतरने लगा।

लेखक

वह और स्थिर हुए और बोले, ''आनंद! हो सकता है कि तुम ऐसा कहो कि अब हमारे शास्ता नहीं रहे। अब उनका उपदेश नहीं हो पाएगा। लेकिन आनंद! तुम्हें ऐसा नहीं समझना चाहिए, जो कुछ मैंने विनय और अनुशासन सिखाया है; मेरे बाद वही तुम्हारे शास्ता होंगे।''

किताब

...उनकी अनुपस्थिति का उच्चारण अत्यंत स्पष्ट था।

लेखक

उन्होंने आगे कहा, ''मेरे लिए रोओ मत!''

किताब

...पृथकता ही प्रकट का शिल्प है। परंतु अनुपस्थित के लिए हो रहे विलाप को भला कौन रोक सकता है!

लेखक

''...मैं तुम्हें फिर स्मरण करा रहा हूँ : सभी संस्कार अनित्य हैं। इसलिए अप्रमादपूर्वक अपने लक्ष्य की प्राप्ति में लगे रहो।''

ये तथागत के अंतिम शब्द[16] थे।

---

16. हन्द दानि भिक्खवे! आमन्तयामि वो, वयधम्मा सङ्खारा, अप्पमादेन सम्पादेथा'ति।

किताब

...विलाप जारी रहा।

लेखक

वह विलाप में दूर तक चली गई—शब्दहीन और शांत।

मैं उसे दूर तक देखता रहा—शब्दहीन और शांत।

वह

विलाप

में

दूर

तक

चली

गई...

इस यात्रा के बाद उसने अपनी भीगी हुई आँखें खोलीं और बोली :

''मेरे जीवन में विलाप का सुंदर प्रवेश था। वह सदा मेरे समीप ही रहता था और उसके लिए समीप आने की स्थितियाँ जल्द-जल्द संभव हुआ करती थीं। उससे बचने के लिए ही मैंने संघ में प्रवेश लिया था और प्रव्रज्या ग्रहण की थी। उपसंपदा संस्कार के बाद मैं अंतेवासिनी हुई। मैं इस अस्तित्व के योग्य थी, क्योंकि बुद्ध ने स्त्रियों के संघ में प्रवेश पर प्रतिबंध को हटा दिया था। जाति और वर्ग-भेद संघ में पहले ही नहीं था। मैंने जीवन में पहली बार समानता संघ में ही अनुभव की थी। मैं इस अस्तित्व के योग्य

— मपहापरिनिब्बान सुत्तं (पृष्ठ : 172), अनुवाद : भिक्षु धर्मरक्षित, प्रकाशक, ज्ञानमण्डल लिमिटेड, वाराणसी, संस्करण : 1958

थी; क्योंकि मुझे कोढ़ या छूत की बीमारी नहीं थी, मेरे सब अंग स्वस्थ थे, मैं राज्य की सेवा में नहीं थी, मैं किसी की सेवा में नहीं थी, मैं किसी की ऋणी नहीं थी, मैं चोर नहीं थी, मैंने किसी की हत्या नहीं की थी, मुझे राजदंड नहीं मिला था, मेरी आयु बीस वर्ष से ऊपर थी, मैं स्त्री थी...''

किताब

स्त्रियों को विलाप बहुत मुश्किल से छोड़ता है। माँ और माँ की बुआ क्रमशः अपने पिता और भाई की मृत्यु पर विलाप की पकड़ में आ गई थीं। वह उन्हें घर भर में घसीटता हुआ अतीत और आगामी में बिखेरता और छीलता जा रहा था, जबकि वे शव के समीप ही थीं—शोक में कम, अर्थात् शांति में अधिक।

लेखक

वह अपने बहुत पूर्व के जन्म पर लौटती जा रही थी :

''मैं जब संघ के प्रवेश-द्वार पर थी, मैंने पाया कि विलाप वहाँ भी उपस्थित है! मैं प्रवेश के लिए मुड़ी और मैंने पीठ पर की वेदना से अनुभव किया कि विलाप प्रवेश-द्वार के बाहर ही रुक गया है। मैं प्रविष्ट हुई और मैंने पाया कि विलाप बाहर छूट गया है। संघ में जब मेरे केश उतारे गए, और मैं केशहीना हुई; तब भी वह नहीं आया। जब मुझसे मेरे सारे वस्त्र ले लिए गए और एक पीला वस्त्र मुझे पहनने के लिए दिया गया; तब भी वह नहीं आया। जब मुझे भिक्षा-पात्र दिया गया, और मैं भिक्षुणी हुई; तब भी वह नहीं आया। जब मुझे लगा कि मैं उसे त्यागने में सफल हुई हूँ; तब मैं उसकी दिशा से निश्चिंत होकर बोधि की शरण में गई, तब मैं उसकी दिशा से निश्चिंत होकर धर्म की शरण में गई, तब मैं उसकी दिशा से निश्चिंत होकर संघर्ष की शरण में गई।''

किताब

विलाप का अधिकांश प्रदर्शन के लिए उपजता है।

लेखक

इस प्रत्यवेक्षण में वह वर्षा वर्णन में थी :

"वे वर्षा के दिन थे। वर्षोपनायिका[17] व्यतीत ही हुई थी।

आषाढ़ पूर्णिमा के दूसरे दिन से ही भिक्षुओं-भिक्षुणियों का विचरण रुक गया था। मैं भी अपने प्रथम वर्षावास में लीन थी। वर्षा को मैंने इस प्रकार कभी अनुभव नहीं किया था। मैं या तो उसकी मद्धमता को जानती थी या उसकी तीव्रता को, लेकिन उसके गिरने की असंख्य गतियाँ थीं—यह मैंने अपने प्रथम वर्षावास में जाना। दुग्ध भरे कुचों-से जल भरे काले-काले बादलों के साथ वह मेरे ध्यान के क्षणों में भी, अपनी हवाएँ लिए हुए, मेरे मन पर गिरती रहती थी। उसकी विद्युत कुछ भी भंग कर सकती थी। वह गिरने का सही समय जानती थी और उसके गिरने का कोई समय नहीं था। मैंने पाया कि वह गिरने से पहले पूरा परिवेश रचती है। वनपंक्तियाँ व्याकुल होने लगती हैं और वियोगिनियाँ भी। नदियाँ उठने लगती हैं। कवि और चित्रकार उनका चरित्रांकन करने लगते हैं और वे भी जो कवि और चित्रकार नहीं हैं। जनक्षेत्र में अपवाद छाने लगता है और विडंबना भी। मोर नाचने लगते हैं। हाथी चिंघाड़ने लगते हैं। हिंसक और उत्पाती पशु अपनी गुफाओं में चले जाते हैं और पक्षी अपने घोंसलों में। दृष्टिपथ धूल से भर उठता है और प्रकाश अगर कहीं हो तो विदा हो जाता है। जलभार आकार लेता है। वह मूसलधार होने के पूर्व छोटी-छोटी साँसों से सब कुछ को स्पर्श करती है, फिर धीमे-धीमे अपनी साँसों को लंबा करती जाती है।

---

17. वह तिथि जो वर्षा को ले आती है।

नए-नए जलकण लिए हुए वह अधिकतर दृश्य के ऊपर रहती है, लेकिन कभी-कभी यों भी भासता है कि दृश्य उसके ऊपर है। स्थिति कैसी भी हो, वह पूरे दृश्य को नियंत्रित करती है। वह दृश्य को तब भी पकड़ लेती है, जब दृश्य को उसकी संभावना नहीं होती। वह एकदम से बड़ी-बड़ी साँसों के साथ दृश्य पर चढ़ जाती है : प्रदीपरहित रात्रिकालीन नीरवता में प्राय: ऐसा होता है। ऐसे में अगर उसने अपने गिरने का परिवेश रचा भी हो, तब भी अंधकारग्रस्त या सोया हुआ दृश्य उसे जान नहीं सकता। वह दृश्य को जगा देगी और दृश्य उसे सहसा स्वयं पर सवार हुआ मानेगा। वे भर रात एक दूसरे की सवारी करते रहेंगे और परिवेश कुछ जान नहीं पाएगा।[18]

मैं इस पूरे वर्षावास एक जल-डूबे गाँव की तरह रही।[19]

वह बाहर थी—सब कोरों से टप-टप टपकती हुई—और मैं भीतर—एक पीले प्रकाश में—जल में—स्वयं को देख रही थी।[20] मैंने अपनी

---

18. ''भिक्षुओ! सब कुछ जल रहा है। क्या जल रहा है? चक्षु जल रहे हैं, रूप जल रहा है, चक्षु का विज्ञान जल रहा है, चक्षु का संस्पर्श जल रहा है, और चक्षु के संस्पर्श के कारण जो वेदनाएँ—सुख, दु:ख, न-सुख, न-दु:ख—उत्पन्न होती हैं, वे भी जल रही हैं?—राग-अग्नि से, द्वेष-अग्नि से, मोह-अग्नि से जल रही हैं। जन्म, जरा से, और मरण के योग से, रोने-पीटने से, दु:ख से, दुर्मनता से, परेशानी से जल रही हैं—यह मैं कहता हूँ।''

— आदित्त-परियाय-सुत्त, बुद्ध-चर्य्या (पृष्ठ : 34), राहुल सांकृत्यायन, प्रकाशक : शिवप्रसाद गुप्त, सेवा-उपवन, काशी, संस्करण : 1931

19. यथा अगारं दुच्छन्नं, वुट्ठी समतिविज्झति।
एवं अभावितं चित्तं, रागो समतिविज्झति॥

— धम्मपद, १३

[जैसे बुरी तरह छाए हुए घर में वर्षा का पानी घुस जाता है, वैसे ही अभावित चित्त में राग घुस जाता है।]

20. जो भिक्षुणी सिवाय विशेष अवस्था के आध मास से पहले नहाए, उसे पाचित्तिय दोष है। विशेष अवस्था यह है—ग्रीष्म के पीछे के डेढ़ मास और वर्षा का प्रथम मास, यह ढाई मास और गर्मी का समय, जलन होने का समय, रोग का समय, काम (=लीपने-पोतने आदि का समय), रास्ता चलने का समय तथा आँधी-पानी का समय।

उँगलियों से अपने केशहीन सिर को छुआ; मैंने अपने माथे को, अपनी आँखों को, अपनी नासिका को और उसके द्वारों को छुआ; मैंने अपने अधरों सहित अपने पूरे चेहरे को छुआ... मैं स्पर्श के योग्य थी।

वह बाहर थी—सब कोरों से झाँकती हुई—और मैं भीतर—एक पीले प्रकाश में—स्वयं को त्रिचीवर[21] से मुक्त करती हुई।[22] मैंने अपनी उँगलियों से अपनी जीभ छुई, अपने उरोज छुए और उनकी घुंडियाँ—उनका रूप-रंगाकार गंभीर हो गया... मैं स्पर्श के योग्य थी।

वह बाहर थी—भीतर आती हुई—और मैं भीतर—एक पीले प्रकाश में—अपनी उँगलियों से अपनी त्रिवली छूती हुई, अपनी नाभि छूती हुई, अपनी कमर छूती हुई। मेरी टाँगें अपनी सारी सीमाओं तक फैल गई थीं, जैसे किसी ने अपने दोनों हाथों से एक दुपल्ला द्वार को पूरा खोला हो। मैं अपनी उँगली-उँगलियों से अपनी योनि छू रही थी।[23] मेरी सिसकन और मेरी सिहरन मेरे नितंबों की तरह तल पर उठ-गिर रही थी... मैं स्पर्श के योग्य थी।

वह भीतर आ चुकी थी[24]—एक पीले प्रकाश में—वह सब कुछ से

— *विनय-पिटक (पृष्ठ : 61), वही*

21. 'अंतर्वासक', 'उत्तरासंग' और 'संघाटी'—इस तीनों के योग को 'त्रिचीवर' कहते हैं। अंतर्वासक कमर से लटकने वाला नीचे का वस्त्र है। उत्तरासंग ऊपर का वस्त्र है जिससे एक कंधा, छाती और दोनों जाँघें ढकी रहती हैं। संघाटी लबादे-सा वस्त्र है, जिसे छाती और कंधों के चारों ओर लपेटा जाता है तथा जो कमर में एक डोरी से बँधा कंधों से लेकर जाँघों तक लटकता रहता है।

22. जो भिक्षुणी नंगी होकर नहाए, उसे पाचित्तिय दोष है।

— *विनय-पिटक (पृष्ठ : 61)*

23. स्त्री-इंद्रिय की जल से शुद्धि करते समय, भिक्षुणी को अधिक से अधिक दो उँगलियों के दो पोर तक लेना चाहिए, उसका अतिक्रमण करने पर पाचित्तिय दोष है।

— *वही, पृष्ठ : 52*

24. जो भिक्षुणी दूसरी भिक्षुणी को डरवाए तो उसे पाचित्तिय दोष है।

मुक्त थी।[25] उसकी आँखों ने मेरे सब कुछ को छूना शुरू किया, उसके मुझ पर आने ने मुझे छूना शुरू किया, उसके भगोष्ठ ने मेरे अधरों और जीभ को छूना शुरू किया...[26] मैं स्पर्श के योग्य थी।

वह भीतर आ चुकी थी—एक पीले प्रकाश में—उसकी जीभ ने मेरे तलवों से मुझे छूना शुरू किया, उसके अधर मुझे तरल करने लगे, उसकी उँगलियाँ मुझे मलने लगीं।[27] उसकी जीभ, उसके अधरों और उसकी उँगलियों ने; मेरी जीभ, मेरे अधरों और मेरी उँगलियों[28] को आलस्य दे दिया। उसके उरोजों ने मेरे उरोजों को छुआ, उसके उरोजों ने मेरी योनि को छुआ, उसकी योनि ने मेरी योनि को छुआ... मैं अब भी स्पर्श के योग्य थी।[29]

वह भीतर आ चुकी थी—एक पीले प्रकाश में—मैं सुंदर तरंगों से समरस हुई और मैंने अनुभव किया कि बाहर से भीतर तक और भीतर से बाहर तक सब कुछ तरंग ही तरंग है—प्रतिक्षण उत्पन्न होता हुआ, प्रतिक्षण नष्ट होता हुआ, प्रतिक्षण उत्पन्न होता हुआ—उत्पाद-व्यय... उत्पाद-व्यय... उत्पाद-व्यय... प्रत्येक परमाणु की यही गति है—समुदय-क्षय... मेरी सिसकन और मेरी सिहरन मेरे नितंबों की तरह तल पर उठ-गिर

— वही, पृष्ठ : 61

25. यदि दो भिक्षुणियाँ एक साथ लेटें तो उन्हें पाचित्तिय दोष है।

— वही, पृष्ठ : 54

26. जो भिक्षुणी जानबूझकर दूसरी भिक्षुणी को हैरान करे, उसे पाचित्तिय दोष है।

— वही

27. जो भिक्षुणी, भिक्षुणी से अपनी देह मलवाए, उसे पाचित्तिय दोष है।

— वही, पृष्ठ : 58

28. उँगलियों से गुदगुदाने पाचित्तिय दोष है।

—वही, पृष्ठ : 61

29. जो भिक्षुणी निमंत्रित हो तृप्त हो जाने पर खाद्य-भोज्य को फिर खाए, उसे पाचित्तिय दोष है।

—वही, पृष्ठ : 55

रही थी... मैं अब और भी स्पर्श के योग्य थी।

मैं सब कुछ पाना चाहती थी।

मेरा सब कुछ डूब गया था।[30]

मैं सब कुछ पाना चाहती थी।

मैं इस पूरे वर्षावास एक जल-डूबे गाँव की तरह रही।[31]

मैं देखना चाहती थी।

मैं देखा जाना चाहती थी।

मैंने देखा—मैं देख ली गई थी।

मैं जब निर्विचार होकर निर्विकार होने की ओर बढ़ रही थी, तब विलाप के आगमन के लक्षण बीच-बीच में प्रकट होने लगे। वर्षावास बीत चुका था और संघ में वस्त्र-वितरण हो रहा था। मैंने पाया कि विलाप मेरे लिए त्रिचीवर लिए खड़ा है। उससे त्रिचीवर लेते हुए मैंने पाया कि मैंने

---

30. ''भिक्षुओ! ऐसा देख, (धर्म को) सुनने वाला आर्यश्रावक (=स्रोत-आपन्न, सकृदागामी, अनागामी, अर्हत्) चक्षु से निर्वेद (=वैराग्य की पूर्व-अवस्था) प्राप्त होता है, रूप से निर्वेद प्राप्त होता है, चक्षु-विज्ञान से निर्वेद प्राप्त होता है; चक्षु-संस्पर्श से निर्वेद प्राप्त होता है, चक्षु-संस्पर्श के कारण जो यह वेदना—सुख, दु:ख, न-सुख, न-दु:ख—उत्पन्न होती है, उससे भी निर्वेद प्राप्त होता है।

मन से निर्वेद प्राप्त होता है। धर्म से निर्वेद प्राप्त होता है। मनो-विज्ञान से निर्वेद प्राप्त होता है। मन-संस्पर्श से निर्वेद प्राप्त होता है। मन-संस्पर्श के कारण जो यह वेदना—सुख, दु:ख, न-सुख, न-दु:ख—उत्पन्न होती है, उससे भी निर्वेद प्राप्त होता है।''

— *आदित्त-परियाय-सुत्त, बुद्ध-चर्य्या (पृष्ठ : 34)*

31. यथा अगारं सुच्छन्नं, वुट्ठी न समतिविज्झति।

एवं सुभावितं चित्तं, रागो न समतिविज्झति॥

— *धम्मपद, १४*

[जैसे अच्छी तरह छाए हुए घर में वर्षा का पानी नहीं घुस पाता है, वैसे ही अच्छी तरह भावित चित्त में राग नहीं घुस पाता है।]

दृष्टि नीची रखने का शील-भंग कर दिया है। शील विलाप ने भी भंग किया था, बल्कि उसने ही मेरे भय का दोहन करके मुझे विवश किया—शील-भंग के लिए। लेकिन मैं स्त्री थी और मेरे लिए नियम संसार की भाँति संघ में भी भिन्न थे। भिक्षुणियों का संघ, भिक्षुओं के संघ के अधीन था। सिद्धांतत: दोनों संघों में कोई भेद नहीं था, लेकिन संघ की पवित्रता बनाए रखने के लक्ष्य से कई नियम और उपनियम अलग से बुद्ध की अध्यक्षता में बनाए गए थे। सब कुछ बहुमत से तय हुआ था और अकेली ध्वनियाँ और अकेली पड़ गई थीं। यों कहते हैं कि स्वयं बुद्ध भी संघ में स्त्रियों का प्रवेश नहीं चाहते थे।[32] लेकिन यह प्रवेश महाप्रजापति गौतमी की गति से संभव हुआ। जैसा कि कहा गया : गौतमी ने बचपन में बुद्ध की देखभाल की थी। वह उनकी मौसी और विमाता थीं और संघ में प्रवेश पाने वाली पहली स्त्री भी।

उस समय बुद्ध कपिलवस्तु के न्यग्रोधाराम में विहार कर रहे थे। इस विहार में ही महाप्रजापति गौतमी का आगमन हुआ और उन्होंने बुद्ध से कहा, 'भंते! अच्छा हो (यदि) मातृग्राम (=स्त्रियाँ) भी तथागत के दिखाए धर्म-विनय (=धर्म) में घर से बेघर हो प्रव्रज्या पावें।'[33] गौतमी ने ऐसा तीन

---

32. पोराणमेतं अतुल, नेतं अज्जतनामिव।
निन्दन्ति तुण्हिमासीनं, निन्दन्ति बहुभाणिनं।
मितभाणिम्पि निन्दन्ति, नत्थि लोके अनिन्दितो॥
न चाहु न च भविस्सति, न चेतरहि विज्जति।
एकन्तं निन्दितो पोसो, एकन्तं वा पसंसितो॥
— *धम्मपद, २२७-२२८*

[हे अतुल! यह पुरानी बात है; आज की नहीं कि लोग चुप बैठे हुए की निंदा करते हैं, बहुत बोलने वाले की निंदा करते हैं, मितभाषी की भी निंदा करते हैं। संसार में अनिंदित कोई नहीं है। ऐसा पुरुष जिसकी निंदा ही निंदा होती हो, या प्रशंसा ही प्रशंसा; न कभी था, न होगा, न इस समय है।]

33. विनय-पिटक (पृष्ठ : 519)

बार कहा और बुद्ध ने तीनों बार मना किया। तब महाप्रजापति गौतमी दुःखी और अश्रुमुखी हो बुद्ध को अभिवादन और उनकी प्रदक्षिणा कर चली गईं।

कुछ समय बाद बुद्ध जब कपिलवस्तु से इच्छानुसार विहारकर वैशाली की ओर आए, तब महाप्रजापति गौतमी अपने केशों को कटाकर और काषाय वस्त्र पहनकर बहुत सारी शाक्य-स्त्रियों के साथ वैशाली की ओर चलने लगीं। बुद्ध वैशाली के महावन की कूटागारशाला में थे। गौतमी अपने सूजे हुए पैरों और धूल भरी देह लिए दुःखी और अश्रुमुखी बुद्ध के द्वार के बाहर खड़ी हो गईं। आनंद ने उन्हें यों देखकर पूछा कि तू सूजे हुए पैरों और धूल भरी देह लिए दुःखी और अश्रुमुखी भगवान् के द्वार के बाहर क्यों खड़ी है? गौतमी ने कहा, 'भंते! आनंद! तथागत-प्रवेदित धर्म-विनय में स्त्रियों की घर छोड़कर बेघर हो प्रव्रज्या की भगवान् अनुज्ञा नहीं देते।'[34] इस पर आनंद ने कहा, 'गौतमी! तू यहीं रह; बुद्ध-धर्म में स्त्रियों की प्रव्रज्या के लिए, मैं भगवान् से प्रार्थना करता हूँ।'[35]

तब आनंद बुद्ध के पास आए और उनसे गौतमी की स्थिति का वर्णन करते हुए स्त्रियों की प्रव्रज्या की अनुज्ञा देने के लिए कहा। आनंद ने ऐसा तीन बार कहा और बुद्ध ने तीनों बार मना किया। तब आनंद ने सोचा, क्यों न मैं स्त्रियों की प्रव्रज्या की अनुज्ञा भगवान् से दूसरे ढंग से माँगूँ। फिर आनंद ने कहा, 'भंते, क्या तथागत-प्रवेदित धर्म में घर से बेघर प्रव्रजित हो स्त्रियाँ **स्त्रोत-आपत्तिफल, सकृदागामि-फल, अनागामि-**

---

34. विनय-पिटक (पृष्ठ : 520)
35. विनय-पिटक (पृष्ठ : 520)

फल, अर्हत्त्व-फल[36] को साक्षात् कर सकती है?'[37] इस पर बुद्ध ने कहा, 'साक्षात् कर सकती हैं, आनंद!'[38] तब आनंद ने कहा, 'यदि भंते! तथागत-प्रवेदित धर्म-विनय में प्रव्रजित हो स्त्रियाँ अर्हत्त्व-फल को साक्षात् करने योग्य हैं; जो भंते! अभिभाविका, पोषिका, क्षीर-दायिका हो, भगवान् की मौसी महाप्रजापति गौतमी बहुत उपकार करने वाली है। जननी के मरने पर (उसने) भगवान् को दूध पिलाया। भंते! अच्छा हो स्त्रियों को प्रव्रज्या मिले।'[39]

इसके बाद जब महाप्रजापति गौतमी बुद्ध के बताए आठ गुरु-धर्मों को स्वीकार करने को सहमत हुईं, तब आनंद भगवान् के पास आए और बोले, 'भंते, प्रजापति गौतमी ने यावज्जीवन अनुल्लंघनीय आठ गुरु-धर्मों को स्वीकार किया।'[40] बुद्ध ने कहा, 'आनंद! यदि तथागत-प्रवेदित धर्म-विनय में स्त्रियाँ प्रव्रज्या न पातीं, तो (यह) ब्रह्मचर्य चिरस्थायी होता, सद्धर्म सहस्त्र वर्ष तक ठहरता। लेकिन चूँकि आनंद! स्त्रियाँ प्रव्रजित हुईं; अब ब्रह्मचर्य चिरस्थायी न होगा, सद्धर्म पाँच ही सौ वर्ष ठहरेगा। आनंद! जैसे बहुत स्त्री वाले और थोड़े पुरुष वाले कुल चोरों द्वारा आसानी से ध्वंसनीय होते हैं, इसी प्रकार आनंद! जिस धर्म-विनय में स्त्रियाँ प्रव्रज्या पाती हैं; वह ब्रह्मचर्य चिरस्थायी नहीं होता। जैसे आनंद! संपन्न (=तैयार) लहलहाते धान के खेत में सेतट्ठिका (=सफेदा) नामक रोग जाति पलती है, जिससे

---

36. "सुभद्र! जिस धर्म-विनय में आर्य अष्टांगिक मार्ग उपलब्ध नहीं होता, वहाँ श्रमण (=स्रोत-आपन्न) भी उपलब्ध नहीं होता; द्वितीय श्रमण (=सकृदागामी) भी उपलब्ध नहीं होता; तृतीय श्रमण (=अनागामी) भी उपलब्ध नहीं होता; चतुर्थ श्रमण (=अर्हत्) भी उपलब्ध नहीं होता।"

— *महापरिनिव्वाण-सुत्त, बुद्ध-चर्य्या (पृष्ठ : 540)*

37. विनय-पिटक (पृष्ठ : 520)

38. वही

39. वही

40. विनय-पिटक (पृष्ठ : 521)

वह शालि-क्षेत्र चिरस्थायी नहीं होता, ऐसे ही आनंद! जिस धर्म-विनय में स्त्रियाँ प्रव्रज्या पाती हैं, वह ब्रह्मचर्य चिरस्थायी नहीं होता। जैसे आनंद! संपन्न (=तैयार) ऊख के खेत में मांजेष्ठिका (=लाल रोग) नामक रोग-जाति पलती है, जिससे वह ऊख का खेत चिरस्थायी नहीं होता; ऐसे ही आनंद... जैसे आदमी पानी को रोकने के लिए, बढ़े तालाब की रोक-थाम के लिए, मेड़ (=आली) बाँधे, उसी प्रकार आनंद! मैंने रोक-थाम के लिए भिक्षुणियों के जीवन भर अनुल्लंघनीय आठ गुरु-धर्मों को स्थापित किया।'[41]

भिक्षुणियों के लिए आठ गुरु-धर्मों वाली शर्तों के अंतर्गत **[एक]** सौ वर्ष की उप-संपन्न यानी उपसंपदा पाई भिक्षुणी को भी उसी दिन के उपसंपदा पाए भिक्षु के लिए अभिवादन प्रत्युत्थान, अंजलि जोड़ना, समीची-कर्म करना चाहिए। यह भी धर्म-सत्कारपूर्वक गौरवपूर्वक मानकर, पूजकर जीवन भर न अतिक्रमण करना चाहिए। **[दो]** (भिक्षु का) उपगमन (धर्म-श्रवणार्थ आगमन) करना चाहिए। **[तीन]** प्रति आधे मास भिक्षुणी को भिक्षु-संघ से पर्येषण (=प्रार्थना) करना चाहिए। **[चार]** वर्षावास कर चुकने पर भिक्षुणी को (भिक्षु-भिक्षुणी) दोनों संघों में देखे, सुने, जाने तीनों स्थानों से प्रवारणा[42] करनी चाहिए। **[पाँच]** गुरु-धर्म स्वीकार किए भिक्षुणी को दोनों संघों में पक्ष-मानता करनी चाहिए। **[छह]** किसी प्रकार भी भिक्षुणी भिक्षु को गाली आदि (=आक्रोश) न दे। **[सात]** आनंद! आज से भिक्षुणियों का भिक्षुओं को (कुछ) कहने का रास्ता बंद हुआ। **[आठ]** लेकिन भिक्षुओं का भिक्षुणियों को कहने का रास्ता खुला है।[43]

इसके बाद आयुष्मानों के लिए चार पाराजिक[44] धर्म हुए, पर आर्याओं

---

41. वही

42. वर्षावास की समाप्ति पर पड़ने वाली आश्विन पूर्णिमा, जिसमें संघ में सम्मिलित होकर अपने अपराध स्वीकार करने होते हैं।

43. विनय-पिटक (पृष्ठ : 520)

44. **विनय-पिटक** के **भिक्खु-पातिमोक्ख** में **निदान** सहित [एक] **पाराजिक** [दो]

के लिए आठ; आयुष्मानों के लिए तेरह संघादिसेस दोष थे, पर आर्याओं के लिए सत्रह; आयुष्मानों के लिए बानबे पाचित्तिय अपराध थे, पर आर्याओं के लिए एक सौ छियासठ। मैं इन धर्मों, दोषों और अपराधों को गिन सकती थी और इनमें अंतर कर सकती थी; लेकिन एक समय ऐसा भी था, जब मुझे गणना नहीं आती थी। उस समय लोग भिक्षाटन करते भिक्षु-भिक्षुणियों से उनकी संख्या पूछते या आज की तिथि पूछते और अचरज में पड़ते कि इन भिक्षु-भिक्षुणियों को इतना भी नहीं पता, तब और क्या पता होगा! यह बात जब भगवान् बुद्ध तक गई, तब उन्होंने हमें काल-चक्र और अंक की विद्या सीखने की अनुमति दी।

लेकिन मुझे गणना और वर्णना में नहीं पड़ना चाहिए था, यह जानकर कि सबसे पहले मन ही उत्पन्न होता है, सब कुछ मन पर ही निर्भर है; मुझे मन को नियंत्रित रखना चाहिए था। यह मेरा मन ही था जिसने मुझे विवश किया कि भिक्षुओं के पास शयन-आसन की अधिकता देखकर, मैं भिक्षुणियों के लिए भी अधिक शयन-आसन की माँग करूँ। उस समय

संघादिसेस [तीन] **अ-नियत** [चार] **निस्सग्गिय-पाचित्तिय** [पाँच] **पाचित्तिय** [छह] **पाटिदेसनिय** [सात] **सेखिय** [आठ] **अधिकरण-समथ** के अंतर्गत भिक्षुओं के लिए धर्मों, दोषों और अपराधों की संख्या बताई गई है। इनमें पाराजिक धर्मों की संख्या चार, संघादिसेस दोषों की संख्या तेरह, अ-नियत अपराधों की संख्या दो, निस्सग्गिय-पाचित्तिय अपराधों की संख्या तीस, पाचित्तिय दोषों की संख्या बानबे, पाटिदेसनिय दोषों की संख्या चार, सेखिय बातों की संख्या पचहत्तर तथा समय-समय पर उत्पन्न हुए झगड़ों के शमन के लिए अधिकरण-समथ की संख्या सात बताई गई है। इस प्रकार ही **भिक्खुनी-पातिमोक्ख** में **निदान** सहित [एक] **पाराजिक** [दो] **संघादिसेस** [तीन] **निस्सग्गिय-पाचित्तिय** [चार] **पाचित्तिय** [पाँच] **पाटिदेसनिय** [छह] **सेखिय** [सात] **अधिकरण-समथ** के अंतर्गत भिक्षुणियों के लिए धर्मों, दोषों और अपराधों की संख्या बताई गई है। इनमें पाराजिक धर्मों की संख्या आठ, संघादिसेस दोषों की संख्या सत्रह, निस्सग्गिय-पाचित्तिय अपराधों की संख्या तीस, पाचित्तिय दोषों की संख्या एक सौ छियासठ, पाटिदेसनिय दोषों की संख्या आठ, सेखिय बातों की संख्या पचहत्तर तथा समय-समय पर उत्पन्न हुए झगड़ों के शमन के लिए अधिकरण-समथ की संख्या सात बताई गई है।

ऋतुमती भिक्षुणियाँ गद्दीदार चारपाइयों-चौकियों पर लेटती-बैठती थीं—शयन-आसन रक्त से सन जाता था। तब नए नियम आए और ऋतुमती भिक्षुणियों के गद्दीदार चारपाइयों-चौकियों पर लेटने-बैठने पर रोक लग गई। ऋतुकाल में उपयोग के लिए हमें आवसथ-चीवर[45] की अनुमति दी गई, लेकिन वह भी रक्त से सन जाता था। तब हमें हमारे ऋतुकाल का रक्त सोख लेने वाले आणि-चोड़ की अनुमति दी गई, लेकिन वह गिर जाता था। तब हमें उसे सूत से बाँधकर रखने की अनुमति दी गई, लेकिन सूत टूट जाता था। तब हमें कटि-सूत्र की अनुमति दी गई। लेकिन हम सदा ही उसे धारण किए रहती थीं, इसलिए हमारे ऋतु-काल का पता नहीं चलता था और सब हमें कामभोगिनी स्त्रियों-सा समझते थे। तब फिर नए नियम आए और केवल ऋतुमती भिक्षुणी को ही कटि-सूत्र की अनुमति दी गई।

हमें अरण्यवास की अनुमति नहीं थी, क्योंकि अरण्य में हमारा बलात्कार हो सकता था।

हमें शौचालय में शौच जाने की अनुमति नहीं थी, क्योंकि वहाँ हम अपना गर्भ गिरा सकती थीं।

हमें सुगंधित चूर्ण से नहाने की अनुमति नहीं थी, हमें सुवासित मिट्टी से नहाने की अनुमति नहीं थी, हमें नहाते समय कोलाहल करने की अनुमति नहीं थी, हमें उल्टी धार में नहाने की अनुमति नहीं थी, हमें बेघाट नहाने की अनुमति नहीं थी, हमें पुरुषों के घाट पर नहाने की अनुमति नहीं थी; जो नहाए उसे दुक्कट का दोष हो!

हमें सिखाया गया कि भिक्षा-पात्र की ओर ध्यान रखते हुए भिक्षा-अन्न ग्रहण करना है। भिक्षा को पात्र से ऊपर उभरने नहीं देना है। एक ओर से खाना है। मींज-मींजकर नहीं खाना है। अधिक दाल या भाजी की इच्छा से

45. ऋतुकाल में भिक्षुणियों के उपयोग के लिए प्रयुक्त होने वाला वस्त्र।

व्यंजन को भात से नहीं ढकना है। दूसरों के पात्र को नहीं देखना है। ग्रास को गोल बनाते हुए, उसे बहुत बड़ा नहीं बनाना है। ग्रास को मुँह तक लाए बिना मुखद्वार नहीं खोलना है। भोजन करते समय सारे हाथ को मुँह में नहीं डालना है। ग्रास पड़े हुए मुख से बात नहीं करनी है। ग्रास को उछाल-उछालकर नहीं खाना है, न काट-काटकर, न गाल फुला-फुलाकर, न हाथ झाड़-झाड़कर, न जूठन बिखेर-बिखेरकर, न जीभ चटकार-चटकारकर, न चप-चप करके, न सुड़-सुड़ करके, न हाथ चाट-चाटकर, न पात्र चाट-चाटकर, न होंठ चाट-चाटकर। जूठन लगे हाथ से जल-पात्र नहीं पकड़ना है। जूठन लगे पात्र को बिना धोए नहीं छोड़ना है।

मैं इस दृश्य में सब ओर से स्वयं को ढके हुए भी उघारी रही। मैंने देह और दृष्टि उठाई नहीं, फिर भी सबकी देह और दृष्टि में चढ़ी रही। मैं हँसी नहीं, फिर भी सब मुझे देखकर हँसते रहे। लेकिन दूसरे के दोषों की गिनती गिनने-गिनाने से, मेरे अपने दोषों का परिष्कार नहीं हो सकता। मैं प्रत्येक जन्म में यही करती आई और इसलिए मैं न जाने कितनी बार जन्मी और मरी! मेरी कोई भी देह मेरी अंतिम देह न हो सकी। जबकि मेरे देखते-देखते कितनी भिक्षुणियाँ शांत और साधना-संपन्न हो निर्वाणगामी हुईं। वे अप्रमादिनी, अचंचल और विनीत थीं—चित्त-मलों से विमुक्त—वे पुनर्जन्म से हीन हुईं—बुद्ध-शासन से पूर्ण :

> वत्सा, मुक्ता, दूसरी मुक्ता, पूर्णा, तिष्या, दूसरी तिष्या, धीरा, दूसरी धीरा, मित्रा, दूसरी मित्रा, भद्रा, उपशमा, धम्मदिन्ना, विशाखा, सुमना, दूसरी सुमना, उत्तरा, दूसरी उत्तरा, धम्मा, संघा, अभिरूपा नंदा, जयंता, सुमंगल-माता, अड्ढकासी, चित्रा, मैत्रिका, अभय-माता, अभया, श्यामा, दूसरी श्यामा, उत्तमा, दूसरी उत्तमा, दंतिका, उब्बिरी, शुक्ला, शैला, सोमा, भद्रा कापिलायिनी, वड्ढेसी, विमला, सिंहा, सुंदरी नंदा, नंदुत्तरा,

मित्तकाली, सकुला, सोणा, भद्रा कुंडलकेशा, पटाचारा, पटाचारा की तीस शिष्याएँ, चंद्रा, पटाचारा की पाँच सौ भिक्षुणियाँ, वाशिष्ठी, क्षेमा, सुजाता, अनुपमा, महाप्रजापति गौतमी, गुप्ता, विजया, चाला, उपचाला, शिशूपचाला, वड्ढमाता, कृशा गौतमी, उत्पलवर्णा, पूर्णिका, अंबपाली, रोहिणी, चापा, सुंदरी, शुभा, दूसरी शुभा, ऋषिदासी, सुमेधा...

इन सबकी अपनी-अपनी भिन्न-भिन्न पृष्ठभूमियाँ थीं, अपनी-अपनी भिन्न-भिन्न व्यवहार-कुशलताएँ, अपनी-अपनी भिन्न-भिन्न विपत्तियाँ; लेकिन इन सबकी गाथाएँ अंततः एक बिंदु पर ही पूर्ण हुईं :

वत्से! तू सुख की नींद सो।
अपने हाथ से बनाए हुए चीवर को ओढ़कर,
तू (इस शरीर में) परम शांति प्राप्त कर।
क्योंकि कड़ाही में पड़े हुए शुष्क शाक की तरह
तेरा राग-समूह (दग्ध होकर) शांत हो गया![46]

लेकिन मैं शांत नहीं हुई। मेरे दुष्कर्म दुःख की तरह प्रत्येक जन्म में मेरे पीछे लगे रहे। मेरे संस्कार इतने अमिट हो चले थे कि मैं कहीं भी चली जाऊँ—मेरी आकांक्षाएँ मुझसे छूटती नहीं थीं। मेरी आसक्तियाँ मुझसे टूटती नहीं थीं। मेरा मन रागरंजित और द्वेषदूषित था। शरीरावयवों के सौंदर्य से मोहित मैं कभी निष्काम नहीं हुई। मेरी वासना का कभी मूलोच्छेदन नहीं हुआ। मैं यह सोचकर संघ में आई थी कि मुझे यहाँ इस भव-चक्र से स्वतंत्रता मिलेगी, लेकिन यहाँ भी मैं अत्यानंदा कही गई। मुझे देखकर भिक्षु मंद-मंद मुस्कुराते रहे, वैसे ही जैसे : जब मैं षोडशी थी, अवंतिवासी मुस्कुराते थे—मुझे अत्यानंदा कहते हुए। पुरुषों और परिवारों से मेरा मोह-भंग संघ में मेरे शील-भंग से भी प्राचीन है। पुरुष-परिवर्तन की वजह से मैं

46. थेरी-गाथाएँ (भिक्षुणियों के भावपूर्ण उद्गार), पृष्ठ : 19-20, भरतसिंह उपाध्याय, सस्ता साहित्य मण्डल प्रकाशन, नई दिल्ली, संस्करण : 2020

अत्यानंदा कहलाई, जबकि सत्य यह था कि मेरी उस आनंद में कोई रुचि नहीं थी जो एक स्त्री को स्वयं पर पुरुष-दृष्टि, पुरुष-स्पर्श, पुरुष-प्रवेश से मिलता है। पर मैंने अपनी ओर आए पुरुषों को रोका नहीं। मैं उनके लिए मार्ग हो गई। उनकी आवक-जावक उनके मन भर मुझ पर बनी रही। *लेकिन मैं छोड़कर जाने के लिए ही बनी थी।* इस वाक्य को एकाशय में ग्रहण करना, इस वाक्य के आनंद से वंचित होना है। मैं ऐसे ही समझी गई। वे मेरा आनंद नहीं ले पाए। उनके एक-एक करके या एक साथ मुझ पर से उतर जाने के बाद मैंने जाना कि आनंद कहीं नहीं है; केवल विलाप है, केवल विलाप है, केवल और केवल विलाप है..."

आलोचक

मैं यौन-आक्रमण और यौन-उत्पीड़न की रोज़-दर-रोज़ भयावह होती ख़बरों से बहुत सहमा-सिमटा हुआ हूँ। मैं इस सबसे गुज़रकर ख़ुद को भी खोदता-खोजता हूँ। खाट से लगकर अकेलेपन को भोगने वाली अवस्था तक आ चुकने के बाद भी मेरी स्त्रियों में दिलचस्पी न तो सीमित हुई है, न समाप्त। पुरुषों को लेकर स्त्रियों में इस प्रकार की दिलचस्पियाँ एक उम्र में आकर स्वतः सीमित या समाप्त हो जाती हैं और वे पुरुषों को कामना की दृष्टि से नहीं, सुरक्षा की दृष्टि से देखने लगती हैं। यह सुरक्षा अगर संभव नहीं है और चाहे-अनचाहे स्वतंत्रता और अकेलापन उन पर आ गिरा है, तब भी वे प्रेम-प्रभाव और यौन-आक्रमण या यौन-उत्पीड़न की दृष्टि से सुरक्षित ही रहती हैं। दैहिक संपत्ति खो चुकने के बाद आर्थिक संपत्ति (अगर वह उनके पास है तो) ही उन पर हमलों या उनके शोषण की वजह बन सकती है। भारतीय समाज में आसानी से यह देखा जा सकता है कि वृद्धप्राय या वृद्ध स्त्रियाँ और विधवाएँ घर-परिवार में स्वयं को सहजता से समायोजित कर लेती हैं। अगर वह चल-फिर सकने योग्य हैं तो इस उम्र में

भी उनके पास करने को पर्याप्त काम होते हैं। शेष सारे संदर्भों की अपवाद स्थितियाँ तो होती ही हैं, इसलिए इनके निष्कर्ष नारी मुक्ति केंद्रों, विधवा आश्रमों और विडो होम्स से लेकर उम्र की चोट से घायल सर्वत्र भटकती हुई स्त्रियों में देखे जा सकते हैं।

लेकिन मैं बहुत दूर के नहीं, बहुत निकट के और अपने अनुभव से जानता हूँ कि वृद्धत्व तक आ चुके पुरुष में स्त्री को भोगने की विवक्षा विलुप्त ही हो जाएगी, यह जान-मानकर चलना ग़लत है। मुझमें यह विवक्षा अब तक शेष है! पर मैं इस विवक्षा की भूलभुलैया में फँसकर नष्ट हो जाने के अज्ञात भय से भी ग्रस्त हूँ। ख़बरें और नए-नए क़ानून इस भय के उत्प्रेरक हैं, लेकिन फिर भी ख़ुद के साथ किए जा रहे नए-नए प्रयोगों के बीच मेरी यात्रा जारी है और इस यात्रा में सहयात्री और साहचर्य की तलाश भी। मुझे लगता है कि अब भी मुझ पर यक़ीन किया जा सकता है। अब भी मैं किसी लायक़ हूँ। अब भी मैं हूँ...

किताब

वृद्धत्व जब एक जीवन में घर बनाता है, तो उसमें दरवाज़े और खिड़कियाँ नहीं होती हैं। इस घर में प्रवेश करने की प्रविधि सामान्य नहीं है, इसलिए बहुत सारे संबंध इस प्रवेश-प्रक्रिया से बचने लगते हैं। बहुत सारे प्रसंगों में उन्हें वृद्धत्व को देखना-सुनना एक सज़ा की तरह लगता है। समग्र अनुशासनों को क्षीण करते हुए इस वक़्त तक आते-आते सब कुछ बेवक़्त हो जाता है। अनुपस्थिति की तरफ़ बढ़ती हुई यह अवस्था अनुपस्थितियों को भोगने के लिए अभिशप्त है। यह स्थिति संसार की सारी स्थानिकताओं में लगभग समान है।

माँ के पिता ने नहीं होने से पहले नहीं होने को जानने का यत्न किया

था। वह इसमें कहाँ तक कामयाब हुए, इस जानने पर धुंध है; लेकिन उनकी बहन और उनकी बेटी ने उनकी उपस्थिति में ही उन्हें अनुपस्थित स्वीकार कर लिया था।

आलोचक

अनुपस्थितियों से आक्रांत मेरे आज में स्वप्न अतीत का अंग हो चुके हैं। लेकिन कुछ राग मुझमें अब भी शेष हैं। मैं उन्हें गाता हूँ, जबकि सुनने वाला कोई नहीं है। मेरे गान बहुत अर्थदरिद्र लग सकते हैं, लेकिन मैं चाहता हूँ कि मैं जब तक हूँ... वे भी रहें...।

यह अंत की आहट है। उन सब शुभकामनाओं के प्रति अब अंतिम तौर पर कृतज्ञ होने का समय आ गया है, जो मुझे जीवन भर दी गई हैं।

वृद्धत्व के साथ नत्थी अकेलापन आपको समाजविमुख बहुत सहजता से कर सकता है।

दिवंगतों के प्रदेश की यात्रा से पहले राग जीवन का एक विधेयात्मक तत्त्व है। अंत की आहटें यहाँ व्यक्तित्व को निरन्वय-निर्विषय नहीं कर रही हैं। वृद्धत्व यहाँ एकांत और अरण्य की शरण नहीं चाहता। वह चाहता है समूह—गान में भी, ज्ञान में भी, ध्यान में भी। वह दे दी गई स्थिति के आगे नतमस्तक नहीं है। वार्द्धक्य की आदर्श अवधारणाएँ यहाँ तेल लेने चली गई हैं।

मेरी उम्र के कई दूसरे—जब मैं राग में रत हूँ... गान में, ज्ञान में, ध्यान में रत हूँ—स्त्रियों और बच्चों के यौन-शोषण में व्यस्त हैं, और व्यापार और राजनीति में भी। मेरी उम्र के कई दूसरे साहित्य, संगीत, चित्रकारी, रंगमंच और सिनेमा में भी सक्रिय हैं। कुछ भूमिकाएँ समय ने उन्हें सौंप दी हैं और कुछ भूमिकाएँ समय से उन्होंने छीन ली हैं। कुछ जगहों पर सत्ता

उनके काम आई है और कुछ जगहों पर सभ्यता। वे तमाम तरकीबों और दवाओं की मदद लेकर काल से होड़ लेने में लगे हुए हैं। मेरी उम्र के कई दूसरे—अविवाहित और विधुर—संस्कृतिकर्म, योग और सांप्रदायिकता के विस्तार में भी लगे हुए हैं। मेरी उम्र के कई दूसरे मयख़ानों और तीर्थस्थानों को बार-बार बदल रहे हैं। मेरी उम्र के कई दूसरे—भयभीत, उद्विग्न, अतीतग्रस्त—घर और संसार के सबसे उपेक्षित कोनों में पड़े खाँस रहे हैं। मेरी उम्र के कई दूसरे—वृद्ध और वृद्धप्राय—समाज की तेज़ और तेज़तर होती रफ़्तार में रोज़ कुचले जा रहे हैं। मेरी उम्र के कई दूसरे—कंकाल-सदृश—मौसम और भूख की मार से—सारे मौसमों में बेइलाज मर रहे हैं। उनकी लाशें सड़कों, पार्कों, ट्रेनों, बस अड्डों और धार्मिक स्थलों से लेकर कारावासों, अस्पतालों, केयर सेंटर्स और ओल्ड एज होम्स तक फैली हुई हैं। उनकी लाशों पर दावा करने कोई नहीं आ रहा है। मेरी उम्र के कई दूसरे इस वक़्त—जब यह तथ्य दर्ज हो रहा है—दफ़नाए और जलाए जा रहे हैं। मैं इस अंतिम-क्रिया के फैलाव में अपने अंत को देखते हुए मुक्त आकाश के नीचे, एक वृक्ष के तले, प्रकृति की सीधी साक्षी में खड़ा हूँ और जीवन एक परीक्षक की तरह मेरे आस-पास मौजूद है। वायु बहुत भारी है। अँधेरा धीरे-धीरे गोधूलि के दृश्य पर चढ़ रहा है। मुझ पर पीले-पीले पत्ते झर रहे हैं। मैं अब अपने हिस्से की ज़मीन देख रहा हूँ। मैं इतना ज़्यादा संवेदनशील हो गया हूँ कि ज़मीन पर पड़े सूखे पत्तों पर भी पैर रखने से बचता हूँ। अगर कहीं भूल से पैर पड़ भी जाए तो उन पत्तों की चरमराहट मेरा करुणाकुल हृदय नोचने लगती है। सब कुछ को स्पर्श करने का मेरा दर्शन बदल चुका है।

देह अभी और जर्जर होगी, चाल अभी और मद्धम होगी, रोग अभी और घेरेंगे, स्मृति अभी और दूर होगी, अकेलापन अभी और सताएगा... ये सब और कुछ नहीं, अंत की चेतावनियाँ हैं। पर मृत्यु से पहले मरना नहीं

है। मृत्यु के बाद भी मरना नहीं है। जीवन-राग को अटूट रखना है।

लेखक

दुःख दो तिथियों के बीच टहलता रहता है।

इस चक्रमण में एक दुःख ठीक से व्यतीत भी नहीं हो पाता कि दूसरा दुःख प्रकट हो जाता है।

दुःख भरपूर को ख़ाली करता है और ख़ाली को ख़ुद से भरपूर।

वे वस्तुएँ जो देह पर थीं, वह उनके आकार का हो जाता है।

वह अनुपस्थिति के आकार का हो जाता है।

वह स्मृति के आकार का हो जाता है।

वह पुकार के आकार का हो जाता है।

वह विलाप के आकार का हो जाता है।

आकार लेना था जिन्हें वह उन संभावनाओं के आकार का हो जाता है।

संसार का आकार बदल रहा है और दुःख का भी। वह अब बहुत-बहुत समीप है। इस आकार में स्वयं के दुःख को दूसरे के दुःख से बड़ा या दूसरे के दुःख के बराबर बताना अमानवीयता है।

मानवीयता है—शोक के स्वीकार में।

स्वीकार मात्र इतना कि शोक है।

एक पूर्वकालीन प्रसंग में नारद ने समङ्ग को शोकमुक्त देखकर उनसे उनकी इस स्थिति का रहस्य जानना चाहा था।

समङ्ग ने कहा :

"प्रिय वस्तु हर्षजनक होती है, हर्ष अभिमान को बढ़ाता है, अभिमान नर्क में ले जाता है; इसलिए मैं इनका त्याग करता हूँ।

शोक, भय और अभिमान—ये तीनों ही मनुष्य को मोहित करने वाले हैं। इसलिए जब तक यह देह चेष्टायुक्त है, तब तक मैं केवल इनका साक्षी भर होना चाहता हूँ।

लोकप्रिय या अलोकप्रिय, प्रतिष्ठित या अप्रतिष्ठित, गंभीर या अगंभीर, प्रतिबद्ध या अप्रतिबद्ध, दृष्टियुक्त या दृष्टिरहित, प्रगतिशील या अप्रगतिशील, मूढ़ या विद्वान, वंचित या संपन्न, हाशिया या केंद्र... इस जग में शोक से कोई भी मुक्त नहीं है।

शोक से केवल वे ही जन मुक्त हैं, जिनका अज्ञान दूर हो गया है।

देवर्षि, अज्ञान दूर हो जाने की वजह से ही मैं शोक नहीं करता।''

किताब

मृत्यु सब कुछ से परिचित है। जब हम सोए रहते हैं, वह हमारे पार्श्व में जागती रहती है। जब हम जागे हुए होते हैं, तब भी वह जागती रहती है।

जहाँ हम हैं, वहाँ वह है।

जहाँ हम नहीं हैं, वहाँ भी वह है।

जब हम संलग्न होते हैं—प्रेम और संभोग में... वह हमें घूर रही होती है।

जब हम इस भ्रम को बनाए रखते हैं कि हमें उससे भय नहीं लगता, वह हम पर तन रही होती है।

एक अनवरत रंगमंच और चलचित्र-सा है सब कुछ जिसमें उसकी गति और उपस्थिति के बीच ही सब मृतक खड़े होंगे फिर से दे दिए गए कार्यभार में लौटते हुए।

वह इतनी दूर या कहें इतनी अवास्तविक प्रतीत होगी कि साधारण से साधारण काम को भी उसकी वजह से स्थगित नहीं किया जाएगा।

श्रुति कहती है कि ब्रह्मा की क्रोधाग्नि में जल रही थी सृष्टि, तब महादेव की प्रार्थना मृत्यु की उत्पत्ति का निमित्त बनी।

प्रजापति भार से कराहती हुई पृथ्वी के दुःख से दग्ध थे और संहार की अनिवार्यता को समझ रहे थे, जब महादेव ने उनसे अनुरोध किया कि कहीं यों न हो कि सब कुछ ही नष्ट हो जाए... आप संहार का कोई अन्य उपाय सोचिए।

यह सुनकर प्रजापति ने अपनी क्रोधाग्नि को वापस लौटा स्वकेंद्र में स्थित किया और प्रजा के लिए जन्म और मृत्यु की व्यवस्था की।

...और इस प्रकार वह प्रकट हुई—काले और लाल रंग से युक्त। उसकी आभा अलौकिक थी। उत्पन्न होते ही वह दक्षिणपंथी हो गई और साम्यवादी भी। ब्रह्मा ने उसका नामकरण किया—मृत्यु—और उसे संहार के समान वितरण की अनुमति दी।

वह इस अनुमति से व्यथित हुई और उसके आँसू झरने लगे। ब्रह्मा की दोनों हथेलियाँ उसके आँसुओं से भर गईं।

संहार का यह अनिवार्य और क्रूर कार्यभार उस कोमल अंगों और निर्दोष हृदय वाली स्त्री को न ढोना पड़े, इसलिए उस स्त्री ने तपस्या के सारे संभव-असंभव आयाम स्पर्श कर लिए; लेकिन ब्रह्मा अडिग रहे। अंततः वह बोले :

"पुत्री! यह अधर्म नहीं है। तुम्हें कोई पाप नहीं लगेगा। जाओ और संहार करो। तुम्हारे आँसू जो मैंने अपनी हथेलियों में लिए थे, उन्हें अब बिखरा देता हूँ—सृष्टि पर रोग की रचना के लिए।"

लाइब्रेरियन

मैं स्वप्न में अक्सर भविष्य में पहुँच जाता हूँ... वहाँ घड़ियाँ और गाड़ियाँ नहीं हैं। वहाँ इंसानी ध्वनियाँ नहीं हैं। वहाँ घर नहीं है। वहाँ पड़ोस नहीं है। वहाँ वह छत नहीं है जो आपदा भर एक सैलून रही और जहाँ आपदा से लड़ रहे योद्धा भी दाढ़ी-बाल कटाने जाते रहे। वहाँ वह बुढ़िया भी नहीं है, जिसके बालों की जुएँ उसके चेहरे पर उतर आईं। वहाँ वह स्त्री भी नहीं है जो एक हाथ में उपन्यास लेकर, दूसरे हाथ से कार धोती रहती थी। वहाँ इस स्त्री का पति भी नहीं है और बेटी भी नहीं है। वह बच्ची अब अपने नाना-नानी के साथ रहेगी, क्योंकि एक आपदा ने उससे वह सब कुछ छीन लिया; जिसे वह अब कभी हासिल नहीं कर पाएगी। इस तकलीफ़ में वहाँ एक भी ख़बर नहीं है। वहाँ एक वाशिंग मशीन है बस, जिसमें अब उस परिवार के कपड़े कभी नहीं धोए जाएँगे जिसने उसे ख़रीदा था। वहाँ रोज़गार की तलाश और महारोग और जलती हुई लाशें नहीं हैं। वहाँ जलने के इंतिज़ार में और जल नहीं पाई लाशें भी नहीं हैं। वहाँ दफ़्न होने और करने लायक़ कुछ भी नहीं है और सब कुछ है—वहाँ—दफ़्न होने और करने लायक़। इस स्वप्न को समझाया नहीं जा सकता और भविष्य को भी, लेकिन इस समय को समझाया जा सकता है। इसमें ही बेहतर इंसान बनने की कोशिश की जा सकती है। इसमें ही पराजित किया जा सकता है—बुराई को। इसमें ही अपनी चुप्पियों से बाहर आया जा सकता है। इसमें ही उस झूठ को काटकर आगे बढ़ा जा सकता है जो न जाने कब से पीछे लगा हुआ है—शिकारियों के साथ।

एक नए रोग और उससे जुड़ी वैश्विक महामारी से पहले लेखिका, लेखक, आलोचक, संपादक, प्रूफ़रीडर, कवि, कथाकार... सब यहाँ आते थे। प्रकाशक के यहाँ से किताब आती थी और उसके कर्मचारी, वह नहीं

आता था। जब महामारी आई, तब कई-कई महीनों तक कोई नहीं आया—रौशनी करने और धूल झाड़ने वाले भी नहीं। सब पृथक-पृथक सब कुछ को संदेह से देख रहे थे—ख़ुद को भी। पर यह संदेह या आत्म-संदेह कहीं ले जाने वाला नहीं था। इसलिए सब घर पर ही रहे—सबसे दूर। दूर-दूर तक चेहरे नहीं नज़र आते थे। आस-पास भी चेहरे नहीं नज़र आते थे—केवल छोटी-छोटी आँखें नज़र आती थीं... लगता था कि उनसे कुछ बह रहा है या बहा है या बह पड़ेगा। प्रत्येक स्पर्श भय से इस क़दर भरा हुआ था कि सब हवा से भी बचने की कोशिश करते थे। हवा के रास्ते ही यह नया रोग फेफड़ों तक जाता और पूरी देह को त्रस्त करके मृत्यु से मिला देता। इस तरह करोड़ों शरीर मरे और जो इस तरह नहीं मरे, उन्हें भी इस कालावधि के दरमियान इस तरह ही मरा हुआ माना गया। इस महामारी ने इंसानों को अपना वाहन बनाकर लंबी-लंबी दूरियाँ तय कीं और पूँजी के अभेद्य प्रवाह को कुछ समय के लिए एक हद तक बाधित कर दिया। सभ्यता पर काव्यात्मक न्याय का यह नवीनतम धावा था कि क़स्बों, नगरों और महानगरों में आसमान साफ़, चमकीला और नीला नज़र आने लगा। रात में सिर उठाते ही उसकी तारों भरी सुंदरता विरक्त, व्याकुल और मदमय करने लगी। ख़ामोशी का अर्थ खुलने लगा। पक्षी दिखने, गाने और नाचने लगे—यह भूलकर कि सारा संसार इस समय रोग, शोक, साज़िश, विडंबना और विरोधाभास से एक साथ ग्रस्त है। इस महामारी को कोई भी जाँच और सरहद रोक नहीं पाई। शक्तिशाली से शक्तिशाली व्यक्तियों और मुल्कों को इसने चूर-चूर कर दिया। ऐसे में जब सब आँकड़े पढ़ रहे हों, तब किताब की फ़िक्र किसे होती है! किताब घर में या कहीं भी बंद स्वस्थ और सुखी व्यक्ति की सबसे बेहतर संगी हो सकती है; लेकिन एक तो अधिकांश जन स्वस्थ और सुखी नहीं थे, दूसरी बात वे किताबों को पाना-मँगवाना नहीं जानते थे, इसलिए तीसरी बात उनके पास कभी

कोई किताब नहीं थी; ऐसे में उनकी किताब जहाँ हो सकती थी, अब वे जगहें बंद थीं और उन तक ले जाने वाले वाहन भी, रास्ते भी। तब यूँ हुआ कि जिन पर रेल चलती थी, उन पटरियों पर वे सब जन चलने लगे जिनकी किताब उनके होश सँभालते ही उनसे छीन ली गई थी। वे होश सँभालते ही प्रवासी हो गए। उन्होंने जिन बच्चों को जन्म दिया, वे जन्म लेते ही प्रवासी हो गए। इन बच्चों के बच्चों ने जिन बच्चों को जन्म दिया, वे... वे कॉलोनियों, अपार्टमेंट्स और नगरों-महानगरों के पॉश इलाक़ों से सटी बस्तियों और झुग्गियों में रहते थे। वह सब कुछ जो चलता हुआ नज़र आता, उन्होंने चलाया था। वह सब कुछ जो चमकता हुआ नज़र आता, उन्होंने चमकाया था। वह सब कुछ जो सुरक्षित नज़र आता, वे उसकी सुरक्षा में तने रहे थे। वे भी नागरिक थे—अपने मेहनतकश होने का मूल्य चुकाते हुए। उनकी दिहाड़ी इतनी कम थी, उनका दरमाहा इतना मामूली था कि उससे वे बस अगले रोज़ काम कर पाने, काम पर जाने की हिम्मत भर जुटा पाते थे। इस महामारी ने उन्हें बीमार नहीं, बेकार कर दिया। जब कॉलोनियों, अपार्टमेंट्स और नगरों-महानगरों के पॉश इलाक़ों समेत सब कुछ के दरवाज़े उन पर बंद हो गए, तब इन कामगारों के पास कोई काम न रहा। मालिकों और मकानमालिकों ने उन्हें अपनी जगहों से निकाल बाहर किया। वे अपनी बस्तियों और झुग्गियों से निकलकर एक समाज के कटे हुए अंग की तरह रास्तों पर चलने लगे। शारीरिक और सामाजिक दूरी स्पष्ट नज़र आ रही थी। सब कुछ रँग दिया गया था, जिसके पास जैसे और जितने रंग थे; उसने उनसे हक़ीक़त को रँग दिया था। इस स्थिति में जिनके पास रंग नहीं थे, वे जानते थे कि केवल दो ही रंग हैं! इस विस्थापन में जिनके पास किताब थी या स्मृति थी; उन्हें विभाजन की याद आई, अकालों की याद आई, यहाँ तक कि भारतीय स्वर्ग की भी याद आई! उन्हें बदले हुए नाम याद आए और सामूहिक हत्याएँ और बलात्कार और आंदोलन

और अफ़वाहें और दंगे और युद्ध याद आए। संकट में ही सब कुछ साफ़-साफ़ बँटा हुआ दीखने लगता है। इस दृश्य में एक समाज के कटे हुए अंग जब रास्तों पर चलते हुए सब कुछ को चुल्लू भर पानी करने लगे, तब वे पटरियाँ जो उन्होंने बिछाई थीं, वे सड़कें जो उन्होंने बनाई थीं; उस पर भी उन्हें चलने से रोका गया, क्योंकि राज्य ने पैदल चलने वालों तक के लिए राज्य की सीमाएँ बंद कर दी थीं। इस कर्फ़्यू में फटेहाल, बेबस, कमज़ोर, भूखे, बेसहारा, बेआसरा अपने पूरे परिवार और गृहस्थी के साथ पैदल चलते हुए इन यात्रियों को गालियाँ देते हुए महामारी से लड़ रहे योद्धाओं ने उन पर लाठियाँ बरसाईं, उन पर आँसू गैस छोड़ी, उनसे नाक रगड़वाई, उनसे थूक चटवाया, उन्हें कई मीटर लंबी क़तारों में मुर्ग़ा बना दिया, उनसे उठक-बैठक कराई, उन्हें विषाणु समझा... उनका क़सूर सिर्फ़ इतना था कि वे इस महामारी से पहले जहाँ से आए थे, वहाँ अपने भरोसे अपने पैरों पर लौट जाना चाहते थे—सैकड़ों मील दूर; जहाँ उनके हिस्से की किताब थी, जिसे उन्होंने कभी नहीं खोला था। इधर जब सब के सब अस्पताल पूरी तरह भर गए; उनकी छतें, उनकी गैलरियाँ, उनके बाग़, उनके रास्ते जब पूरी तरह इस महामारी से ग्रस्त मरीज़ों से भर गए—तब वे जगहें अस्पताल बनाई जाने लगीं, जहाँ सब पार्टियाँ करते थे। वे जगहें अस्पताल बनाई जाने लगीं, जिनमें सब रामलीला करते थे। वह सब कुछ अस्पताल में बदल गया, जिसमें सब सफ़र करते थे। ये नए बने अस्थायी अस्पताल भी जब पूरे के पूरे मरीज़ों से भर गए, तब घर के घर अस्पताल बनने लगे। इन घरों में ऑक्सीजन की कमी थी। अस्पतालों में ऑक्सीजन की कमी थी। समाज में ऑक्सीजन की कमी थी। सबने सब कुछ का मास्क बना लिया। एक अधिनायक ने कहा कि जब सब तरफ़ इतना ऑक्सीजन है, तब यह समझ से परे है कि ऑक्सीजन की कमी है और लोग इस कमी से मरे भी हैं! अधिनायक महामारी की प्रत्येक लहर के आते ही अपनी कुर्सी के नीचे

छुप जाता था और लहर के जाते ही वह निकलता और दावे करता और उसके दावों से जो हवा निकलती उससे महामारी की एक नई लहर पैदा होती और सब मरने लगते—इस बार और बड़ी संख्या में। एक पूरा का पूरा मुल्क वेंटीलेटर पर ले जाया जा सके, इस स्थिति में था; लेकिन क्या करें—वेंटीलेटर उपलब्ध नहीं थे। उनकी भी भारी कमी थी। कुछ धनपशुओं ने वेंटीलेटर्स रिजर्व कर लिए थे। उनकी बोलियाँ लग रही थीं। अस्पतालों की, डॉक्टरों की, दवाइयों की बोलियाँ लग रही थीं। मानव-सभ्यता के अब तक के ज्ञात-अज्ञात इतिहास में स्वास्थ्य-सेवाओं और सेवकों का इस क़दर पतन नहीं देखा गया था। एक बहुत बड़ी आबादी को खुले में भटकने, तड़पने, मरने, जलने और दफ़्न होने के लिए छोड़ दिया गया। कल तक समाज के बीच साँस लेते बेशुमार जन देखते-देखते हवा हो गए। वे मरते वक़्त कैसे थे और क्या महसूस कर रहे थे, उनके परिचित यह कभी नहीं जान पाए और न अब कभी जान पाएँगे।

लेखक

एक आपदा ने बता दिया कि हम सब बीमार हैं, बस हमारी जाँच नहीं हुई या नहीं हो रही या नहीं होगी।

कवि

हम लाइलाज लोग हैं।

आलोचक

हमारे लिए कोई वैक्सीन उपलब्ध नहीं है।

प्रकाशक

हमारे लिए कोई वैक्सीन बनी ही नहीं है।

प्रूफ़रीडर

यह सभ्यता संकट में है।

संपादक

इस सभ्यता को एक महान् टीकाकरण की ज़रूरत है—वह भी मुफ़्त में।

लाइब्रेरियन

देखिए, असंभव की संभवता कब दृश्य बने!

किताब

माँ के पिता की मृत्यु के कुछ रोज़ बाद माँ की बुआ की देह का दाहिना हिस्सा लकवाग्रस्त हो गया। बुआ बिस्तर पर पड़ी-पड़ी और नई-नई बीमारियों की पकड़ में आती गई। उसकी बीमारियाँ चिकित्सकों की पकड़ से बाहर थीं... इन वाक्यों को बुआ के किरदार की विदाई या उसकी मृत्यु की भूमिका की तरह न ग्रहण करें। बुआ के किरदार में कुछ था ही नहीं या कहें कुछ न होने का ही उसका किरदार था। बुआ के लिए माँ के पिता, भाई कम पिता ही अधिक थे। बुआ ने जन्म से लेकर अब तक सिवाय इसके और कोई संबंध जाना ही नहीं था। माँ के पिता जीते जी ही सारे संबंधों से बाहर जा चुके थे, उनकी मृत्यु इस पारगमन पर उनका आख़िरी दस्तख़त थी। बुआ अपने भाई की चीज़ें देखती और रोने लगती। माँ के पिता चले गए थे, लेकिन उनकी चीज़ें सब तरफ़ थीं—उनके कपड़े, उनकी चप्पलें,

उनकी डायरी, उनकी क़लम, उनकी पासबुक... एक व्यक्ति चला जाता है, उसके खाते खुले रह जाते हैं। इनमें मामूली धन-राशि होती है—इतनी मामूली कि उत्तराधिकारी अपने दावे छोड़ देते हैं। असुरक्षा उनकी प्रतीक्षा में होती है, वह उन्हें पकड़ लेती है।

माँ की बुआ अब भी अगर चेतती तो उसकी ज़िंदगी में कुछ नया हो सकता था। लेकिन उसके मस्तिष्क और तंत्रिका-तंत्र ने यह मान लिया था कि वह उपचार से परे है और संसार की कोई भी शक्ति अब उसे स्वस्थ नहीं कर सकती। वह यह तस्लीम करने को तैयार ही नहीं थी कि बिस्तर पर गिरे बीमार उठकर रोज़मर्रा की ज़िंदगी में लौट भी सकते हैं और अस्पताल जाने वाले ज़िंदा भी वापस आते हैं। वह वापसी के विषय में कुछ भी नहीं जानती थी, क्योंकि वह कभी कहीं गई ही नहीं थी। वह अब सीधे मृत्यु की ओर जा रही थी। उसकी साँवली देह जन्म से ही दुखों से भरी और भारी थी। उसकी आँखों में कभी कोई स्वप्न नहीं था। उसके होंठों पर कभी कोई इच्छा नहीं थी। उसकी उपस्थिति में कभी कोई प्रतिरोध नहीं था। वह जबसे ख़याल रखने के क़ाबिल हुई, बस सबका ख़याल रखती आई थी। अब उसे ख़याल रखवाने की ज़रूरत थी। एक मृत्यु ने उस पर पता नहीं क्या टोना फेरा कि वह अपने जन्म के समय जैसी हो गई थी। अब उसे देखभाल में जाने की ज़रूरत थी।

कथाकार

मैंने उसे बहुत प्यार करके छोड़ा था—इस वायदे पर कि हम कल भी इसे दुहराएँगे। यह कल कलकल की तरह हमारी जीवन-सरिता में रहेगा। लेकिन कल बहुत धोखादेह है। अब मेरे पास महज़ कल है, वह नहीं है। कल जिसमें कल का इंतिज़ार है। कल जिसमें कल की याद है। कल जिसमें वे घर और बिस्तर हमारे लिए संभव नहीं थे, जिनमें हम अपना

सहवास रचते। कल जिसमें हम सब तरफ़ से शहर में उस तरफ़ गए जिधर से शहर छूटने लगता था। कल जिसमें वे सारी सीमाएँ हमने जान ली थीं जो हमें अकेला करतीं। कल जिसमें नदी-पार के कछार, नावें, वन-स्थलियाँ, झीलें और खँडहर थे; जहाँ वह मुझे बेहद प्यार करके छोड़ती—इस वायदे पर कि हम कल भी इसे दुहराएँगे।

किताब

माँ अपनी बुआ का ख़याल रखने लगी।

माँ अपनी बुआ का ख़याल रखने लगी।

माँ अपनी बुआ का ख़याल दुहराने लगी।

माँ की बुआ ख़याल से बाहर जा चुकी थी।

कथाकार

वह अब बाहर नहीं आ सकती थी। नगर के पार हमारे विहार-स्थल हमारे बिना सूने पड़ गए। मैं रोज़ समय से नगर में उस बिंदु पर पहुँचता, जहाँ वह मुझे मिल जाती थी—नगर के पार जाने के लिए, एक निर्जनता में जाने के लिए। मेरे मन में अजीब से अजीबतर ख़याल आते। वह नहीं आती। मैं भी आख़िर कब तक आ सकता था। मैंने ख़ुद को तपता हुआ महसूस किया। उमीद पिघलने लगी। धुआँ उठा। मैं गुम हुआ। एक रिश्ता पत्थर हो गया।

किताब

माँ जानती थी कि भूल हुई है। वे सुदिन जिनमें दो मन एक हो जाते हैं, भूलों से भरे होते हैं। प्रेम में अगर कोई वियोग में है, तब इसका सीधा

अर्थ है कि उसने भूल की है। उसकी बुआ शकुंतला की कहानी सुनाते हुए नानी हो जाती थी :

बुआ शिव के स्मरण से शुरू करती। धीरे-धीरे उसमें हरिण के पीछे-पीछे भागते राजा दुष्यंत का प्रवेश होता। फिर वैखानस आता और दुष्यंत को हरिण का शिकार करने से रोकता और उसे अपने आचार्य महर्षि कण्व के आश्रम में अतिथि-सत्कार के लिए आमंत्रित करता। फिर आश्रम की सुंदरता का वर्णन होता और उस सुंदरता में अतीव सुंदर शकुंतला प्रकट होती। वह अपनी सखियों अनसूया और प्रियंवदा के साथ होती। इसके बाद कुछ देर तक कहानी यौवन, सौंदर्य और आकर्षण में आप्लावित रहती। एक जलभीगा भौंरा चमेली छोड़कर शकुंतला के मुख-मंडल पर मँडराने लगता। दुष्यंत उससे ईर्ष्या करता। भौंरा शकुंतला के कान के पास से गुनगुनाते हुए भटकता और उसके होंठ छू लेता। दुष्यंत उससे और ईर्ष्या करता। शकुंतला उससे तंग आ जाती। सखियाँ कहतीं कि राजा दुष्यंत को पुकारो, वही तुम्हारी रक्षा करेंगे; क्योंकि इस राज्य में सब कुछ की रक्षा का दायित्व उन पर ही है। दुष्यंत अपने को छिपाते हुए शकुंतला और उसकी सखियों के बीच प्रकट होता। अनसूया उससे शकुंतला के जन्म का वृत्तांत कहती, जिससे ज्ञात होता कि शकुंतला महर्षि विश्वामित्र और अप्सरा मेनका की संतान है। विश्वामित्र और देव-समाज से मिले घात के बाद मेनका उसे अरण्य में छोड़ गई थी—मुक्त आकाश के नीचे, एक वृक्ष के तले, प्रकृति की सीधी साक्षी में। वहाँ गिद्धों ने उसकी सुरक्षा की और इसके बाद महर्षि कण्व ने अपने आश्रम-आश्रय में रखकर उसे प्यार और पोषण दिया। शकुंतों[47] ने उसे बचाया, इसलिए वह शकुंतला हुई... दुष्यंत अनसूया को बीच में ही टोकता और शकुंतला की सुंदरता का रहस्य समझ जाता। शकुंतला स्वयं दुष्यंत से बात नहीं करती, लेकिन कान लगाकर सुनती कि

47. गिद्ध, पक्षी।

वह उसकी सखियों से क्या कह रहा है। वह उसके सामने अपना मुख नहीं करती, लेकिन उसकी आँखें दुष्यंत को ही देखती रहतीं। प्रेम उन दोनों पर एक साथ चलता और उनमें रह जाता...

कथाकार

मैं उसे भूल नहीं पा रहा था। मेरा दायरा सीमित था। मैं जिधर भी रुख़ करता, उसकी याद से टकरा जाता। मैं आवृत्तियों से थक और टूट गया था। मैं एक रेल में सवार हो गया। मैंने कभी उसे भीतर से नहीं देखा था। वह एक जाल थी जिसमें फँसा हुआ, मैं न जाने कहाँ से कहाँ से कहाँ पहुँच गया। मैं उसे बहुत जल्द ही भूलने लगा।

किताब

...विदूषक चिंता जताते कि राजा दुष्यंत नगर क्यों नहीं लौट रहे हैं! नींद गँवाए हुए दुष्यंत से वे इस प्रकार अरण्य-अरण्य भटकने का हेतु पूछते। दुष्यंत कहता—शकुंतला। वह उसके बहुत भीतर धँस गई थी। इधर भयभीत आश्रमवासी उसका भेद जान जाते। वे दुष्यंत से महर्षि कण्व की अनुपस्थिति में आश्रम को सनाथ करने का अनुरोध करते...

कथाकार

एक रेल से दूसरी रेल से तीसरी रेल करते हुए मैंने जाना कि इंसान कहीं का नहीं है। अपनी जगह, अपने घर जैसा कुछ भी नहीं है और सोचो तो सब कुछ अपना ही है! लाखों-हज़ारों वर्ष की सृष्टि-सभ्यता में जीवन कहाँ से चलकर कहाँ पहुँच गया है! इस एक मुल्क में चलते हुए मैंने पाया कि यह कई मुल्कों में चलने के बराबर है! इस मुल्क के भीतर कई मुल्क हैं! मेरी संकीर्ण गलियों से बाहर कितना कुछ खुला हुआ है—प्रवेश

को पुकारता हुआ!

किताब

...महाराज दुष्यंत की कुशलता से आश्रम के विघ्न दूर हो जाते। लेकिन स्वयं उसकी पीड़ा दूर नहीं होती। वह कामदेव को कोसता और कोमलता में कठोरता का, शीतलता में दाह का अनुभव करता। वह शकुंतला की राह जाता और छिपकर उसकी और उसकी सखियों की बातें सुनता। वह प्रेम में पड़ चुकी शकुंतला को मुरझाई पत्तियों वाली माधवीलता-सा दुर्बल, दयनीय और सुंदर पाता। शकुंतला की सखियाँ शकुंतला को सांत्वना देतीं। दुष्यंत अपनी अवस्था को शकुंतला की अवस्था-सा ही अनुभव करता। सखियाँ उन्हें एकांत दे देतीं...

कथाकार

मैंने पुकार-पुकार का पीछा किया।

मैंने पुकार-पुकारकर पीछा किया।

मैंने पुकार-पुकार का पुकार-पुकारकर पीछा किया।

मैंने पटरियाँ छोड़ दीं और कच्चे-पक्के रास्तों पर पैर-पैर होते हुए एक के बाद एक स्थानिकता पार की। मैंने नाव से एक के बाद एक नदी पार की और आँखों से एक के बाद एक क्षितिज। मैं जहाँ गया, वहाँ थोड़ा-सा छूट गया। इस तरह मैं देखी हुई सब जगहों पर बिखरा हुआ था और अनदेखी जगहों पर बिखरने-बिखरने को था। पर तब ही एक रोज़ मुझे मैं बिखरा हुआ मिल गया!

किताब

...दुष्यंत और शकुंतला का गांधर्व विवाह हो जाता। दुष्यंत अपनी सेना समेत आश्रम से नगर के लिए प्रस्थान करता। शकुंतला की सखियाँ चिंतित होतीं और शकुंतला अनमनी। महर्षि दुर्वासा का प्रवेश होता और उनके शाप का भी कि जिसके ध्यान में इतनी मग्न होकर तू मुझ जैसे तपस्वी अतिथि के आने पर भी ध्यान नहीं दे रही, वह स्मरण दिलाने पर भी तुझे उसी प्रकार भूल जाएगा, जैसे पागल मनुष्य अपनी गई बातें भूल जाया करता है...

कथाकार

मैं ख़ुद को ही पहचान नहीं पाया!

मैंने महसूस किया कि अब यह ठहरने, ख़ुद को समेटने और तरतीब देने का वक़्त है। मैंने रेत पर तेज़-तेज़ चलना शुरू किया। मैंने क़रीब-क़रीब भागना शुरू किया। मेरी लंबी-लंबी साँसें सड़क के गपड़चौथ तक आते-आते बहाल हो गईं। यह एक नया शहर था। इसका शोर मुझे एक सहजता में बहुत हद तक मेरे बचपन के छूटे हुए शहर के शोर-सा ही आकर लगा। मैंने अपने में ढूँढ़ा कि मुझे भाषा के सिवा और क्या आता है। मैंने पाया कि बचना। मैं बचा। इस हुनर से उमीद करके, मैंने जैसे-तैसे ख़ुद को समेटा और तरतीब दी।

मैं ख़ुद को थोड़ा-थोड़ा नज़र आया!

किताब

भूल से भूलना जुड़ा है।

...प्रियंवदा कहती कि शकुंतला का यह प्रथम अपराध है महर्षि, इसे क्षमा कर दीजिए! दुर्वासा कहते कि मेरे कथ्य का मिथ्या होना संभव नहीं,

परंतु अगर शकुंतला अपने प्रेमी को पहचान का कोई आभूषण दिखला देगी तो शापमुक्त हो जाएगी। अनसूया इस आश्वासन को संतोषजनक मानती और कहती कि राजर्षि दुष्यंत ने जाते समय अपने नाम से अंकित अँगूठी स्मृति के लिए शकुंतला की उँगली में स्वयं पहना दी थी, इसलिए शकुंतला की शापमुक्ति का उपाय उपलब्ध है...

कथाकार

मैं 'आवाज़' नाम के एक उर्दू अख़बार में उपसंपादक हो गया। मैं इस अख़बार के दफ़्तर में ही रहता और अख़बार की प्रेस-कॉपी जाने के बाद पूरे दफ़्तर में शहंशाह की तरह टहलता। मुझे इस दफ़्तर के दस सदस्यों-सहकर्मियों को छोड़कर दूसरा कोई चेहरा याद नहीं आता। मेरे संपादक मेरे काम से ख़ुश थे। इस अख़बार के बारह पन्नों का बेशतर हिस्सा अँग्रेज़ी और हिंदी की चीज़ों के तर्जुमे से भरना पड़ता। मैं इसमें माहिर और तेज़ था। मैं हफ़्ते के आख़िरी तीन दिनों में इस अख़बार के ज़रिए उर्दू ज़बान-ओ-अदब की ख़िदमत भी करने लगा। मैंने कुछ अफ़साने भी लिखे, जिन्हें मेरे शाइराना मिज़ाज के संपादक ने उम्दा पाया। उनकी मदद से मेरे अफ़साने देश-दुनिया के कुछ नामचीन रिसालों में छपे। मेरी क़द्र बढ़ी। मेरा दायरा बड़ा हुआ।

किताब

...महर्षि कण्व का प्रवास से आश्रम में लौटना होता। सूक्तियों में वियोग बहता रहता। दुष्यंत की ओर से कोई सूचना या समाचार प्राप्त नहीं होता। शकुंतला गर्भमय होती और उसकी सखियाँ चिंतामय कि पिता कण्व से कैसे कहें : "शकुंतला का राजर्षि दुष्यंत से विवाह हो गया और वह गर्भवती है।" पर पिता को सब ज्ञात होता। आश्रम की यज्ञशाला में उनके

पहुँचते ही उन्हें एक छंदबद्ध आकाशवाणी ने यह सब कुछ बता दिया था। कण्व शकुंतला को उसके पति के घर भेजने की तैयारी में लगते। शकुंतला का शृंगार पूरा होता और पिता की प्रक्रिया। शकुंतला के साथ हस्तिनापुर जाने वाले ऋषिगण बुलाए जाते। पिता अपने आँसुओं को रोकने का यत्न करते। उनका गला रुँध जाता—एक वनवासी-संन्यासी पिता को इतना कष्ट! तब उन गृहस्थों का क्या हाल होता होगा जो अपनी पुत्री को विदा करते होंगे! पिता से वरदान और आशीर्वाद ले शकुंतला प्रस्थान को व्यग्र होती। वन-विरह से दुखी वह वनवासियों की सुकामनाएँ लेती। वन-पवन, वनस्पति और वन-जीव उसके जाने से पीड़ित होते; और वह भी उन्हें छोड़कर जाने से व्यथित होती। पिता के संकेत पर सखियाँ उसे धीरज देतीं। विदाई के क्षण बीतने लगते और भावुकता राह रोकती रहती। विलंब! पिता कहते कि जाओ तुम्हारा मार्ग मंगलमय हो! प्रियजन आश्रम की ओर जाते और शकुंतला दुष्यंत की ओर...

कथाकार

इस दरमियान मुझे मुल्क की राजधानी से निकलने वाले एक मशहूर अदबी रिसाले 'अहद' में सहायक संपादक बनने की पेशकश आई। मैंने इस प्रस्ताव पर "हाँ" कह दी और एक भीगती-ठंडी सुबह वह शहर छोड़ दिया, जिसमें मुझे पुराना कुछ भी याद नहीं आता था। 'अहद' में आकर मैं 'आवाज़' को भी भूल गया और उसके उस दफ़्तर को भी जो महज़ मेरा दफ़्तर ही नहीं, मेरा घर भी था और जहाँ प्रेस-कॉपी जाने के बाद मैं शहंशाह की तरह टहला करता था।

किताब

...महर्षि कण्व का संदेश लेकर ऋषिगण महराज दुष्यंत तक पहुँचते। शकुंतला की दाहिनी आँख फड़कने लगती। वह दुष्यंत को पराई प्रतीत होती। शकुंतला का हृदय काँप उठता। दुष्यंत ऋषिगणों का संदेश सुनता। शकुंतला की धड़कनें बढ़तीं। दुष्यंत उसे अस्वीकार करता। शकुंतला आशा खो बैठती। दुष्यंत उसे कलंकित करता। शकुंतला अपनी अनामिका में अँगूठी को नहीं पाती। दुष्यंत कहता—*दिखलाइए।* शकुंतला रोने-रोने को हो आती। दुष्यंत (हँसते हुए) कहता—*यही स्त्री-प्रतिभा है।* शकुंतला उसे स्मृतियों में ले जाती। दुष्यंत की स्मृति की स्थिति शकुंतला की उँगली की अँगूठी सदृश होती—अनुपस्थित। शकुंतला क्रोधित होती। दुष्यंत अनार्य! शकुंतला रोती। दुष्यंत अचरज में पड़ता। शकुंतला के लिए एक ज्योति आकाश से उतरती और उसे अपनी गोद में लेकर अप्सरा तीर्थ की ओर बढ़ चलती...

कथाकार

यह मेरी ख़ुशनसीबी है कि मुझे बेहतर संपादक मिलते रहे—दफ़्तर में भी और दफ़्तर के बाहर भी। मुझे आज़ादी बहुत थी। उन दिनों सब तरफ़ आज़ादी की अहमियत भी बहुत थी। मैं 'अहद' का रंग बदलने लगा। इस रंग में नए ढंग बहुत थे। मैंने ग़ज़लें छापना बिल्कुल बंद कर दिया। मैं उसकी मुख़ालिफ़त में था। मैंने अदब के हर उस हिस्से के ख़िलाफ़ होना शुरू किया, जिसके लिए औरत सिर्फ़ जिस्म थी। 'अहद' में एक नई स्त्री-छवि नज़र आने लगी...

किताब

...एक मछुआरे को अँगूठी-चोर समझकर सिपाहियों द्वारा पकड़ा जाता। वह कहता कि वह चोर नहीं है, यह अँगूठी तो रोहू मछली काटते समय उसके पेट से मिली... उस पर निर्णय के लिए उसे राजा दुष्यंत के पास लाया जाता। अँगूठी देखकर दुष्यंत की प्रिय स्मृति लौटती। शकुंतला शापमुक्त होती। *शकुंतला... शकुंतला... शकुंतला...* करता हुआ दुष्यंत प्रायश्चित को अधीर होता। वह वसंतोत्सव स्थगित कर देता। वह विदूषक से कहता कि विपत्ति सदा अवसर की प्रतीक्षा में रहती है। उसे शकुंतला की वे आँसू भरी आँखें याद आतीं, जिन्हें देखकर भी वह स्मृतिवंचित और निर्मम बना रहा था...

कथाकार

...लेकिन एक रोज़ 'अहद' में कुछ ग़ज़लें आईं, जिन्हें पढ़कर मुझे बहुत रोज़ से भूली-भुलाई हुई एक स्त्री-छवि याद आ गई। उसकी ग़ज़लों में प्रूफ़ की ग़लतियाँ बहुत थीं और मेरे व्यक्तित्व में। पर उसने एक ग़ज़ल बहुत अच्छी कही थी। मैं इस बीच क्या से क्या हो गया! जबकि उसके बग़ैर कहीं भी कुछ भी होने में कहीं भी कुछ भी नहीं धरा था। मैंने उसे बहुत तकलीफ़ दी, जबकि मैं इस लायक़ नहीं था कि उसे कुछ भी दे सकूँ! मुझे कुछ भी अच्छा लगना रुक गया। मेरी भूख किसी के उपवास का फल बन गई। मैं उसके बहुत पास होना चाहने लगा। उसे पूरी उम्र सुनना चाहने लगा। मुझे पूरा भविष्य याद आ गया।

किताब

...दुष्यंत शकुंतला के एक चित्र के सब दोष दूर करता, फिर भी शकुंतला की सुंदरता का एक अंश भी शकुंतला के चित्र में न आ पाता। दुष्यंत विदूषक से कहता कि पहचानो इस चित्र में शकुंतला कहाँ है? विदूषक कहता कि जलभीगे आम के पेड़ से सटकर खड़ी हुई यह जो थोड़ी-सी थकी हुई-सी दीखती हैं, वह शकुंतला हैं। उनके ढीले जूड़े से फूल गिर रहे हैं। मुख पर स्वेद-कण हैं। उनके साथ में उनकी दोनों सखियाँ खड़ी हैं। दुष्यंत कहता कि यहाँ मैं भी हूँ! मेरी आँखों से जो आँसू गिरा था, उससे शकुंतला के गाल पर का रंग उभर आया है। दुष्यंत इस चित्र को और बनाने लगता। वह शकुंतला की प्रिय नदी बनाता, जिसकी रेत में हंस के जोड़े बैठे होते। वह उसके दोनों ओर हिमालय की तलहटी बनाता, जहाँ हिरणों के झुंड होते। वह एक ऐसा वृक्ष भी बनाना चाहता, जिसके नीचे एक हरिणी अपनी बाईं आँख एक काले मृग के सींग पर रगड़कर खुजला रही हो। वह विकलता में शकुंतला को आभूषण पहनाना भूल ही जाता। वह सिरस का फूल नहीं बना पाता, जिसकी डंठल शकुंतला अपने कानों में खोंसे रखती और जिसका पराग उसके गालों पर ठहरा रहता। वह उसके उरोजों के बीच चंद्र-रश्मियों जैसे कमलतंतुओं की माला भी नहीं बना पाता...

कथाकार

वह नदी-जल पर झुकी हुई ख़ुद को देखती।

मैं कहता, ''तुम्हारे उरोज बड़े-भारी हो गए हैं।''

वह कहती, ''मुझे तो कोई फ़र्क़ नहीं लगता।''

मैं कहता, ''मैं इन्हें तुमसे बेहतर ढंग से देख रहा हूँ।''

वह कहती, ''ये तुम्हारे ही हैं।''

वे मुझे लगते। मैं कहता, ''लाओ दो मुझे तब।''

वह कहती, ''ले लो। मुझे ले लो।''

मैं कहता, ''कैसे?''

वह कहती, ''यह तुम जानो...''

मुझे किया ही नहीं, अनकिया भी याद आने लगा। वह किया-अनकिया जिसके लिए कोई माफ़ी नहीं। वह किया जिसमें सुख था। वह अनकिया जिसमें सुख का और था। किया-अनकिया सब ठहर गया—इस क़दर चलना हुआ।

किताब

...एक भौंरा फिर शकुंतला के मुख-मंडल पर मँडराने लगता। दुष्यंत कोमलतापूर्वक उसे शकुंतला के मुख-मंडल पर से हटने के लिए कहता। दुष्ट भ्रमर कहना नहीं मानता। दुष्यंत उसे धमकाता : ''जिन होंठों को मैंने रति के समय भी बहुत सँभाल-सँभालकर पिया था, उन्हें अगर तूने किंचित भी स्पर्श किया तो मैं तुझे कमल-कोश में बंद कर दूँगा।'' विदूषक कहता : ''महाराज! यह शकुंतला का चित्र मात्र है।'' दुष्यंत जैसे स्वप्न से जागता और कहता : ''क्या सचमुच!''

कथाकार

मुझे जन्म से ही दूसरी ओर से बुलावे आते रहे। उधर भी आँसू थे, इधर भी आँसू थे—इधर-उधर आँसू... दुःखों का अंत मृत्यु के बाद भी नहीं था। इसलिए रूह जिस्म आसानी से नहीं छोड़ती थी। मैंने वक़्त के सिवा कभी किसी दूसरी चीज़ की अहमियत नहीं समझी। आप जिस चीज़ की

अहमियत में रहते हैं, वही चीज़ आपको मिलती है। मैं अगर इंतिज़ार में रहता, तब मुझे इंतिज़ार मिलता; लेकिन मुझे वक़्त मिला। इस वक़्त से मैं आगे की कथा में रहना चाहता था।

किताब

शकुंतला की क़हानी ने माँ को बहुत व्यथित कर दिया और कथावाचिका बुआ की कहानी ने भी, जो अब पूर्ण हो चुकी थी। माँ की बुआ की कथा में सातवाँ अंक नहीं था। उसे एक अंतहीन नाटक मिला था, इसलिए उसने विरह को ही अंत मान लिया था। नाटक जिसमें होश सँभालते ही उसे दरवाज़े बंद मिले। सात साल की उम्र में ही वह बग़ैर गर्भवती हुए माँ बन गई। इस दायित्व में धीमे-धीमे वह इतना खोई कि चढ़ती हुई उम्र के सारे रोमांच चढ़ने से पूर्व ही विदा हो गए। एक रोती हुई बच्ची को सीने से लगाए उसकी पीठ थपथपाते हुए वह एक बंद घर में घूमा करती। वह अपने भाई का इंतिज़ार करती। वह बाज़ार में सर्फ़-साबुन बेचकर सबसे आख़िर में अपनी दुकान बढ़ाकर लौटता। वह एक हाथ में दूध-दही-मिठाई लिए हुए दूसरे हाथ से ताला खोलता और अपना रोना छिपाते हुए बहन का सिर सहलाता, अपनी बच्ची को चूमता। रात में बच्ची और रोती। वह उसे चुप कराता, सुनी-अनसुनी लोरियाँ गाता और सुबह उसे अपनी बहन के सहारे छोड़ घर पर ताला लगाकर बाहर निकल पड़ता। घर और दुकान के बीच कोई मोड़ नहीं था। दो तिथियों के बीच कोई अवकाश नहीं था। रात और सुबह के बीच कोई शाम नहीं थी।

प्रूफ़रीडर

इस पूरी किताब में कहीं-कहीं ऐसे नाख़ून निकले हुए हैं कि जो सीधे पढ़ने वाले के चेहरे पर हमला करते हैं। मैं अपनी संगिनी से अक्सर कहता

हूँ कि वह अपने नाख़ून काट ले और अगर वह उन्हें नहीं काट सकती तो कम-से-कम मेरे चेहरे को तो बख़्श दे।

किताब

बुआ के न रहने के बाद माँ को प्यार याद आया, जैसे : बेनमाज़ी को नमाज़ याद आ जाए।

आशिक़ पढ़न नमाज़ पिरम दी, जैं विच हरफ़ न कोई हू।
जेहा केहा नीत न सक्के, उथ दर्दमंद दिल ढोई हू।
अक्खीं नीर ते ख़ून जिगर दा, वुज़ू पाक कीतोई हू।
जीभ न हिल्ले, होठ न फड़कण, ख़ास नमाज़ी सोई हू।[48]

एक फ़क़ीर बाहर हज़रत सुल्तान बाहू को गाते हुए गुज़रता :

आशिक़ दा दिल मोम बराबर, माशूक़ाँ दिल काहली हू।
तो'अमा वेखे तुर-तुर तक्के, ज्यों बाज़ाँ दी चाली हू।
बाज़ विचारा क्योंकर उड्डे, पैरीं पियोस दवाली हू।
जैं दिल इश्क़ ख़रीद न कीता, दुहाँ जहानों ख़ाली हू।[49]

माँ रोज़ समय से नगर में उस बिंदु पर पहुँचती, जहाँ वह उसे मिल जाया करता था—नगर के पार जाने के लिए, एक निर्जनता में जाने के लिए। वह जाते-जाते उसे बहुत देखता, छूता और चूमता। वह एक दूसरे को बहुत देखते, छूते और चूमते हुए नगर के पार हो जाते—नगर के पार

---

48. आशिक़ प्रेम की नमाज़ पढ़ते हैं, जिसमें अक्षरों का काम नहीं। ऐसी अनबोली नमाज़ सिर्फ़ आशिक़ ही अदा करते हैं। यह हर किसी का काम नहीं। जिनके अंदर प्रीतम से मिलाप की तड़प होती है, वे अपने आँसुओं और ख़ूने-जिगर से वुज़ू करके पाक हो जाते हैं। कोई विरला ही ऐसी नमाज़ अदा करता है, जिसमें ज़बान नहीं हिलती और होंठ नहीं फड़कते।
49. प्रेमी का दिल मोम की तरह नर्म होता है, लेकिन प्रीतम का दिल जल्दी नहीं पिघलता। बाज़ जब ज़मीन पर अपनी ख़ुराक देखता है तो उस पर नज़र टिकाए रखता है; इसी प्रकार प्रेमी अपने प्रीतम को एकटक निहारता है, लेकिन बेबसी की हालत में वह बेड़ियों में जकड़ा हुआ उड़ान नहीं भर सकता। ज़िंदगी के बाज़ार में जो दिल प्रेम का सौदा नहीं ख़रीदता, वह दोनों जहानों की ख़ुशियाँ गँवा बैठता है।

जाने के लिए, एक निर्जनता में जाने के लिए।

संकट में कथा याद आती है, और कभी-कभी कथाकार भी।

कथाकार

उसकी ग़ज़लों में उसका पता था। मैं उसकी तरफ़ रवाना हो गया। मैं सात साल बाद लौटा था। नगर में बहुत कुछ या कहें सब कुछ वैसा ही था, लेकिन यह बहुत कुछ या कहें सब कुछ मुझे बहुत संक्षिप्त और संकीर्ण लग रहा था—जैसे : एक भारी पत्थर से दबा हुआ सिकुड़ापन। मैंने जहाँ भी नज़र उठाई, मुझे फिर बहुत ग़रीबी और बहुत गंदगी नज़र आई। सब तरफ़ जैसे पेशाब महक रहा था। मुझे अपना नगर देखकर उबकाई आ गई। मैं उसके घर नहीं गया। मैं उस बिंदु पर पहुँचा, जहाँ वह मुझे मिल जाया करती थी—नगर के पार जाने के लिए, एक निर्जनता में जाने के लिए।

...और वह मुझे मिल गई।

किताब

माँ अब पुरुषार्थ चाहती थी। वह जल्द से जल्द पुरुष-साथ और पुरुष-हाथ चाहती थी, लेकिन फिर भी उत्साहित नहीं होने के उत्साह में थी; जैसे : यह सात वर्षों का नहीं, सात क्षणों का वियोग हो। आख़िर माँ ने ही उसे खोजा था। दोनों कुछ देर तक एक-दूसरे को देखकर तोताचश्मी करते रहे, फिर दृश्य में जकड़कर हवा बने और नगर के पार हो गए—नगर के पार जाने के लिए, एक निर्जनता में जाने के लिए।

कथाकार

मुझे इस नगर में उसके सिवा और कुछ भी सुंदर नहीं लग रहा था।

मैंने उसे नई दूरियों पर सवार होने के लिए मनाया और हम नगर के और बहुत पार हो गए—एक नए नगर में जाने के लिए।

किताब

वह वर्षा के वृद्ध होने का समय था, जब माँ अपने प्यार के साथ नदी खोए हुए लोगों में बदल गई। यह पद्मिनी की भाँति उसका एक जलाशय से दूसरे जलाशय में जाना था। उसने भागती हुई खिड़की से नीचे देखते हुए एक सिक्का फेंका और हाथ जोड़े और देखते-देखते पटरी-पटरी होती हुई एक धड़धड़ाहट उसे उसके अतीत के नगर से बहुत पार ले गई—एक नए नगर में जाने के लिए।

कथाकार

पार... पार... पार...

पंकदिग्ध पैर लिए हुए मैंने सारे फ़ैसले बहुत मनहूसियत के विरुद्ध लिए।

इस बीच मैं जिनका नहीं था, उनका भी हो गया।

किताब

प्यार बदल और बीत क्यों जाता है!?

कथाकार

नए नगर में कुछ ही रोज़ में कुछ यों हुआ कि अब हमारे बीच पुराना-सा कुछ भी नहीं था—एक दूसरे की स्मृति में व्याकुल होना, एक दूसरे के सपनों में और एक दूसरे की नींद में होना और स्पर्शाकुलता... सब कुछ

बदल और बीत गया था। मैं ख़ुद के बहुत भीतर जाकर पूछता था कि क्या वह अब भी है? क्या मैं उससे अब भी प्यार करता हूँ? क्या मैं उसके बग़ैर ज़िंदा रह सकता हूँ? इन तीनों सवालों का एक ही जवाब मेरे भीतर से "हाँ" की शक्ल में उठता।

आख़िर प्यार के बग़ैर मैं मर क्यों नहीं जाता?

आख़िर प्यार के बग़ैर वह मर क्यों नहीं जाती?

आख़िर प्यार के बग़ैर हम मर क्यों नहीं जाते?

किताब

प्यार बदलता है—बचे रहने के लिए।

वह बीतता है—नई शक्ल के लिए।

उसके बग़ैर हम ज़िंदा रहते हैं—उसके लिए।

कथाकार

एक शे'र कोई बेहतर कह लेता है तो उसमें ऐंठ आ जाती है, उसने तो पूरी ग़ज़ल कही थी; फिर भी मैंने पाया कि उसमें किसी भी चीज़ का कोई घमंड नहीं है। मैं उसके जैसा होना चाहता था। लेकिन ख़ुद से खड़े होने की प्रक्रिया में; मैं इतना गिरा कि तुनकमिज़ाज, ग़ुस्सैल और अड़ियल होता चला गया। मेरा यह रवैया सबके लिए था, उसके लिए भी जिससे मैं प्यार करता था।

किताब

माँ जैसे धोखा खाने के लिए ही बनी थी।

उसका सब कुछ उससे छूट गया था।

वह सब कुछ पाना चाहती थी।

कथाकार

मैं उन दिनों अपने पहले उपन्यास पर काम कर रहा था। मैं एक महान् उपन्यास लिखना चाहता था—एक अनिवार्य उपन्यास—अपूर्व और प्रयोगधर्मी—समग्र दृश्य और अदृश्य की शुभ-कामना से संपन्न; लेकिन सौभाग्य की समझ से रहित दृश्य के लिए नहीं, सुंदर की समझ से रहित दृश्य के लिए नहीं, साहित्य की समझ से रहित दृश्य के लिए नहीं, दृश्य की समझ से रहित दृश्य के लिए नहीं—मैं एक महान् उपन्यास लिखना चाहता था।

किताब

माँ अतिप्राचीनकाल के सप्तऋषियों की पत्नियों की परंपरा में स्थापित हो गई थी—वृहस्पति, अत्रि, क्रतु, अंगिरा, मराचि, पुलस्त्य और पुलह की परंपरा में। माँ का अपना कोई व्यक्तित्व नहीं बचा था। वह सिर्फ़ पत्नी थी, जैसे और पत्नियाँ होती हैं—ख़ुद को देवी या देव-ऋषि-पत्नियाँ समझती हुईं—एक अ-पहचान में।

कथाकार

मैं कोई देव-ऋषि नहीं था। मैं मात्र एक साधारण गृहस्थ था—अपनी अराजकता में भी संतुलित, अपने व्यक्तित्व में भी अपने कृतित्व के प्रति प्रथमतः समर्पित। वह मुझसे अभिन्न थी, लेकिन उसका कृतित्व कहाँ था? उसका व्यक्तित्व कहाँ था? उसकी अराजकता कहाँ थी? मेरी मुक्ति में व्यर्थ ही अपनी मुक्ति तलाशती हुई उसकी प्राथमिकताएँ कहाँ थीं? मैं इतने समर्पण का आदी नहीं था। मैं उसके व्यवहार, विचार और ध्यान

से भटकना चाहता था; ताकि वह अपने केंद्र में आए; लेकिन मेरे समस्त ज्ञान-कांड, मोर्चे और खाते उसकी जानकारी में थे। मेरा सारा रचना-जगत उसकी जाँच के बग़ैर अधूरा था। वह मेरा प्राथमिक अनुमोदन थी। वह मेरी सारी यात्राओं में मेरे साथ गुज़रना चाहती थी, लेकिन उसकी यात्राएँ कहाँ थीं?

किताब

हम स्त्रियों की कुछ बातें इस परंपरा में इतनी ज़्यादा निजी होती हैं कि हम उन्हें दीवारों से भी नहीं कहतीं, जैसे माँ की इच्छा थी कि वह अपनी बेटी पर नज़्में लिखे :

- बेटी
- बेटी होना
- बेटी का पहला क़दम
- बेटी का दूसरा क़दम
- बेटी का तीसरा क़दम...
- बेटी का सोलहवाँ क़दम
- बेटी का फिसलना
- बेटी का गिरना
- बेटी की विदाई
- बेटी की बेटी

बेटी...बेटी...बेटी...बेटी...बेटी...बेटी...बेटी...बेटी...बेटी...बेटी...

इन बेटीबाज़ नज़्मों की एक किताब तैयार कर, माँ उसे बेटी के बाप को समर्पित करना चाहती थी; लेकिन जो उसे एक बेटी की माँ बना सकता

था, वह अपना पहला उपन्यास लिख रहा था; उपन्यास जिसमें बेटियों के लिए कोई जगह नहीं थी।

वह उसका दुर्भाग्य था।

कथाकार

वह मेरा भाग्य थी।

लेकिन मैं भाग्यशाली लेखक नहीं था।

मेरा भाग्य में कोई यक़ीन नहीं था।

मैंने अपने भाग्य से दूर होना शुरू किया।

किताब

माँ बिस्तर पर बहुत वक़्त गुज़ारती—नींद में या इंतिज़ार में।

कथाकार

मैं बिस्तर पर बहुत कम वक़्त गुज़ारता—नींद में या इंतिज़ार में।

किताब

वह उससे अब वैसे ही परहेज़ करता, जैसे माँ सोते समय अपने अंतर्वस्त्रों से करती थी।

कथाकार

''मई के आख़िरी दिन थे...''

—अब इस तरह भी कोई उपन्यास शुरू करता है क्या?

—नहीं।

—लेकिन मैं शुरू करूँगा।

एक माह और जलूँगा, तत्पश्चात् धारासार वर्षा से शुरू करूँगा—असंख्य अनुच्छेद...

रंग-बिरंगे छाते लिए हुए अस्मिताएँ आएँगी। उन्हें ख़ुद पर यक़ीन नहीं होगा। मेरे लिए सब वाक्य पुराने पड़ जाएँगे। मैं शरणरहित भीगता रहूँगा—नई वाक्य-स्थिति(यों) के लिए। वर्षा वर्तमान बनी रहेगी। अपनी मुलायम देह पर बूँदों का भार लिए सहमे हुए कबूतर इस समकालीनता में नष्ट हो जाएँगे। उनकी नई पीढ़ी मुझे पहचानेगी नहीं—इस क़दर अ-पहचान होगी।

किताब

परिचय न जाने कब से नहीं था।

वर्षा न जाने कब से नहीं थी।

सुख न जाने कब से नहीं था—

वर्षागम!

वर्षावृत्म!!

वर्षावर्म!!!

परिचय न जाने कब से नहीं था।

वर्षा न जाने कब से नहीं थी।

सुख न जाने कब से नहीं था—

कथाकार

मैंने 'अहद' की नौकरी छोड़ दी और पूरी तरह लिखकर जीवित रहने का फ़ैसला किया।

किताब

—इस स्थिति से पूर्व वह अपनी दायराबद्ध ज़िंदगी से बहुत ऊबने लगा था। इस रोज़ाना ने उसे और तुनकमिज़ाज और ग़ुस्सैल और अड़ियल बना दिया था। वह बात-बात पर भड़क उठता था। वह सहनशीलता खो चुका था, जबकि वह ऐसा नहीं था! दृश्य उसके वास्तविक स्वभाव से वंचित था और वह भी उसे एक अरसे से प्रदर्शित नहीं कर पा रहा था। दृश्य ने उसे खो दिया था और उसने दृश्य को। वह सब तरफ़ बहुत नापसंद किया जाने लगा। वह लगभग रोज़ ही अवकाश पर रहता या दफ़्तर बहुत देर से जाता था। उसकी दिनचर्या उसके उपन्यास की सबसे बड़ी बाधा थी। वह उपन्यास के बीच होता, तब बाधा बजने लगती और जब बाधा के बीच होता; तब उपन्यास बजने लगता।

माँ अब एक बेरोज़गार के साथ रहती और बजती रहती थी।

कथाकार

सब उपन्यास लिखेंगे, तब नौकरियाँ कौन करेगा?

सब नौकरियाँ करेंगे, तब उपन्यास कौन लिखेगा?

सब नौकरियाँ ही करेंगे, कोई उपन्यास नहीं लिखेगा!

नौकरों और नौकरशाहों से उपन्यास की उमीद व्यर्थ है।

किताब

वह माँ से बेइंतिहा कटने लगा।

कथाकार

मैं दिन का ज़्यादातर समय एक पुस्तकालय में काटने लगा।

किताब

सुख की तलाश भी जाती रही।

कथाकार

वह पुस्तकालय एक ख़तरनाक जगह थी—एक दलदल—मैं उसमें धँसता चला गया। मुझे प्रतीत हुआ कि मैंने बहुत कुछ बहुत देर से पढ़ा है और इस दरमियान महानता, मौलिकता और प्रयोगधर्मिता के भ्रम में बहुत कुछ वैसा लिख दिया है; जैसा बहुत बार पहले भी लिखा जा चुका है।

किताब

सुख आकर चला जाता है और हम इस भ्रम में रहते हैं कि हमने उसे पा लिया था।

कथाकार

उस पुस्तकालय को साल 1922 में एक मारवाड़ी सेठ ने बनवाया था।

किताब

वह आख़िर कौन-से शब्द इस्तेमाल करता था, जो माँ के पास नहीं थे।

उन शब्दों से आख़िर वह कौन-से वाक्य बनाता था, जो माँ के लिए मुमकिन नहीं थे।

वह आख़िर कैसे बरतता था उन वाक्यों को कि उसका बर्ताव माँ का बर्ताव नहीं हो पाता था।

उससे बेहतर शब्द माँ जानने लगी थी—उर्दू और हिंदी दोनों के।

उससे बेहतर वाक्य माँ बना सकती थी—उर्दू और हिंदी दोनों में।

फिर आख़िर क्या वजह थी कि वह इतना व्यस्त था और माँ इतनी अकेली?!

लाइब्रेरियन

वह मुझसे पहले मेरी जगह पर थे। वह यहाँ इस क़दर पढ़ने आते थे कि ताले खोले जाएँ इससे पहले ही सीढ़ियों पर बैठकर अख़बार पढ़ते हुए उनके खुलने का इंतिज़ार किया करते थे। इस सिलसिले में वह इतने ज़्यादा अनुशासित और नियमित थे कि लंबे समय से बग़ैर किसी योग्य लाइब्रेरियन के गतिशील इस पुस्तकालय के अध्यक्ष बना दिए गए। वह संस्था जिसके अंतर्गत यह पुस्तकालय आता है, उसके मंत्री उनसे बतौर कथाकार बहुत परिचित थे। मंत्री एक संपन्न और समझदार व्यक्ति थे। उनकी वजह से ही यह पुस्तकालय बच पाया, नहीं तो यहाँ कबके होटल या दुकानें बन गई होतीं। वैसे यह पुस्तकालय सतत संकट में ही है। दरअस्ल, यह पुस्तकालय बिल्कुल बीच बाज़ार है और संस्था में शामिल (मंत्री को छोड़कर) किसी भी व्यक्ति की दिलचस्पी इसे बचाने की कम-से-कम चालीस-पैंतालीस साल से नहीं है, क्योंकि पुस्तकालय बाज़ार की ज़रूरत नहीं है—बिल्कुल बीच बाज़ार की तो बिल्कुल भी नहीं।

कथाकार

पुस्तकालय में सब तरफ़ मुश्किलें ही मुश्किलें थीं—अद्‌भुत संग्रह लिए हुए।

इस पुस्तकालय की स्थापना इस परिकल्पना के साथ हुई थी कि अब तक संभव हुई और संभव हो रही बौद्धिकता की लगभग सारी विधाएँ इस जगह संगृहीत की जाएँगी। लेकिन मुश्किल जगहें सबका सरोकार नहीं होतीं। इसलिए धीरे-धीरे पुस्तकालय को एक आसान जगह में बदलने की साज़िश होने लगी—**साज़िश**=किसी को हानि पहुँचाने या अवैधानिक रूप में किसी से कुछ प्राप्त करने के लिए कुछ लोगों का गुप्त रूप में गठजोड़, षड्यंत्र, कुचक्र, किसी को हानि पहुँचाने की गुप्त योजना, दुरभिसंधि, क़ानूनविरोधी गतिविधियाँ।[50]

लाइब्रेरियन

मंत्री के देहांत के बाद से मंत्री हुए उनके पुत्र ने इस पुस्तकालय को बचाने की ज़िम्मेदारी उठा रखी है। लेकिन वह भी अपने पिता की तरह ही संस्था में अकेला पड़ गया है। मंत्री को छोड़कर संस्था में शामिल बाक़ी चार सदस्य क़रीब चार दशकों से इस पुस्तकालय को नष्ट करने में लगे हुए हैं। इन चार सदस्यों में इस इलाक़े का विधायक, उसकी बेटी और दो मशहूर व्यवसायी शामिल हैं। वे इस मुश्किल जगह को सबके लिए आसान बना देना चाहते हैं। वे चाहते हैं कि यह जगह दंतमंजन की तरह रोज़ की ज़रूरत बन जाए, इसके बग़ैर किसी का काम न चले।

---

50. उर्दू-हिंदी शब्दकोश, संकलनकर्ता : मुहम्मद मुस्तफ़ा ख़ाँ 'मद्दाह', पृष्ठ : 681, उत्तर प्रदेश हिंदी संस्थान, लखनऊ, संस्करण : 2012

कथाकार

पुस्तकालय मेरी शरण था। मैं वहाँ पढ़ते-पढ़ते थकता तो लिखने लगता और लिखते-लिखते थकता तो उसके दलदली चक्र में घूमने लगता। वह जगह मुझे बार-बार याद दिलाती कि समय बहुत कम है और एक लेखक को अपना और उसका एक पल भी बर्बाद करने की इजाज़त नहीं है।

मैं पुस्तकालय के सब कोनों, सब अँधेरों, सब दस्तावेज़ों को जान चुका था। मेरी यह जानकारी मंत्री की जानकारी में आ चुकी थी, जब एक रोज़ उन्होंने मुझे याद किया। मेरा परिचय पाकर वह धन्य हुए थे और उनका परिचय पाकर मैं।

लाइब्रेरियन

मंत्री का पुत्र (और अब मंत्री) पेशे से वकील है। वह अपनी इस पेशेवर योग्यता और कुशलता की बदौलत अपने पिता के बाद संस्था का मंत्री बनने में सफल हुआ। वह जानता था कि अगर वह मंत्री नहीं बना तो यह पुस्तकालय बचेगा नहीं और पुस्तकालय का बचाव कितना महत्त्वपूर्ण है, वह यह भी अपने अनुभव से जानता था। आख़िर वह उसके पिता ही थे जो अपनी आख़िरी साँस तक पुस्तकालय के बचाव में लगे रहे। वकील की वैसे व्यक्तिगत रूप से पुस्तकों में कोई विशेष दिलचस्पी नहीं है, लेकिन पुस्तकालय बचाने के इस मानसिक उत्तराधिकार ने उसे बहुत मनुष्य बना दिया है।

कथाकार

मंत्री जी ने कहा था कि आप जब मेरी सारी चिंताएँ जानते हैं, तब मेरी मदद करें और इस पुस्तकालय का अध्यक्ष होना स्वीकार करें। यहाँ सब

कुछ बहुत अस्त-व्यस्त है... यह कहते हुए उन्होंने मुझे नामित किया था और पुस्तकालय की सारी चाबियाँ मुझे सौंप दी थीं। बाद इसके मैं जैसे-जैसे पुस्तकालय को व्यवस्थित करने लगा, मेरा पहले से ही अस्त-व्यस्त सब कुछ और अस्त-व्यस्त होने लगा। मुझे पता भी नहीं था कि मेरे आस-पास शत्रु भी हो सकते हैं—वह भी एक ठीक-ठाक संख्या में। मैंने कभी उनका चेहरा तक नहीं देखा था, लेकिन वे मेरे शत्रु हो चुके थे। मैं उनके मक़सद की आँख में चला गया तिनका था। वे जब पुस्तकालय के चिकने नक़्शे पर हाथ फिराते, तब मैं रड़कता हुआ कुछ था। पुस्तकालय को मिटा देने को पैर-पैर हुई उनकी उतावली कामना के लिए मैं कील था। मैं अपनी निर्जीवता में भी निष्क्रिय और साधारण नहीं था। मैंने जाना कि आपके शत्रु आपके होने का एहसास हैं।

किताब

माँ उसके शत्रुओं में से एक नहीं थी, लेकिन जब माँ ने देखा कि वह अब घर नहीं आ रहा है; तब माँ का मोर्चा बदल गया। वह परंपरा में बहुत रही थी, अब परंपरा में न रहने की परंपरा की शुरुआत करना चाहती थी। वह अपना झँवाया चेहरा लिए हुए मुँडेर पर कबूतरों का प्रेमालाप देखती रहती। कुतिया से फँसे कुत्ते उसे आहत कर देते। वह घुनों का संभोग देखती रहती।

कथाकार

मंत्री जी के न रहने के बाद मंत्री बने उनके वकील बेटे ने भी मुझ पर यक़ीन और मुझे पुस्तकालय का अध्यक्ष बनाए रखा। इस प्रकार पुस्तकालय की चाबियाँ और शत्रु मेरे पास पूर्ववत् बने रहे।

इस वर्तमान में मेरा उपन्यास मुझसे दूर होने लगा।

लाइब्रेरियन

मैं यह सब सुनता आया हूँ कि वकील साहब हमेशा ही अध्यक्ष जी को मना लेते और वह शत्रुओं द्वारा पेश की गईं सारी मुश्किलों के बावजूद यहाँ बने रहते। लेकिन उस रोज़ अध्यक्ष जी बेहद गुस्से में थे। इसकी वजह थी—पुस्तकालय के बंद होते ही पुस्तकालय की बिजली गुल कर दिया जाना। व्यवसायी सदस्यों ने एक बैठक में इसके पीछे ख़र्च बचाने का तर्क दिया था। पर ज़ाहिर था कि यह सब कुछ अध्यक्ष जी को परेशान करने के लिए था, क्योंकि वह रात में यहीं रुकते और लिखते-पढ़ते थे। बहरहाल, उन्हें मोमबत्तियाँ बहुत महँगी पड़ रही थीं।

किताब

माँ ने उसके लिए काँच की शीशी में अपने पाजामे का नाड़ा डालकर और केरोसिन भरकर एक दीया बना दिया था। वह भर रात इसकी ही रौशनी में माँ से दूर बना रहता। इस दूरी में माँ को अँधेरा बेहतर लगता। वह एक बुझी हुई बाती बन जाती। वह अपने हाथों से अपना बदन बरतती रहती।

कथाकार

यह सब कुछ अब मेरी सहनशीलता में समा नहीं रहा था। मैं एक रात दीये का तेल चुक जाने तक लिखता रहा और न जाने कब सो गया। सुबह उठकर सबसे पहले मैं वकील के पास गया और उससे कहा कि मुझे पुस्तकालय के कार्यभार से मुक्त कर दे।

...उस रात बिजली नहीं कटी, सुबह वह सीधे पुस्तकालय पर गिरी।

लाइब्रेरियन

उसकी साड़ी का सिरा उसकी सैंडिल में फँस गया था। अध्यक्ष जी ने उसे उठाने की कोशिश की तो पाया कि वह उठ नहीं पा रही है। तब उन्होंने उसे अपने दोनों हाथों से उठाया और कुर्सी पर बिठा दिया। कुछ उपचार और जलपान के बाद वह सहज और सजग हुई और उसने बताया कि वह विधायक की बेटी है। वह बैठकों में कभी नहीं आती थी, इसलिए उसका चेहरा खोया हुआ था। उसने बताया कि वह अध्यक्ष जी को पुस्तकालय के काम में सहयोग करने के लिए नियुक्त हुई है। इस पर जब अध्यक्ष जी उसका चेहरा पढ़ने लगे, तब उसने कहा कि वह पुस्तकालय-विज्ञान जानती है और पुस्तकालय को व्यवस्थित करना भी। उसने अपना डिप्लोमा सामने रख दिया। वह फ़र्ज़ी लग रहा था।

कथाकार

मैंने विधायक की बेटी से कहा कि यह पुस्तकालय अपने विज्ञान के अनुसार फ़िलहाल पूरी तरह व्यवस्थित है, आप जाइए और 'आब-ए-हयात' लेकर आइए। वह दो घंटे तक 'आब-ए-हयात' ढूँढ़ती रही, फिर उसे भूख लग गई। वह आई और अपने धूल भरे हाथ दिखाकर कहने लगी कि पहले यहाँ सफ़ाई की ज़रूरत है।

लाइब्रेरियन

वह एकदम जाहिल थी। उसने इस पुस्तकालय से पूर्व कभी कोई पुस्तकालय नहीं देखा था। उसने कभी कोई किताब नहीं पढ़ी थी। उसे किताब खोलते ही नींद आने लगती थी, लेकिन वह ट्रिपल एम.ए. थी—उसने ख़ुद ही बताया था—एक बार शादी से पहले संस्कृत में, दो बार शादी

के बाद हिंदी और उर्दू में।

कथाकार

मैंने उससे पूछा कि आपने और कोई नौकरी क्यों नहीं की?

उसने कहा कि मैं बहुत ऊँची जात की हूँ।

मैंने पूछा कि आपके पति क्या करते हैं?

उसने कहा कि उन्हें कुछ करने की ज़रूरत नहीं है।

मैंने उससे कहा कि क्या आपको पता है : छोटे क़द की स्त्रियाँ जल्दी संतुष्ट हो जाती हैं?

उसने कहा कि मुझे नहीं पता!

लाइब्रेरियन

वह नज़रों के सामने न रहे, इसलिए अध्यक्ष जी उसे पूरे पुस्तकालय में नचाते रहते। लेकिन वह कभी कोई किताब नहीं ढूँढ़ पाई—न *फ़वायदुल फ़ुवाद,* न *बाग़-ओ-बहार,* न *दरया-ए-लताफ़त,* न *मुसद्दस-ए-हाली,* न *मुक़द्दमा-ए-शे'र-ओ-शाइरी,* न *शे'र-उल-अजम,* न *आसार-उस-सनादीद,* न *इब्न-उल-वक़्त,* न *आराइश-ए-महफ़िल,* न *उमराव जान अदा,* न *यादों की बरात...*

कथाकार

मैं अति में चला गया था। अतिवाद अतिमहत्त्वाकांक्षी होता है। वह अपने स्वभाव-शिकंजे में इस क़दर जकड़ लेता है कि हिंसा ही हमारा प्रमुख संस्कार बनती चली जाती है। मुझे नए संस्कारों की आवश्यकता अनुभव हुई। मैंने चाहा कि मुझे याद रहे कि कोई किताब देखते ही उसका

उन्वान देखने की इच्छा नहीं उत्पन्न करनी है। मैंने चाहा कि मुझे याद रहे कि इस संसार में मेरा भी कोई है। मैंने चाहा कि मुझे याद रहे कि मुझे कोई देख रहा है। मैंने चाहा कि मुझे याद रहे कि मुझे लिखना है। मैंने चाहा कि मुझे याद रहे कि मुझे याद है।

मैंने उसे बार-बार भूलने की हिंसा क्यों करता हूँ?!

लाइब्रेरियन

धूलग्रस्त पुस्तकों के धूसर और धुँधले पृष्ठों पर दी गई पंक्तियों के प्रकाश से गुज़रते हुए अध्यक्ष जी ने पाया कि एक समय इस पुस्तकालय में आने वाले इन पुस्तकों को बहुत ध्यान और प्यार से पढ़ा करते थे। वे सौंदर्य और महत्त्व को अपनी क़लम से रेखांकित करते थे। वे अपना मंतव्य उनके हाशिए पर भविष्य के लिए पक्की स्याही से दर्ज करते चलते थे...

कथाकार

सौंदर्य और महत्त्व के रेखांकन पर फिरते हुए एक मंतव्य में फँसी मेरी उँगलियाँ काँपने लगीं... मिर्ज़ा फ़रहतुल्लाह बेग देहलवी की 'देहली का आख़री शम्अ' मेरे हाथ से छूटकर गिर गई। उसमें बसी एक छिपकली रफ़्तार में हुई और धूल नहाई पुस्तकों के प्रांत में खो गई...

मैंने अपनी उँगलियों से वादा किया कि मैं उन्हें दूसरे स्पर्श भी दूँगा। उनके पास एक स्त्री की सबसे नाज़ुक दुनिया की यात्रा की याद थी। इस याद में कभी-कभी जब बहुत थकान और चाहने पर भी नींद नहीं आती और रात बीतती ही जाती, मैं इन उँगलियों की ही मदद लेता :

> वह दोनों टाँगे फैलाए हुए बिस्तर पर बिछी होती। मेरी उँगलियाँ उसे भरपूर सहलाने के बाद जीभ के साथ मिलकर उसकी सबसे

नाज़ुक दुनिया को वर्षामय करती रहतीं। उसकी उँगलियाँ मेरे बालों में फँसी होतीं। उसकी टाँगें परस्पर जुड़ने की कोशिश में मेरे सिर को भींचती रहती। वह एक विषम संगीत होती जाती...

और मैं हो जाता—नींद में, स्वप्न में, संस्कार में!

मैंने चाहा कि मुझे याद रहे कि मैंने कभी प्यार किया है। मैंने चाहा कि मुझे याद रहे कि मैं उसका हूँ। मैंने चाहा कि मुझे याद रहे कि मुझे एक नए सिरे से प्यार करने की आदत को इस क़दर सशक्त करना है कि मेरे हाथ उसे देखते ही उसके स्पर्श के लिए व्यग्र हो उठें...

किताब

वह कई दिनों से न नहाया और कई रातों से न सोया हुआ बहुत कमज़ोर-सा बाहर खड़ा था, जब माँ ने उसके लिए दरवाज़ा खोला। वह घुसते ही माँ को चूमने और उसके गले लगकर रोने लगा। माँ उसे भीतर लाई और उसका सिर अपनी गोद में रखकर सहलाने लगी। वह थोड़ी ही देर में भीगी आँखें लिए सो गया। जब वह जागा, तब उसने पाया कि उसका सिर माँ के कंधे पर था और हाथ माँ के पेट पर।

कथाकार

वह जूने से मेरी पीठ रगड़ रही थी, जब मैंने उससे माफ़ी माँगी। माफ़ी माँगना मेरा नया संस्कार था। मैं ग़लतियाँ करने से पहले माफ़ी माँग लेता था।

किताब

माँ उसके साथ नहाई और सोई।

कथाकार

मैं ख़ूब नहाया और ख़ूब सोया।

किताब

"तुम सिर्फ़ मेरे पास रहो और अपना उपन्यास लिखो..."—यह कहते हुए माँ का सिर उसके कंधे पर था और हाथ उसके पेट पर।

कथाकार

मैंने फ़ैसला किया कि मैं पुस्तकालय जाना छोड़ दूँगा।

लाइब्रेरियन

वकील साहब इस बार अध्यक्ष को पूर्व अध्यक्ष होने से नहीं रोक पाए। अध्यक्ष जी पूर्व अध्यक्ष होकर अपने घर और उपन्यास में पलायन कर गए। उनके पलायन के बाद मैं अध्यक्ष हुआ। मैंने होशमंद होते ही अपने बारे में यह जान लिया था कि मुझमें भोक्ता-भाव नहीं है, इसलिए मैंने सब कुछ को द्रष्टा-भाव से देखा। मैंने देखा कि पुस्तकालय की बहुत सारी जगह में अब पुस्तकालय नहीं था... वहाँ अब एक बैंक था, एक डिपार्टमेंटल स्टोर था और एक मिठाई की दुकान भी थी। मैंने देखा कि पुस्तकालय की बहुत कम बची जगह में बहुत महान् पुस्तकें चोरी हुईं। मैंने देखा कि जिनमें सौंदर्य और महत्त्व के रेखांकन और हाशिए पर भविष्य के लिए पक्की स्याही से मंतव्य दर्ज थे, वे पुस्तकें धीमे-धीमे गुम हो गईं। मैंने देखा कि कोई महानता नहीं बची और पढ़ने वालों की गिनती भी। मैंने देखा कि अख़बार पढ़ने वाले दो-चार बूढ़े पुस्तकालय में अब भी नियमित आते और चुपचाप चले जाते। मैंने देखा कि नई नस्ल के लड़के-लड़कियाँ

अपनी किताबें साथ लाते और एक दूसरे को ताकते-ताकते पुस्तकालय में सो जाते। मैंने देखा कि लड़कियाँ छेड़ी हुई लगतीं और लड़के छेड़ते हुए। मैंने देखा कि इस दृश्य में विधायक की बेटी सप्ताह में चार रोज़ सुबह ग्यारह सवा ग्यारह बजे तक आती, दो घंटे का लंच करती और चार बजे निकल जाती। मैंने देखा कि उसकी साड़ी का सिरा अब उसकी सैंडिल में नहीं फँसता था। मैंने देखा कि वह पर्याप्त गिर चुकी थी।

कथाकार

वकील ने पुस्तकालय को बचाने की बहुत जी-जान से कोशिश की, लेकिन उसकी पुस्तकों में स्वयं कोई विशेष दिलचस्पी नहीं थी; पुस्तकालय उसके लिए बस एक प्रतीक भर था, इसलिए पुस्तकालय अब बस प्रतीक भर बचा हुआ था। इस प्रतीक में एक प्रापर्टी डीलर के प्रवेश पाने के बाद वहाँ एक मेडिकल स्टोर खुल गया था, घड़ी की एक दुकान चलने लगी थी और एक पार्किंग भी बन गई थी।

लाइब्रेरियन

मैंने देखा कि वकील साहब अपने मानसिक उत्तराधिकार का भार अपने व्यक्तित्व को अब भी दिए हुए हैं। उनका पुत्र भी बड़ा हो रहा है और चीज़ों को समझने लगा है। वकील के साथ कभी-कभी वह भी पुस्तकालय आता है, जैसे वकील आता था, कभी-कभी, अपने पिता के साथ—विरासत में प्रतीक का महत्त्व समझने। फ़िलहाल यह प्रतीक बचा हुआ है, उसमें खुली नमकीन की एक नई दुकान के बावजूद! कल क्या होगा, कौन जानता है!?

पुस्तकालयों का इतिहास, पुस्तकालयों का विज्ञान और पुस्तकालयों का वर्तमान बहुत दारुण है—इस नई सभ्यता में।

कथाकार

कल जो कभी नहीं आता, उसमें ही पहचाना जाता है सब कुछ...

किताब

माँ ने कंपोजिट ऋण योजना के अंतर्गत राज्य के वित्तीय निगम से पच्चीस हज़ार रुपये के ऋण के लिए आवेदन किया। वह इस पूँजी से नमकीन बनाने का एक लघु उद्योग लगाना चाहती थी। उसने अपना नाम लिखा। उसने अपने किराए के घर का पता लिखा। वह जहाँ कारख़ाना लगाना चाहती थी, उसने वहाँ का पता लिखा। उससे पूछा गया :

क्या आवेदनकर्ता कुशल कारीगर, तकनीकी उद्यमी, अनुभव प्राप्त व्यक्ति हैं ? यदि हाँ, तो उसका संपूर्ण विवरण दीजिए :

—नहीं।

क्या आवेदनकर्ता अनुसूचित जाति, अनुसूचित जनजाति, पिछड़ी जाति का है, अथवा सेना से अवकाश प्राप्त सैनिक है ? यदि हाँ, तो उसका संपूर्ण विवरण दीजिए :

—नहीं।

क्या आवेदनकर्ता या उसके परिवार के किसी सदस्य ने किसी वित्तीय संस्था से कोई ऋण लिया है ? यदि हाँ, तो उसका संपूर्ण विवरण दीजिए :

—नहीं।

आवेदनकर्ता की पारिवारिक आय क्या है :

—दौ सौ रुपये प्रतिमाह।

आवेदनकर्ता का पारिवारिक विवरण दें :

—वयस्क 2 : अवयस्क 0

आवेदनकर्ता कितनी निजी पूँजी प्रस्तावित उद्योग की स्थापना में व्यय कर सकता है :

—एक हज़ार पाँच सौ रुपये।

कारख़ाने की भूमि निजी है या किराए पर :

—किराए पर।

क्या मकान मालिक भूमि और भवन को दस वर्ष—या जब तक ऋण अदा न हो जाए तब तक—के लिए आवेदनकर्ता को देने के लिए तैयार है ? यदि हाँ, तो उसका अनापत्ति प्रमाणपत्र :

—हाँ। प्रमाणपत्र संलग्न।

क्या इकाई संपर्क-मार्गों से जुड़ी है :

—हाँ।

इकाई की जगह में पानी का जमाव या वर्षा का पानी तो नहीं भरता :

—जी नहीं।

मशीनों और कार्यशील पूँजी का विवरण दें :

—स्कीम और प्रोजेक्ट रिपोर्ट संलग्न।

क्या आपके क्षेत्र में विद्युत उपलब्ध है ? शक्ति की आवश्यकता तथा उसके हेतु प्रबंध का विवरण दें :

—विद्युत है। शक्ति की आवश्यकता नहीं।

इस उद्योग में अनुमानित मासिक बचत :

—पाँच हज़ार एक सौ रुपये।

इसके बाद माँ ने ज़मानतकर्ताओं के नाम, पते और हस्ताक्षर दिए तथा एतद् द्वारा प्रमाणित किया कि उपर्युक्त विवरण राज्य वित्तीय निगम से ऋण प्राप्त करने हेतु प्रस्तुत किए गए हैं, इनमें सचाई है और कोई भी सचाई छिपाई या रोकी नहीं गई है। उसने आवेदक के रूप में हस्ताक्षर किए और तारीख़ डाली—8 अगस्त 1979

कथाकार

वह नमकीन बनाने लगी और मैं उपन्यास।

जैसा कि मैं कह चुका हूँ : मैं एक महान् उपन्यास बनाना चाहता था। मुझ पर महानता का बहुत ऋण था। मैंने अपना नाम लिखा। मैंने अपने उपन्यास का नाम लिखा। मैं जिसे यह उपन्यास समर्पित करना चाहता था, उसका नाम लिखा। मैंने स्वयं से पूछा :

क्या उपन्यासकार कुशल लेखक और अनुभवी है ? यदि हाँ, तो उसका संपूर्ण विवरण दीजिए :

—नहीं।

क्या उपन्यासकार अनुसूचित जाति, अनुसूचित जनजाति, पिछड़ी जाति का है, अथवा किसी लेखक संघ-मंच से संबद्ध है ? यदि हाँ, तो उसका संपूर्ण विवरण दीजिए :

—नहीं।

क्या उपन्यासकार या उसके परिवार के किसी सदस्य ने कभी कोई उपन्यास लिखा है ? यदि हाँ, तो उसका संपूर्ण विवरण दीजिए :

—नहीं।

उपन्यासकार क्या करता है :

—कुछ नहीं।

उपन्यासकार का पारिवारिक विवरण दें :

—वयस्क 2 : अवयस्क 0

उपन्यासकार उपन्यास लिखने के लिए क्या कर सकता है :

—कुछ भी।

उपन्यासकार के उपन्यास की भूमि मौलिक है या उठाई हुई या किराए की :

—मौलिक।

क्या मौलिकता—जब तक उपन्यास न लिख जाए तब तक—उपन्यासकार के पास बनी रहेगी :

—हाँ। लेकिन कुछ कहा भी नहीं जा सकता।

क्या उपन्यासकार जनसंपर्क-मार्गों से जुड़ा है :

—नहीं।

क्या उपन्यासकार वर्षा में भीगता रहता है :

—हाँ।

उपन्यासकार को उपन्यास पूरा करने में कितना समय लग सकता है :

—पता नहीं।

क्या आपके क्षेत्र में विद्युत उपलब्ध है ? शक्ति की आवश्यकता तथा उसके हेतु प्रबंध का विवरण दें :

—विद्युत है। शक्ति की आवश्यकता नहीं।

इस उद्योग में अनुमानित मासिक बचत :

—कुछ भी नहीं।

मेरी ज़मानत लेने वाला कोई नहीं था, इसलिए मैंने स्वयं एतद् द्वारा प्रमाणित किया कि उपर्युक्त विवरण उपन्यास-लेखन के संबंध में प्रस्तुत किए गए हैं; इनमें सचाई है और कोई भी सचाई छिपाई या रोकी नहीं गई है। मैंने उपन्यासकार के रूप में हस्ताक्षर किए और तारीख़ डाली—15 अगस्त 1979

अमीन

कवि कह गया है : 'ऋण एक राशि का वर्गमूल'[51] है। इसलिए कोई ऋण लेकर कुछ भी बनाए—नमकीन या उपन्यास—ऋण न चुकाने पर उसका सामना मुझसे होना ही है।

साल 1969 में हुए बैंकों के राष्ट्रीयकरण के बाद ऋण एक अनुष्ठान की तरह संस्कृति में प्रविष्ट हुआ। वह प्रत्येक स्थिति के लिए संभव होने लगा, लेकिन इस चलन में ज़्यादातर जने उसे ले तो लेते थे; चुका नहीं पाते थे। वे भाग जाते थे और मुझे उन ससुरों का पीछा करना पड़ता था।

किताब

माँ माँ बनने वाली थी।

---

51. ऋण—एक राशि का वर्गमूल

साक्षात्!

— गजानन माधव मुक्तिबोध

चाँद का मुँह टेढ़ा है (पृष्ठ 102), भारतीय ज्ञानपीठ (नई दिल्ली), संस्करण : 2000

कथाकार

सारी-सारी रात जब नींद टूटती रहे और करवट बदलते, बिस्तर ठीक करते-करते ही भोर हो जाए; तब यह समझ लेना चाहिए कि लाख न समझने के बावजूद कुछ ऐसा है जिसे समझने की सख़्त ज़रूरत है, लेकिन वह समझ में नहीं आ रहा है। इस स्थिति में बहुत बेहतर है कि बहुत हस्तक्षेप न किया जाए और आँखें बंद कर ली जाएँ—नींद के लिए नहीं, स्वप्न के लिए नहीं, संस्कार के लिए नहीं; बल्कि बेनींद आँखें बंद कर लेने पर नज़र आने वाले दृश्यों के लिए।

यह देखना कहाँ-कहाँ नहीं ले जाता है! क्या बताऊँ क्या-क्या नहीं नज़र आता—एक अव्यय और अक्षय लोक में—जहाँ सब कुछ सुंदर और शोकशून्य है। सब कुछ अपनी पूरी त्वरा, धार और उड़ान में है। फूल ही फूल खिले हुए हैं—एक प्रवाह में। मैं तल तक देख सकता हूँ—एक नदी को और उसके बहाव में तैरते मछलियों के जीवन को, बग़ैर स्पर्श किए ही स्पर्श कर सकता हूँ। मैं तल के पार देख सकता हूँ। मैं अतल के पार देख सकता हूँ। मैं अतल के पार के पार देख सकता हूँ।

रंग—ये मैंने पहले कहाँ देखे हैं!

यह प्रश्न नहीं, विस्मय है।

मैं आँखें खोलना नहीं चाहता हूँ।

मैं जीवन-मृत्यु के रहस्यों से परिचित हो रहा हूँ।

एकदम समीप है—देह-देहांत के बाद का सब कुछ।

एकदम सीधी है मेरी रीढ़।

एकदम शेष हो चुकी है कर्मराशि।

सूख रहा है सब कुछ।

सारा संसार जल रहा है, पर मैं नहीं।

मैं संसार से ऊपर उठ चुका हूँ।

साँस...साँस...साँस...

तीव्र...दीर्घ...क्षीण...!

साँस...साँस...साँस...

अब दोषमुक्त हूँ।

अनंत और सदानंदयुक्त हूँ।

कौन हूँ?

मैं कौन हूँ?

कोई नहीं हूँ!

कोई है?

कौन है?

कोई नहीं है!

देह माध्यम है देखने का, लेकिन आँखें सबसे बड़ी बाधा हैं—विचारों से भी बड़ी—विकारों में ले जाती हुईं।

मैं आँखें खोल देता हूँ।

दिवस बहुत चढ़ चुका है—मेरे ध्यानकाल से बाहर—

निंदास्पद और तुच्छ—क़र्ज़युक्त और कलंकित!

हताशा के नए अध्याय लिखे जा चुके हैं और आशा के कुछ अमर वाक्य भी...

अमीन

मैं उन दिनों कंपोजिट ऋण योजना के अंतर्गत राज्य के वित्तीय निगम से लिए गए क़र्ज़ की वसूली में लगा हुआ था। मैंने पाया कि घर के पते पर घर नहीं थे और कारख़ाने के पते पर कारख़ाने! मैंने पूछगछ की : तब पता चला कि अब वे यहाँ नहीं हैं।

"कहाँ गए?"

"पता नहीं।"

"..."

ज़मानतदारों के साथ भी यही था—

"कहाँ गए?"

"पता नहीं।"

"..."

सब कुछ ऋणग्रस्त था।

किताब

माँ का नमकीन बनाने का कारख़ाना ज़्यादा रोज़ चला नहीं। इस न चलने में ऋण-राशि घर चलाने में चली गई। वह अपने उपन्यास में चला गया—चाय-चाय चिल्लाता हुआ। माँ का स्वप्नकाल समाप्त हो गया। उसका कल्पनाकाल आरंभ हो गया। माँ को उल्टियाँ शुरू हो गईं। उसका सिर दर्द करने लगा। माँ को चक्कर आने लगे। उसका डर बढ़ने लगा। माँ की देह में हीमोग्लोबिन का स्तर कम हो गया। वह स्मृतिकाल में चला गया...

अमीन

जहाँ घर था, वहाँ अब केवल ताला था—उसके कोनों पर घर ख़ाली कर देने के बाद की धूल जमा थी।

जहाँ कारख़ाना था, वहाँ अब केवल समतल था—उसके कोनों पर ईंटें ही ईंटें जमा थीं।

जहाँ ज़मानतदार थे, वहाँ अब केवल खँडहर था—उसके कोनों पर चमगादड़ ही चमगादड़ जमा थे।

वह ऋण लेकर इस आत्मविश्वास से भागी थी कि मानो कभी पकड़ी नहीं जाएगी।

इस प्रकार के आत्मविश्वास का सामना करते हुए मेरी दिनचर्या बहुत बीहड़ थी। मैं रेशम की हाफ़ शर्ट, बेलबॉटम पैंट और नोक वाले भूरे जूते पहनकर सुबह सात बजे घर से निकलता और अपने बैठके में पहुँचने से पहले स्कूटर से वे सारी संभावित जगहें तय करता : जहाँ ऋण लेकर भागे हुए दोषी-दिवालिए छुप-बस सकते थे। मैं उन्हें सुबह दस बजे से पहले-पहले पकड़ने की कोशिश करता। इस कोशिश के बाद मैं अपने बैठके में आता। एक गिलास पानी से कुल्ला करते हुए सारा पान-मसाला खिड़की के बाहर उगल देता। इसके बाद दो गिलास पानी पीता। अपनी उँगलियों से अपने घुंघराले बाल सँवारता। चाय, गुटखे और सिगरेट की तलब को मैं सुस्थिर होने तक स्थगित रखता। मैं थोड़ी ही देर में बैठके के वातावरण के अनुरूप सम पर आ जाता।

मैं इस बैठके में अपना निजी काम करता था, जैसे : खाते खुलवाना, बीमा करवाना, कंपोजिट ऋण योजना के अंतर्गत राज्य के वित्तीय निगम से ऋण दिलवाना, बहुत ऊँची ब्याज-दर पर ऋण देना, ज़र-ज़मीन-जोरू

रखकर ऋण देना... यहाँ मैं शाम सात बजे तक बैठता था और किसी भी काम के लिए मना नहीं करता था। यह बैठका मेरी अस्ल दुनिया थी। मैं सब कुछ को इसमें घसीट लाता था। एक बार जो यहाँ मेरे साथ बैठ गया, वह फिर रहती साँस तक मेरे ही इशारे पर चलता था।

किताब

माँ सुबह-सुबह थोड़ा हीमोग्लोबिन लेने के लिए बाहर निकली हुई थी, जब किसी ने पीछे से उसे उसके नाम से पुकारा।—वह अमीन था। वह सामने आया, उसके चाँदी के दो दाँत चमके और उसने कहा, "आपने तो कभी न खुलने वाले ताले डाल दिए..."

माँ को बहुत घबराहट हुई और उसने थोड़ी दूर जाकर क़ै कर दी। अमीन ने कहा, "आपकी तबीयत ठीक नहीं लग रही, चलिए आपको आपके घर तक छोड़ देता हूँ।" उसने अपना स्कूटर स्टार्ट करके माँ को बैठने का इशारा किया...

कथाकार

मैं क्या था?

मेरे पास क्या था?

मुझे क्या आता था?

इन तीनों सवालों का एक ही जवाब है—भाषा।

लेकिन कुछ विकार भाषा में व्यक्त नहीं हो सकते! जैसे यह मेरे अब तक के जीवन का सबसे विशाल विकार है कि मेरा मल अपनी आजीविका के लिए किसी ने कई बरसों तक अपने हाथों से उठाकर अपने सिर पर

ढोया है।

इस आत्मस्वीकृति से गुज़रते हुए कोई भी सोच सकता है कि मैं शाइर हूँ। लेकिन जैसा कि कह चुका हूँ : मैं शाइर नहीं था, मुझे शाइरी करनी पड़ी; क्योंकि मुशायरे बचे हुए थे। वे इस क़दर बचे हुए थे कि उनसे घर भी चल सकता था। लेकिन मैं ख़ुद को अफ़सानवी तबीयत का शख़्स मानता था; इसलिए अरसा हुआ मैंने शाइरी और मुशायरे दोनों से ही ख़ुद को अलग कर लिया। इन दोनों से घर चल सकता था, इसलिए मैंने घर से ख़ुद को अलग कर लिया। मैंने प्रत्येक उस चीज़ से ख़ुद को अलग कर लिया, जिससे घर चल सकता था। मुझसे घर चल सकता था, इसलिए...

मेरी कल्पना और मेरी स्मृति से मेरे उपन्यास का क्या होगा! मेरी कथा वर्णन से ऊब गई है। कथा जहाँ-जहाँ जा सकती है, वहाँ-वहाँ बहुत जाती है। लेकिन वह डूब गई है—इस भाषा में। उसके ही पात्र उसे ले डूबे हैं—उसके ही पात्र में। उसका रूप शब्द-वस्त्र से बाहर नज़र आ रहा है। वह मृतकों पर दाग़ लगाती हुई, जीवितों के नीचे बिछी हुई है। उसकी बकवास से जानी जा रही है उसकी भूमि, जबकि वह भूमिहीन है। उसकी स्थिति मेरे बचपन के मुहल्ले की तरह ही बदहाल है। इस बदहाल गद्य में आत्मस्वीकृति कविता की तरह बिखरी हुई है। इसे कविता से बचाना; ग़ैरज़रूरी ब्योरों, पात्रों और संवादों की तरफ़ जाना है। यों कथा नाटक होती जाती है। दुनिया में नाटक ही नाटक है। इस नाटक की समीक्षा में उतरते हुए मैं पाता हूँ कि मेरा उपन्यास यहाँ आकर रुक गया है :

> ...ग़रीबी बहुत थी और गंदगी बहुत थी और बहुत ग़रीबी और बहुत गंदगी में शे'र बहुत थे। शब-ओ-रोज़-ओ-माह-ओ-साल ग़रीबी और गंदगी बहुत थी। और जैसा कि कह चुका हूँ : बहुत ग़रीबी और बहुत गंदगी में शे'र बहुत थे। शे'र बहुत ग़रीबी और बहुत

गंदगी को कितना ही खाते, बहुत ग़रीबी और बहुत गंदगी कम नहीं पड़ती थी। वह बहुत थी—ग़रीबी और गंदगी—काली और घनी। उनमें दरख़्त थे। शे'र दरख़्तों के नज़दीक जुगनुओं से मँडराते थे—एक ही सिलसिले के कई-कई शे'र—इस उमीद में कि एक रोज़ उन्हें किसी मुशायरे में पढ़ा-सुना जाएगा।

एक मुशायरे से दूसरे मुशायरे में जाते हुए मैंने कई सरहदें लाँघीं। मैं एक से बढ़कर एक आलीशान जगहों पर ठहरा और उनके भव्य शौचालयों में गया। लेकिन मेरी मुक्ति कहीं भी नहीं हुई। मेरे जीवन के सबसे विशाल विकार का निष्कासन कहीं नहीं हुआ। मैं प्यार में पड़ा, मैं 'आवाज़' में बसा, मैं 'अहद' में रहा, मैं पुस्तकालय में गिरा... मैं जहाँ-जहाँ गया, मुझे अपना वह पहला शौचालय ही याद आया—तीसरी मंज़िल का, जहाँ मैं अपना जल लेकर जाता था। मुझे उतने ही जल में स्वच्छ होना होता था। मेरा मल दूसरी और पहली मंज़िल के मल से मिलते हुए एक ज़मीन पर जमा होता जाता था, जिसे राजकुमारी उठाती थी। वह मेरी माँ की उम्र की थी। वह पहले सारे मल को झाड़ू और बेलचे सरीखे किसी औज़ार से एक जगह समेटती, इससे उसकी तरलता बह जाती; फिर सारे ठोस मल को राख बिछाई हुई टोकरी या बाल्टी में रखती और फिर इस टोकरी या बाल्टी को अपने सिर पर...

मैं कुछ समर्थ होते ही इस दृश्य से मुक्त हुआ, लेकिन इसकी स्मृति से कभी नहीं—मैंने बहुत चाहा, लेकिन चाह कर भी नहीं। मेरी सारी कल्पनाओं पर हावी यह स्मृति मुझे बार-बार बंजर करती रही। मैं जहाँ-जहाँ गया, मुझे यह याद घेरती रही। ज़ीरो वॉट के बल्ब की रौशनी में डूबी अँधेरी जगह या दो ईंटों को रखकर बनाई गई जगह या अपनी गंध से समीप की मनुष्यता को अनुकूलित कर चुकी

जगह... मैं जहाँ-जहाँ गया, उनका ख़ाली मिलना दिन की सबसे बड़ी उपलब्धि रही। उनके बाहर जल से भरा एक ड्रम रखा रहता। मैं अपना जल लेता, स्वच्छ होता और बाहर आकर एक बाल्टी भर जल ड्रम से भरता और हुआ-अनहुआ सब बहा देता।

मैं कुछ और समर्थ होते ही इस दृश्य से भी मुक्त हुआ, लेकिन राजकुमारी अपने सिर पर मेरा मल लिए ही रही। मैं जहाँ-जहाँ गया, वह मेरे साथ रही। मैं खुली ज़मीन पर भी गया, तब भी मुझे यही लगा कि मेरा मल तीसरी मंज़िल से दूसरी और पहली मंज़िल के मल से मिलते हुए नीचे गिर रहा है—मकान के पिछवाड़े। राजकुमारी आ चुकी है। मेरी माँ उसका बहुत कम दरमाहा—जो कितना भी होता, कम ही होता—ज़मीन पर रख रही है। मेरी माँ उसकी होली, उसकी दीवाली, उसकी ईदी ज़मीन पर रख रही है। मेरी माँ अपने सिर से लेकर पाँव तक मल की गंध में महकती, पान चबाती, अपने नाम गुदे हुए हाथ से ज़मीन पर रखा दरमाहा और होली और दीवाली और ईदी उठा रही है। मेरी माँएँ आपस में बीमारियों के बारे में बतिया रही हैं।

मुझे लगता है कि मैं अपनी चमड़ी ख़ुद से अलग कर दूँ।

मुझे लगता है कि मैं अपनी गीली आँखें कंचों की तरह बाहर निकालकर रख दूँ।

मुझे लगता है कि मैं अपने हाथ राजकुमारी को बेलचा बनाने के लिए दे दूँ।

> कंघी मोहाल, कुली बाज़ार, कोपरगंज, खपरा मोहाल, ग्वाल टोली, चमनगंज, टुकनिया पुरवा, नवाबगंज, प्रेमनगर, फ़ेथफ़ुलगंज, बकरमंडी, बाँसमंडी, बाबू पुरवा, बूचड़ख़ाना,

बेकनगंज, बेगम पुरवा, भूसा टोली, मैसिया हाता, रेल बाज़ार,

लाटूश रोड, शीशामऊ, सुजातगंज, हड्डी गोदाम, हूलागंज...

कहाँ हो राजकुमारी?

मैं जहाँ-जहाँ गया—शुष्क शौचालयों से जलचालित शौचालयों तक—घूम-घूमकर राजकुमारी के रंग और उसकी गंध मेरे पीछे-पीछे और आगे-आगे...

मैं पंक्तियों में लगा रहा।

मैंने अपनी बारी का इंतिज़ार किया।

मैंने हुआ-अनहुआ सब बहाया।

मुझे आगे चलकर ऐसे शौचालय सुलभ हुए जो नितांत मेरे थे। वे मुझे पंक्तियों और प्रतीक्षाओं से दूर ले गए। उनमें जल ही जल था—मेरी उँगलियों पर बराबर नाचता हुआ। वे कितने गंदे हो सकते हैं, मैं जानता था; लेकिन वे इतने साफ़ भी हो सकते हैं; यह अपने अनुभव से जब मैंने पहली बार जाना—मैं हगते हुए रोने लगा।

मैं जहाँ-जहाँ गया, जल्द से जल्द फ़ारिग़ हुआ। मैं जहाँ-जहाँ गया, बर्दाश्त नहीं होने पर ही गया। मैं जहाँ-जहाँ गया, बहुत नियमबद्ध ढंग से गया। मैं जहाँ-जहाँ गया, बहुत ज़रूरत पड़ने पर ही गया। लेकिन अब मेरे पास ऐसे शौचालय हैं; मैं जिनमें बग़ैर ज़रूरत भी बैठता हूँ और कोई बाहर से चिल्लाता नहीं, कोई दरवाज़ा नहीं पीटता कि जल्द निकलो। अब मुझे बहुत देर लगती है। अब मैं बर्दाश्त नहीं करता। अब मेरे जाने का कोई नियम नहीं है।

मैं जीवन में आए एक-एक शे'र पर, मैं जीवन में आए एक-एक अफ़साने पर, मैं जीवन में आए एक-एक शौचालय पर देर तक ध्यान लगाता हूँ; लेकिन इस विशाल विकार से मुक्ति नहीं कि मेरा

मल अपनी आजीविका के लिए किसी ने कई बरसों तक अपने हाथों से उठाकर अपने सिर पर ढोया है।

इस विशाल विकार से मुक्ति नहीं—न शाइरी में, न अफ़साने में, न शौचालय में...

कहाँ हो राजकुमारी!

किताब

वह शौचालय में मृत पाया गया और उसका उपन्यास भी।

अमीन

वह ऋण चुकाने की स्थिति में नहीं लग रही थी—कहीं से भी। मैंने उससे कहा कि वह फ़िक्र न करे। उसने फ़िक्र नहीं की। मैंने उसके हाथों पर अपने हाथ रख दिए। वह खड़ी हो गई। मैं भी। वह बैठके से बाहर जाने लगी। मैं भी। वह इंपीरियल टॉकीज़ पर लगा पोस्टर देखने लगी। मैं भी। मैंने कहा कि यह एक फ़ुहश फ़िल्म है, हम कोई और फ़िल्म देख सकते हैं। मैं उसे 'निशात' ले गया। सिनेमाघर रिक्शेवालों की महक से, इंटर कॉलिज के लड़कों के शोर से और पस्त नहीं हुए बूढ़ों की उम्मीद से गूँज रहा था। इस गूँज से बाहर लू चल रही थी। कुछ देर में अँधेरा हुआ और फ़िल्म शुरू होने को हुई।

किताब

चेतना आई।

चेतना गई।

वह फिर आएगी।

मैं याद कर सकती हूँ कि वह कौन-सा पल था, जब चेतना मेरी ज़िंदगी में आई।

वह दूरदर्शन का दौर था, जब मुझे समझ में आया कि चेतना एक दुखांत फ़िल्म है—बोरिंग और बोगस भी। लेकिन सब कुछ का एक समय होता है।

चेतना समय से आगे थी।

वह आई और उसने कवितानुमा कुछ कहा :

"जिसकी ज़िंदगी में मैं हूँ,
उसके लिए सबसे ज़रूरी मैं हूँ :
मुझे छोड़ना मुमकिन नहीं।"

मैं उसे छोड़ना भी कहाँ चाहती थी!

मैं उसे छोड़ भी कहाँ सकती थी!

ये हक़ भी उसके ही पास थे।

मैंने चेतना के लिए अपने पैरों पर खड़े होते ही सारे सहारे झटक दिए। इसलिए जब चेतना आई : मैं गुनगुना उठी।

मैंने माँ को माँ और ईश्वर को ईश्वर कहा।

मैंने पिता को पिता और पत्थर को पत्थर कहा।

लेकिन मैंने चेतना को चेतना नहीं सीमा कहा।

सीमा ने मुझे मेरे सूखे पत्ते सरीखे चेहरे पर लगी आँखें बंद करना सिखाया। उसने कहा कि अपनी आँखें अंदर की ओर खोलो—बाहर मँडरा रही माया से मुक्ति के लिए। एकदम अपनी भूमि पर रहो और स्वयं को स्थिर करो। मन की एकाग्रता के अभ्यास में लगो। अंदर खुली हुई आँखों

से अपनी नाक के अग्रभाग को देखो, सारा ध्यान नासिका-द्वारों पर लगाओ और कुछ देर बाद सारे शरीर में प्रकट-नष्ट-प्रकट हो रही संवेदनाओं को देखो और सारी सीमाओं को भूल जाओ... केवल एक ही सीमा को याद रखो, उस सीमा को जिसकी कोई सीमा नहीं है—चेतना।

इस प्रक्रिया में मुझे शुरू-शुरू में बहुत पीड़ा हुई, यों लगा कि एक भाला है जो मेरी दोनों आँखों के बीच—स्थित आज्ञाचक्र में—धँसता जा रहा है। मुझे इस पल में रहना था, पर मैं अतीतग्रस्त और भविष्यमय होती चली गई। मुझे लगा कि मेरे भीतर-भीतर रक्त अपना सहज और प्राकृतिक प्रवाह तोड़कर-छोड़कर बह रहा है। मेरे भीतर मानो कुछ क़त्ल हुआ हो। मुझे इस प्रक्रिया में मज़ा आने लगा। मुझे लत लग गई।

मैं इस आदत के अवकाश में जब आँखें खोलती तो देखती चेतना साथ छोड़ रही है! वह गहरी साज़िशों में फँसी हुई है। वह बहुत टूटी और बिखरी हुई है। मैं फिर गुनगुना उठती।

मैंने चेतना को पाने के लिए, सच के सिवा कभी कुछ और नहीं बोला। लेकिन चेतना ने कहा कि मैं बेहतर, सुंदर और विश्वसनीय झूठ बोलती हूँ। मेरे मन में चेतना की कोई पवित्र प्रतिमा नहीं थी। चेतना सारे संस्थानों के चक्कर लगाती थी, इसलिए उसकी वास्तविक प्रतिबद्धता बेरंग थी। वह तटस्थ और घुलनशील थी और काम करने में यक़ीन रखती थी, भले ही काम करते हुए; वह किसी काम की न रहे।

चेतना का माफ़ कीजिए चेतना की कार का टायर अगर पंक्चर हो जाए, तब वह मदद केवल इस शर्त पर ही स्वीकारती थी कि मददगार इस तथ्य का ध्यान रखे कि चेतना ने मदद माँगी नहीं थी।

अमीन

'चेतना'[52] में देह से देह के टकराने के कुछ दृश्य थे, जब मैंने उसके गले से ले जाते हुए अपना पूरा हाथ उसके कंधे पर रख दिया। कुछ ही क्षणों में मेरे हाथ और नीचे उतरने लगे। कुछ ही क्षणों में मैं उसके होंठ चूसने लगा। कुछ ही क्षणों में मैं उसका पेट सहलाने लगा... उसके भीतर कोई था। मैं उसकी नाभि में कुछ देर तक और चूत में कुछ और देर तक उँगली घुमाता रहा। फिर मैंने पीछे से उसके पेटीकोट में हाथ डाला—मेरे नाख़ून पूरी उत्तेजना से उसके ठंडे चूतड़ को नोचने लगे...

किताब

माँ लंबी-लंबी साँसों के साथ उठकर बाहर आ गई।

अमीन

मैं उसके पीछे-पीछे भागा, पर वह मुझे कहीं नहीं दिखी...

किताब

मैं होने को थी, जब मेरी माँ को उस नगर में घुसना पड़ा जो कुछ बरस पहले उससे छूट गया था। यहाँ कुछ खोने, खो जाने और खोते ही जाने के वृत्तांत में अब सब स्थान और संस्थान बेहद संक्षिप्त हो गए थे; सब स्थितियाँ बेहद सीमित और सब जन बेहद संकुचित हो गए थे। वे बहुत नई उम्र की बहुत लंबी सड़कें जो कभी बीतते नहीं बीतती थीं, अब कुछ

---

52. यहाँ दुर्लभ फ़िल्मकार बाबू राम इशारा (1934-2012) की फ़िल्म 'चेतना' (1970) का संदर्भ है। बी. आर. इशारा की फ़िल्मों से ज़्यादा कभी-कभी उनकी फ़िल्मों के नाम आकर्षित करते हैं—'मान जाइए', 'ज़रूरत', 'नई दुनिया नए लोग', 'चरित्र', 'बाज़ार बंद करो', 'लोग क्या कहेंगे', 'औरत का इंतिक़ाम', 'सौतेला पति', 'वह फिर आएगी'...

देर चलने पर ही ख़त्म हो गईं। चंद पलों में ही कई मुहल्ले पार हो गए।

माँ अपने मुहल्ले में घुसी—वहाँ कुछ भी उसके समय-सा नहीं था। माँ सब कुछ को जान-पहचान रही थी, लेकिन वहाँ अब कोई उसे जानता-पहचानता नहीं था। अब सब कुछ बहुत सिकुड़ा-सिमटा हुआ था।

माँ बहुत देर तक एक गली से दूसरी गली में घुसती और भटकती रही। इस भटकन में जैसे ही कोई गली मुख्य मार्ग पर खुलने लगती, माँ पीछे पलट पड़ती।

आख़िरकार माँ ने अपने बहुत युवा दिनों के घर को देखा। वह ख़ाली और ख़यालरहित था। वह भरते ही ढह सकता था। माँ सँभल-सँभलकर उसमें घुसी और एक पुराने परिचित से लगते अपरिचित को पा गई। परिचित-अपरिचित की निगाहें हैरत में थीं, मदद में वह कुछ देर में हुईं; जब माँ ने कहा :

''यहाँ कभी हम रहते थे।''

''हम कौन?''

''मेरे पिता, मेरी बुआ और मैं...''

''ओह!''

माँ धीरे-धीरे वहाँ बस गई। लेकिन उसने पाया कि वह ज़्यादा दिनों तक इस दृश्य में बस नहीं सकेगी।

उसकी ग़ज़ल उससे छूट गई थी।

उसकी नज़्म उसने कही ही नहीं थी।

उसकी तन्क़ीद उससे हुई ही नहीं थी।

उसका अफ़साना खो गया था।

उसका उपन्यास मर गया था।

माँ कभी बहुत सम्मानित थी, अब उसे पता चल रहा था कि अपमान क्या होता है! वह नहीं चाहती थी कि उसकी संतति यहाँ पले-बढ़े। वह अपनी अभी-अभी जन्मी बच्ची को लेकर अपने बचपन का पूरा नगर घूमी जो उसके लिए घंटाघर से शुरू होकर एक बड़े चौराहे तक जाते-जाते ख़त्म हो जाता था।

माँ पर वर्षा धीमे-धीमे गिर रही थी। उसके रचे कीचड़ के छींटे माँ की चप्पलों से उठते हुए माँ की कमर तक आ रहे थे। माँ की साड़ी पर के सारे सितारे इस गंदगी में डूब चुके थे।

माँ उस दुकान में गई, जहाँ उसके पिता साबुन और सर्फ़ बेचा करते थे। वह बंद थी। माँ उस पुराने घर में गई, जहाँ वह अपनी बुआ के जन्म के सात साल बाद जन्मी और उसकी देखरेख में कुछ बड़ी हुई और उसके साथ कई साल बंद रही। वह ढह चुका था। माँ वहाँ गई, जहाँ एक मुशायरे में वह उसे मिला था—उसका पहला और पहला और आख़िरी प्यार।

बूँदें... बूँदें... बूँदें...

माँ फिर गली-गली घूमी और विकल हुई—नगर के पार जाने के लिए, एक निर्जनता में जाने के लिए।

माँ नगर पार करके जब गढ़ी पहुँची, तब तक रात हो चुकी थी। उसने अपनी सोई हुई बेटी को गढ़ी के चबूतरे पर किसी क़ीमती सामान की तरह बेहद सँभालकर रखा और देखते-देखते ग़ज़ल हो गई। उसकी बहर जाँचने की ज़रूरत नहीं थी। वह दृश्य से ख़ारिज हो चुकी थी।

लेखक

वह अपने उपन्यास से बाहर अपना उपन्यास लिखे जाने से पहले अपने उपन्यास की केंद्रीय पात्र—माँ—की बुआ द्वारा सुनाई गई कथा

की शकुंतला हो गई थी। गढ़ी में रहने वाले दो साधु भाइयों ने जटायु और संपाति की तरह उसे सुरक्षा दी। वहाँ कोई महर्षि कण्व नहीं था, इसलिए इन शकुंतों की देखरेख में ही वह गढ़ी में पली-बढ़ी—एक उम्र तक।

ज्योतिषी

उसका हाथ दार्शनिक हाथ नहीं था। वह एक आदर्श हाथ भी नहीं था। लेकिन इसके बावजूद आरंभ में उसकी रुचि अंत तक नहीं रहती थी। वह आरंभ को मध्य में ही त्याग देती थी। उसका हाथ आदर्श और कला के बीच का हाथ था। वह कोमलता और लचक लिए हुए था। उसकी हड्डियों के सभी जोड़ समानुपाती थे। उसकी आभा गुलाबी थी। उसकी उँगलियाँ सुनिर्मित, पतली और लंबी थीं।

उसका हाथ बहुत कलात्मक था।

उसका हाथ बहुत सुंदर था।

उसका हाथ बहुत अस्थिर था।

भिक्षु

वह अपनी अस्थिरता में अपना अंत देखते हुए गई।

प्रूफ़रीडर

इस किताब के अंत में मैंने पाया कि इस किताब की मुख्य किरदार माँ को सही उस्ताद नहीं मिला और इसलिए उसकी ग़ज़ल उससे छूट गई। वह मुशायरे से नहीं जुड़ पाई। मैं ऐसी कुछ और माँओं को भी जानता हूँ। वे भी ग़ज़लें कहती थीं—अदा, हया, तमन्ना, तरन्नुम, तबस्सुम-से नाम लिए हुए। वे मेरा पड़ोस थीं। मैं दरीचों-छज्जों-छतों से उन्हें देखता-जाँचता-घूरता

रहता था। वे सब तरफ़ नंगे पैर-पैर हवाओं-सी मौजूद थीं—आहिस्ते-आहिस्ते एक एहसास होती हुईं। वे कभी झाँकतीं, कभी खटखटातीं, कभी भागतीं। वे अक्सर गीले कपड़े सुखातीं। वे इस कायनात में सुंदर धूप की तरह थीं। वे बारिश की तरह भी थीं और ख़्वाब, ख़्वाहिश और ख़ुशबू की तरह भी। उन्हें एक झलक देखना उल्फ़त में उलझना था, लेकिन फिर भी सब उन्हें आँख भर के देखते थे। मैं उन्हें ख़त में अब तक मुमकिन हुईं महान् ग़ज़लें भेजता था। वे पढ़कर जला देती थीं। मैं उन्हें फिर भेजता था। वे फिर जला देती थीं। मैं उन्हें फिर अपने ख़ून से लिखी हुई और महान् ग़ज़लें भेजता था। वे फिर-फिर जला देती थीं—अदा, हया, तमन्ना, तरन्नुम, तबस्सुम... सब जला देती थीं। ऐसे ही शायद एक रोज़ उन्होंने अपनी कही हुई ग़ज़लें भी जला दीं। इस सिलसिले में एक रोज़ वे उर्दूवालियाँ घरवालियाँ हुईं और एक रोज़ बीमार होकर खाँसते-खाँसते गुज़र गईं। लेकिन मुशायरे बच गए... और अब उनमें कुछ शाएराएँ भी थीं—अदा, हया, तमन्ना, तरन्नुम, तबस्सुम-से नाम लिए हुए...

लेखक

कल और आज मैं उस दर्द के बारे में सोचती रही

जो मेरे लिए नहीं बना

और इस अवधि में मैंने तय किया—

बहुत जल्द मैं अपना बहुत कुछ निरस्त कर दूँगी

ऐसा मैं पहले भी करती आई हूँ

शीर्षक नहीं पंक्तियों से प्यार है मुझे

कि जिन्हें मैं समझने के स्वगत में हूँ

संभवतः मैं उन्हें उसी रूप में चाहती हूँ

जिसमें स्वीकार नहीं

जिजीविषा की अंतिम कथा-सा

जिसे मैं शब्द न दे सकी

वह भी यथार्थ था

पाप के बाद प्रायश्चित जितना निरर्थक... वह भी...[53]

संपादक

उसने किताब पूरी होने तक हम सबको इस्तेमाल किया और किताब पूरी होने के बाद भी। वह जब इस भाषा के अत्यंत संकीर्ण दायरे में कथित रूप से कामयाब हो गई, तब वैराग्य का विशाल पाखंड करने लगी। वह हम सबको पुल समझती थी और हम सब समझते थे कि हम उसकी ले रहे हैं!

कवि

अफ़वाहें इंसान की औलाद नहीं होतीं, वे शैतान की जायी होती हैं; इसलिए जन्म लेते ही फैलने लगती हैं। जब संपादक महोदय ने एक रोज़ हल्के नशे में मुझे बताया कि वह आज-कल उसके साथ सो रहा है, मैं जान गया कि अब इस बात के पाँव निकल आएँगे।

आलोचक

वह मुझे पूरा करने तक लिए रही।

---

53. गढ़ी के अपने अंतिम दिनों में लिखी गई लेखिका की एक आरंभिक कविता, जिसे बाद में एक कवि-लेखक ने चुराकर अपने नाम से प्रकाशित करा लिया।

प्रकाशक

वह हमें पसंद थी, हमने उसे प्रकाशित किया।

लेखक

मैं अगर सच बताने लगूँ, तब कायरताएँ काफ़ी जगह ले लेंगी। दरअस्ल, उस रात उसने मुझे पुकारा था—यह कहते हुए, ''मैं सब तरफ़ से घिर गई हूँ।'' उसे लेकर मेरे मन-मस्तिष्क में कभी कोई प्रश्नचिह्न नहीं रहा, जबकि उमगते ही उसे मंचाधीशों ने बार-बार मंच दिया और मठाचार्यों ने बार-बार प्रवेश। लेकिन उसे लेकर मेरे मन-मस्तिष्क में एक विस्मयादिबोधक ज़रूर रहा कि आख़िर वह सब कुछ इतना जल्दी क्यों चाहती थी!

प्रूफ़रीडर

संकट में श्रम चाहे जिसका हो, अंततः श्रेष्ठ के ही काम आता है।

आलोचक

प्रतिकार का शिल्प जानते हुए भी उस व्यक्ति के प्रति साहस प्रदर्शित नहीं करना चाहिए, जिसने कभी आप पर कोई उपकार किया हो।

प्रकाशक

जब अपनी ही चीज़ की इतनी चर्चा हुई, तब हमने भी उसे पढ़ ही लिया।

कवि

उसकी कीर्ति-कथा का कीर्तन जब सब तरफ़ इस क़दर होने लगा कि क्या कहा जाए, तब मेरे जी में आया कि उसकी हत्या कर दूँ।

आलोचक

मैं जानता हूँ : जब स्त्री छोड़कर जाती है, तब कैसा लगता है। लेकिन इसका अर्थ यह नहीं कि हम उसकी हत्या कर दें।

ज्योतिषी

शुक्र का निम्न स्थान में होना यानी दुर्घटना...

भिक्षु

वह एक दुर्घटना थी।

संपादक

मुझे उसकी हत्या करनी ही थी।

प्रकाशक

हत्या हमारे व्यवसाय की आधार-भूमि है।

लेखक

वह वेध्य थी, लेकिन वध्य नहीं।

लेखिका

एक समय आता है, जब चीज़ें 'एक समय था' से शुरू होने लगती हैं।

एक समय था : जब कितना सहज था—लिख लेना... अब नहीं है। कविताएँ आएँगी ही, वे आती ही हैं, उन्हें आना ही होगा—यह सोचकर बहुत सारी कविताई गद्य में अंतर्भुक्त कर दी। इस प्रकार कविताएँ नहीं बचीं और न उनके आने के लिए जगह। इस बीच बहुत सारी रुसवाई मेरे हिस्से में आई, जैसे : प्यार। वह भी उनमें से ही एक था। वह लेखक था—मुझे प्रश्न से नहीं, विस्मय से जाँचता हुआ।

मैं ज़्यादा देर कहीं अँट नहीं पाई; क्योंकि मैं जहाँ जाती, वहाँ मुझे झुंड नज़र आते। मैंने पाया कि वे अपनी जाति और अपना लोक छोड़ नहीं पाते हैं। वे सब जगह अपना छप्पर छा देते हैं और अपना झोला-लोटा-गमछा डाल देते हैं, ताकि जगह छिन न जाए।

इस असुरक्षा में सबके अपने-अपने झुंड थे और मैं अकेली थी। मैंने अकेले होने के लिए बहुत कुछ छोड़ा, जबकि मेरे पास बहुत कुछ था नहीं! मैंने ग़रीबी छोड़ी, जाति मेरे पास थी नहीं। मैंने अतीत छोड़ा, आगामी मेरे पास था नहीं। मैंने रचना छोड़ी, आलोचना मेरे पास थी नहीं। मैंने नहीं छोड़ा तो केवल साँस लेना, क्योंकि वह मुझे आता नहीं था; बहुत देर से आया—साँस लेना।

मेरी किताब ने मेरी बहुत सारी साँसें ले लीं। मैं किताब हो गई। मेरी श्वसन-क्रिया बहुत तेज़ थी, जब उन्होंने मुझे पलटाया और मेरे पृष्ठावरण पर दर्ज किया :

> *अत्यंत भावावेगयुक्त और स्मरणीय।*
> — समादृत आलोचक

मुख्यधारा के दबाव और मोह से मुक्त।

— सुप्रसिद्ध नाटककार

अपूर्ण में पूर्ण का बेहद करुण और दुर्लभ संयोजन।

— वरिष्ठ कवि

वयस्क संवेदना और कथा में स्त्रीवाद का अमूल्य दस्तावेज़।

— सुपरिचित संपादक

दृश्य में फ़िलहाल इससे अधिक रचनात्मक कुछ भी नहीं।

— युवा लेखक-फ़िल्मकार

इससे पूर्व मेरा बहुत सारा समय सूचनाओं और तस्वीरों पर मंगल की कामनाएँ करते हुए गुज़र जाता था—कई-कई बार। मुझे याद है कि जब वह मुझे पहली बार मिले थे, उन्होंने कहा था, "तुम्हारी इतनी सारी तस्वीरें दृश्य में सार्वजनिक हैं कि मुझे लगता है : यह सभ्यता एक रोज़ तस्वीरों के नीचे दबकर नष्ट हो जाएगी।" वह आलोचक थे। उन्हें सुनते हुए मुझे पृष्ठभूमि में एक स्त्री का रोना सुनाई पड़ने लगता था। उनकी सारी आलोचना शब्दों का अपव्यय मात्र थी।

मुझे महसूस हुआ कि अगर माँ-बाप बचपन में ही मर जाएँ, तब अधेड़ उम्र की कई परेशानियों से बच सकते हैं—माँ-बाप भी और बच्चे भी। इससे बचपन बदहाल ज़रूर होगा; लेकिन ज़रा सोचिए अनुभव की समृद्धता उन्हें आगे चलकर क़दम-क़दम पर टकराने वाले चूतियों, भड़ुए के बीजों, हरामी के पिल्लों से किस क़दर सावधान रखेगी।

"प्रस्तुत के मूल सौष्ठव को जाँचने या उद्घाटित करने के लिए आज-कल उसे उठाने का नहीं उतारने का चलन है।" वह कवि थे। उन्हें उनसे जलन होती थी, जिन्होंने कभी किसी महानगर में बसने का संघर्ष नहीं किया और अपनी गँवई या क़स्बाई ज़िंदगी में विपन्न या ऐश्वर्ययुक्त बने रहे। मैं जब भी उनकी कविताएँ सुनती-पढ़ती थी, मुझे वे आत्मावलंबन से दूर प्रतीत होती थीं। मुझे उनका कवि महानगर को भोग-भोगकर उसे कोसता

हुआ लगता था। वह कभी महानगर का साथ नहीं देता था। वह बस उसे रौंदता रहता था।

मैं गँवई, क़स्बाई और महानगरीय एक साथ थी। मैं सब जगहों की रातें जानती थी। वे भोगकर सोने के लिए बनी थीं, लेकिन उनमें बार-बार मेरी नींद टूट जाती थी। मैं अनभोगी-अनसोई लगती थी—इन रातों में—मैंने उन सब घरों को याद फ़रमाया जिनमें मैं उछली, उठी, उतरी, कटी, कसी, कुटी, कूदी, खिंची, खिली, खुली, खोई, गिरी, घटी, घिरी, घिसी, घुटी, घुली, चटी, चढ़ी, चली, चिढ़ी, चिल्लाई, चीख़ी, चुभी, चुसी, छनी, छिनी, छिली, जली, झुकी, झुलसी, झूली, टपकी, टिकी, टूटी, ठुकी, डरी, ढकी, ढली, दबी, दिखी, दुखी, धुली, नुची, पलटी, पिटी, पुती, फँसी, फटी, फहरी, फूटी, फूली, फैली, बँधी, बची, बजी, बढ़ी, बदली, बनी, बहकी, बहली, बही, बिखरी, बिगड़ी, बुझी, बैठी, भागी, भीगी, रगड़ी, रही, रिसी, रुकी, रोई, लगी, लहरी, लिपी, लेटी, सँभली, सहमी, सिकुड़ी, सिमटी, सिसकी, सूखी, हुई... उसने बार-बार मेरे लेखन का पुनर्लेखन किया। वह संपादक था। उसने कहा था कि मुझे लगेगा... अब मुझे लगता है कि मेरा लेखन, मेरा लेखन नहीं है; भले ही वह केवल मेरे नाम से प्रकाशित है।

एक किराए के घर में जन्म लेने, जन्म से ही रहने और रहते चले जाने से; एक सजग व्यक्ति के भीतर एक विशुद्ध वैराग्य स्वतः ही रूप लेने लगता है। यह देह भी एक किराए का घर लगने लगती है—जन्म से ही एक किराए के घर में रहती हुई... यों लगता है कि जैसे किसी सर्वोच्च सत्ता ने यह सारा संसार ही किराए पर चढ़ाया हुआ है। इस अर्थ में किराए पर चढ़े हुए संसार में, एक किराए के घर में रहने और उसे बराबर बदलते रहने के संघर्ष से; रूप ले चुका विशुद्ध वैराग्य वृद्ध होता जाता है। वह सब आरंभों का त्याग करता जाता है।

एक घर दूसरे घर से बेहतर नज़र आता है। कोई स्थानीयता व्यथित नहीं करती। कोई स्मृति व्याकुल नहीं करती। कोई मोह सताने का साहस नहीं करता। जिस घर में जन्मे और जिन घरों में संबंधों, गंधों, रंगों, वस्तुओं, अक्षरों, शब्दों, पंक्तियों, व्यक्तियों, भाषाओं और संसार को पहचानना सीखा; उन घरों में दुबारा जाने-झाँकने का मन नहीं करता।

घर-घर खेलते हुए बच्चों वाले घर... गझिन आबादी वाले एक कमरे के घर... मूल आबादी से काटकर बसाए गए घर... कूड़े के पहाड़ों के पास बनाए गए घर... कवरेज क्षेत्र से बाहर के घर... घर जिनमें आँगन, छतें, बालकनियाँ और खिड़कियाँ नहीं थीं, कभी-कभी दरवाज़े भी—काई से भरे ग़ुस्लख़ाने और सीलन से भरी दीवारों वाले घर—सूर्य के प्रकाश से वंचित—वर्ष भर वर्षा न चाहने वाले घर... कभी रहे हैं आप उनमें? अगर रहे हैं तो आप उनकी महक भूल नहीं सकते, लेकिन भूल जाते हैं।

बदलाव के नियम बलवान हैं।

घर जिनमें है के सिवा कुछ और नहीं है। बेहिसाब अकेलेपन से भरे हुए घर... घर जिनमें सोती हुई देह पर से कनखजूरे, खटमल, घुन, चींटियाँ, चींटे, चूहे, छछूँदर, छिपकलियाँ, झींगुर, तिलचट्टे और मकड़ियाँ गुज़रते रहते हैं। घर जिनमें केवल एक ही संगीत होता है और जिसे केवल मच्छर ही रच सकते हैं। फिर भी नामालूम वह कौन-सी प्रेरणा है जिसके वशीभूत हो वे घर, घर ही लगते हैं—नर्क नहीं; जहाँ किसी कथा के कुछ पन्ने पलटते-पढ़ते हुए नींद आ जाती है, जो कभी भी खुल सकती है—कविता की तरह—समाचारों से डरी हुई। घर जिन तक हम हमेशा हर हाल में जाना चाहते हैं, क्योंकि संसार हमें बुरी तरह थका चुका होता है और हम इस थकान को उतारकर फेंकना चाहते हैं। हम डूब जाना चाहते हैं।

फिर एक रोज़ घर ही हमें थकाने लगता है। अब अपनी थकान को

उतारकर हम कहाँ डूबें, कुछ समझ में नहीं आता; क्योंकि घर से बाहर अब कोई कार्यक्रम नहीं है।

मैं रेगमाल से रगड़ रही हूँ अपने तलवे कि उन्हें यात्राओं की याद न आए।

मैं कुतर रही हूँ—मनुष्यों से संसर्ग की इच्छाएँ।

मैं संशय से देख रही हूँ घर के दरवाज़े—संसार-सागर की तरफ़ खुलते हुए।

मुझे घर में ही रहना होगा।

मैं नष्ट हो जाऊँगी : घर में रहे बग़ैर—जैसे : थी ही नहीं।

मैं धीमे-धीमे हुई, जैसे : धीमे-धीमे थी ही नहीं।

मैं धीमे-धीमे हुई, जैसे : धीमे-धीमे बढ़ता है वज़न और निकलता है पेट।

मैं धीमे-धीमे हुई, जैसे : धीमे-धीमे विदा होता है लावण्य और चेहरे पर झाँइयाँ-झुर्रियाँ उभरने लगती हैं।

मैं धीमे-धीमे हुई, जैसे : धीमे-धीमे बाल सफ़ेद होने और झड़ने लगते हैं।

मैं धीमे-धीमे हुई, जैसे : धीमे-धीमे बदरंग होकर घिसने, दर्द करने और टूटने लगते हैं दाँत।

मैं धीमे-धीमे हुई, जैसे : धीमे-धीमे घुलने लगते हैं घुटने—अंदर ही अंदर।

मैं धीमे-धीमे हुई, जैसे : धीमे-धीमे सिर से सवार होकर अंग-प्रत्यंग पर चढ़ने लगता है दर्द।

मैं धीमे-धीमे हुई, जैसे : धीमे-धीमे जाती है मासूमियत।

मैं जानती थी कि समझदारी अचानक नहीं आती। आक्रोश और आवेग जब धीमे-धीमे मंद पड़ते हैं—तजुर्बों की रफ़्तार बढ़ने से और आँखें बंद

रखने से—तब आती है समझदारी। वह न देखने से या देखकर भी न देखने से, चीज़ों को टालने से और साहस पर संदेह करने से आती है। वह न सुनने से या सुनकर व्यक्त नहीं करने से या सुनकर अनसुना करने के अनुशासन से आती है। वह प्रत्येक दुःख और विलाप पर केवल चुप रहने से या केवल कुछ शब्द लिखने से या केवल एक शीतल आह भरने से आती है। वह अज्ञान और अन्याय को सहन करने से और अपमान को वहन करने से आती है। वह पहले यक़ीन टूटने से, फिर नशा टूटने से और फिर नशेमन टूटने से आती है। वह इस टूटने में छूटने से और गिरने से आती है। समझदार कहते हैं : समझदारी से आती है समझदारी।

समझदारी आती है यह समझाती हुई कि समझदारी है समझदारी के साथ जीने में और मर जाने में।

...लेकिन वे सब के सब शिकारी थे—अपने अनुसार मुझे रेतते हुए।

मैं मनुष्य और रचना के शाश्वत संबंध पर कुछ रचनात्मक दर्ज करना चाहती थी। इस प्रक्रिया में रचना को स्त्रीवादियों ने स्त्री समझ लिया। मनुष्य को मनुवादियों ने क्या समझा, यह भी बहस का विषय है; लेकिन बहस करनी मुझे आती नहीं थी—न मनोरोगियों से, न मनुरोगियों से। मुझे सबसे सहानुभूति भी, क्योंकि समानुभूति एक भ्रम थी। इस भ्रम में अगर मैं पत्थरों को भी पत्थर कहती तो पत्थरवादी मुझे पत्थरविरोधी घोषित कर देते।

दरअस्ल, एक नज़रिया दूसरे नज़रिए से और दूसरा नज़रिया तीसरे नज़रिए से ज़्यादा ख़राब था। इस प्रकार बहसें शब्द बहुत बर्बाद करती थीं। मुझे लगता था कि शब्द अगर बर्बाद ही होने हैं, तब वे रचना में हों... यों मैं बहस से बची तो मुझे राह-ए-फ़रार मिली। मुझे ग़ायब होना आया। मैं एक बार गर्मियों में ग़ायब हुई तो डूबती हुई किसी अपरिचित स्थानीयता की वर्षा में पाई गई। मैं वहाँ सर्दियाँ आने तक रुक सकती थी, लेकिन वहाँ

भी शिकारी मेरा पीछा करने लगे। वे जिसका विरोध करते थे, वे वही थे। उन्हें मेरी भाषा नहीं आती थी और मैं इसलिए संभव नहीं हुई थी कि उनकी भाषा में उन्हें ख़ुश करूँ। उनकी समझ पर एक और परत चढ़ाऊँ।

मैं जहाँ से आई थी, वहाँ वे कभी जा नहीं सकते थे। वे चाहे कितने ही बड़े शिकारी क्यों न हों : दूसरे की पहचान में, दूसरे के स्वप्न में, दूसरे की स्मृति में, दूसरे के दुःख में, दूसरे की वस्तु में, दूसरे की स्थिति में, दूसरे की गति में, दूसरे की कल्पना में, दूसरे के ध्यान में... आख़िर कैसे जाएँगे?

उनके झुंड उनकी कोई मदद नहीं कर सकते थे।

मैं प्रत्येक सामूहिक पाठ और विमर्श के बाद खिन्न पाई गई—कभी-कभी मुस्कुराते हुए भी। मैं उनके तर्कों से संचालित नहीं थी। मैं उनमें अपना पक्षधर नहीं ढूँढ़ रही थी। मैं उनके चेहरों से ऊब गई थी और उनके गुंडों से और उनके झुंडों से और उनके झंडों से और उनके डंडों से और उनके लंडों से भी। उनके लिए मैदान सही जगह थी, लेकिन वे मेरे एकांत में प्रवेश चाहते थे। मैं उनसे भागती रही और वे सारे पृष्ठ मेरे दिमाग़ में घूमते रहे जिन्हें पढ़ते हुए मैंने कुछ वाक्यों को रेखांकित किया था। इस रेखांकन में शिकारियों के फेंके विस्मयादिबोधक मेरी पीठ पर आकर लगने लगे और प्रश्नचिह्न मेरे सिर पर।

मैं फिर चुकी थी।

मैं घिर चुकी थी।

मैं गिर चुकी थी।

मैं रक्तरंजित थी—अपने अर्द्धविराम में। मुझे साँस लेने में समस्या थी, लेकिन अब वह मुझे लेनी आती थी।

मैं संकटग्रस्त थी।

मैं निरंतरता थी।

मैं अमरता थी।

एक समय आता है, जब चीज़ें 'एक समय था' से शुरू होने लगती हैं।

एक समय था : जब मेरे पास बहुत सारा अप्रकाशित था। अब बिल्कुल भी नहीं है, क्योंकि अब एक समय-सा उन्मुक्त जीवन भी नहीं है।

जीवन जिसके विषय में लिखे गए एक वाक्य में अल्पविराम और पूर्णविराम को भी लिखा जाता है और उस अंतराल को भी जो एक शब्द से दूसरे शब्द के मध्य नज़र आता है लेकिन जीवन कुछ इस प्रकार की सुयुक्ति की तलाश में है जिसमें एक वाक्य कुछ इस प्रकार पूरा हो कि उसमें अल्पविराम और पूर्णविराम को न कहा जाए और उस अंतराल को भी जो एक शब्द से दूसरे शब्द के मध्य नज़र आता है जीवन सबकुछ जोड़कर लिखना चाहता है लेकिन सब कुछ जुड़ा हुआ नहीं है इस तरह

> जीवनजिसकेविषयमेंलिखेगएएकवाक्यमेंअल्पविरामऔरपूर्णविराम कोभीलिखाजाताहैऔरउसअंतरालकोभीजोएकशब्दसेदूसरेशब्दकेम ध्यनज़रआताहैलेकिनजीवनकुछइसप्रकारकीसुयुक्तिकीतलाशमेंहैजि समेंएकवाक्यकुछइसप्रकारपूराहोकिउसमेंअल्पविरामऔरपूर्णविराम कोनकहाजाएऔरउसअंतरालकोभीजोएकशब्दसेदूसरेशब्दकेमध्यन ज़रआताहैजीवनसबकुछजोड़करलिखनाचाहताहै

जीवन बेशुमार ग़लतियों से भरा हुआ है और अगर इसे तत्काल लिख नहीं लिया जाए तब इसकी बेशुमार ग़लतियों में एक ग़लती और जुड़ जाए।

ग़लतियों से बचने के लिए या उन्हें दुहराने के लिए ही सही एक उपन्यास पर एकाग्र होना था।

जीवन के नज़दीक सदा से ही इतनी पतनशीलता और विनाशग्रस्तता रही है कि वह कहे जाने से कम नहीं होती, बल्कि वह कहने से और बढ़ती है और कहने वाले को और मलिन करती है। सारा कहा हुआ किसी असह्य दृश्य का दबाव, किसी गंभीर दुरभिसंधि से प्रेरित, किसी अदृश्य इंगित का निष्कर्ष जाना पड़ता है।

बहुत सारी सचाइयों को प्रमाणित करने के लिए यथार्थ का तथ्याधृत अनुशीलन ज़रूरी है। इस क्रम में जीवन एक आलोकप्रिय व्यक्ति की भाँति अलोकप्रिय होना शुरू करता है। आलोक के पीछे-पीछे चलते-चलते आलोक बढ़ता जाता है। इतना आलोक... इतना आलोक... इतना आलोक... अनुभव होता है कि कुछ प्रमाणित करने की आवश्यकता ही नहीं रह जाती।

व्यस्तताएँ भी वैसी ही मार देती हैं, जैसे ख़ालीपन।

जीवन की सुबह ख़ालीपन से होती है, कोई औपन्यासिक व्यस्तता उसे भर नहीं सकती, कोई दुपहर उसे समझ नहीं सकती! जीवन की शाम के बाहर धूल और जीवन की रात के भीतर पन्ने उड़ते रहते हैं। यह उड़ान ही है जिस वजह महानगर जीवन के नज़दीक अपना रूपाकर्षण खोने लगे हैं और मुख्य मार्गों से कटकर सुनसान गाँवों तक जाती दूरियाँ कल्पना में सुंदर लगने लगी हैं, संभवतः इसलिए कि वे लंबी पदयात्राओं की माँग करती हैं।

यह यात्रा अंततः नमक प्रदान करती है।

नमक को समझना उस अनुपात को समझना है जो सिखाता है कि उपन्यास में कितनी देर रहा जाए, धूल में कितनी देर रहा जाए, जीवन में कितनी देर रहा जाए...

जीवन जिसमें एक विशिष्ट ताप होता है, जिसके ज़रिए रोज़ बहुत

सारा अप्रकाशित नज़दीक जमा होता जाता है। इस संचय में समय के साथ बढ़ते-बढ़ते वह समय आता है, जब यह अप्रकाशित प्रकाशित होने लगता है। इस प्रकाशन से प्रसन्न और प्रसिद्ध जीवन, जिसे प्रसन्नता और प्रसिद्धि की पड़ताल करनी थी; प्रसन्न और प्रसिद्ध व्यक्तियों-सा होने लगता है। उस पर मिलने-जुलने और हमनवा-हमप्याला-हमनिवाला-हमसाया-हमबिस्तर होकर साथ उठने-बैठने की व्यावहारिक पद्धतियाँ हावी होती जाती हैं। जैसा कि सिद्ध है : व्यस्तताएँ भी वैसी ही मार देती हैं, जैसे ख़ालीपन।

सब कुछ व्यर्थ लगता है—

जैसे : वर्षावास हो और वर्षा न हो।
जैसे : तृषा हो और तृप्ति न हो।
जैसे : आयु हो और रचना न हो।

मुझे सब कुछ को भीगते हुए देखना था—एक निर्धूप उजाले में, लेकिन सूखा इस क़दर है कि सब कुछ व्यर्थ लगता है!

जब वर्षावास हो और उसके नज़दीक वर्षा न हो, जब तृषा हो और उसके नज़दीक तृप्ति न हो, जब आयु हो और उसके नज़दीक रचना न हो; तब सब कुछ एक तस्वीर-सा नज़र आता है। इस प्रकार प्रतीत होता है कि जैसे उसमें सब कुछ घट चुका है और अब सब कुछ स्थिर है। लेकिन जीवन इस तस्वीर को पलटकर या उस पर ही कुछ लिख देने में है। इस प्रकार लिखने की शुरुआत होती है।

लिखूँगी—कितनी उम्मीद है इसमें।

लिख रही हूँ—कितनी आवाज़ है इसमें।

लिख चुकी हूँ—कितनी साँस है इसमें...